BRANDZEICHEN
DAS VOLK DER NACHT 9

DAS VOLK DER NACHT

Bisher sind in dieser Serie folgende Titel erschienen:

Das Volk der Nacht classics
Band 1:   Manfred Weinland   *Das Volk der Nacht*
Band 2:   Manfred Weinland   *Die Spiegel der Nacht*
Band 3:   Manfred Weinland   *Die Kinder der Nacht*

Neue Abenteuer:
Band 1:   M. Weinland & T. Stahl   *Kinder des Millennium*
Band 2:   M. Weinland & T. Stahl   *Die achte Plage*
Band 3:   Manfred Weinland   *Erbin des Fluchs*
Band 4:   M. Weinland & T. Stahl   *Dunkle Himmel*
Band 5:   M. Weinland & M. Kay   *Landru*
Band 6:   M. Weinland & M. Nagula   *Blutskinder*
Band 7:   M. Weinland & M. Kay   *Krieg der Vampire*
Band 8:   Jo Zybell   *Das Volk der Tiefe*
Band 9:   Uwe Voehl   *Brandzeichen*

Mehr Informationen, aktuelle Erscheinungstermine
und Leserreaktionen zur Serie unter:
www.DasVolkderNacht.de

Uwe Voehl

BRANDZEICHEN
DAS VOLK DER NACHT 9

Roman

Zaubermond-Verlag
Schwelm

1. Auflage
Herausgeber: Manfred Weinland

© *Vampira* Bastei Verlag, Bergisch Gladbach
© *Das Volk der Nacht* Zaubermond-Verlag, Schwelm

Lektorat: Manfred Weinland
http://www.zaubermond.de
Umschlaggestaltung: D. Ehrhardt
Titelillustration: Günther Nawrath
Druck und Bindung: Wiener Verlag, A-2325 Himberg
Alle Rechte vorbehalten

ISBN 3-931407-64-0

Inhalt

1. Kapitel: *Die lebende Tote*
7

2. Kapitel: *Der nackte Gast*
39

3. Kapitel: *Willkommen in der Stadt der Träume!*
61

4. Kapitel: *Nächtliche Gegner*
79

5. Kapitel: *Erwachen*
91

6. Kapitel: *Der Preis der Nacht*
123

7. Kapitel: *Die Quelle der Furcht*
139

8. Kapitel: *Das Symbol aus der Vergangenheit*
161

9. Kapitel: *In der Falle*
189

10. Kapitel: *Veränderungen*
231

Epilog
237

1. Kapitel

Die lebende Tote

»*In Asien*«, *erzählte der Magier,* »*gibt es eine unaussprechliche Stadt, in der niemand je die Augen schließt. Die Menschen dort haben den Schlaf verloren. Wenn zufällig ein Reisender in die Stadt ohne Namen gelangt und vor Müdigkeit einschläft, so wird er lebendig begraben, bevor er wieder aufwacht. Die Einwohner der Stadt sind auf der ewigen Suche nach ihrem Schlaf, und sie glauben, wenn sie den Schlaf eines anderen Menschen begraben, so würde er Früchte tragen wie ein Korn.*

Die Weisen und Wissenden meiden daher diese Stadt und machen einen großen Bogen um sie. Den Unwissenden sei gesagt: Der einzige Hinweis, woran man bemerkt, dass man die Stadt der Schlaflosen betreten hat, ist ein unaufhörliches Flüstern in der Nacht, denn die Bewohner kommen nie zur Ruhe. Selbst nicht bei Neumond und in der Stunde des Wolfs – wenn die Nacht am tiefsten ist.

Wisse, o Reisender, dass du die fremde, namenlose Stadt erreicht hast, wenn du die ruhelosen Müßiggänger fragst: Sagt mir, wo kann ich schlafen?, und niemand in der schlaflosen Stadt dir eine Antwort darauf zu geben vermag...«

(Okakura: Tokio Legends: Ajumi)

»Tokio nach Feierabend – genau die richtige Entspannung für meine besten Einkäufer! Der Abend ist frei, und ich habe heute die Spendierhosen an, *guys and dolls!*«

Big Boss von Campen hatte gesprochen, und Phil und

den anderen war gar nichts anderes übrig geblieben, als der Einladung Folge zu leisten.

Der Lufthansa-Flug von Frankfurt aus war anstrengend gewesen. Von Campen war natürlich First Class geflogen, während seine vierköpfige Einkäufercrew auf den engen Economy-Sitzen zusammengepfercht mit anderen Touristen hatte vorlieb nehmen müssen. Nach dem atemberaubenden Landeanflug Auge in Auge mit den hochragenden Häuserschluchten und einer nicht minder den Atem stocken lassenden Taxifahrt ins *Keio Plaza* hatte von Campen ihnen gerade mal eine halbe Stunde Zeit gegönnt, um die Koffer auszupacken und sich leidlich frisch zu machen.

Time ist money, wie er mindestens zehnmal täglich zu sagen pflegte. Und sie hatten in den drei Tagen, die sie sich für Tokio die Zeit aus den Rippen geschnitten hatten, mehr Termine in ihren Timern verzeichnet, als sie sich sonst zu Hause in einer ganzen Woche aufhalsten.

Phil hasste seinen Job. Zumindest unter von Campen. Er war jetzt sechs Monate bei ihm unter Vertrag und hatte eine atemberaubende Frühjahrs-Sommer-Kollektion auf die Beine gestellt. Sie hatte sich hervorragend verkauft, und Phil war innerhalb kürzester Zeit der heißeste Aspirant auf den Stellvertreterposten geworden. Trotzdem verabscheute er von Campens selbstherrliche Gutsherrenart von Tag zu Tag mehr. Gerade auf dieser Reise war ihm dies bewusst geworden.

Während von Campen ihn und den zweiten männlichen Einkäufer, Heiko Denner, noch mehr oder weniger respektvoll behandelte, waren Frauen für den Unternehmer der letzte Dreck. Die beiden Einkäuferinnen, die ebenfalls mit von der Partie waren, bekamen dies hinlänglich zu spüren. Wann immer ihm danach war, machte von Campen fieseste Witze über sie.

Heiko Denner lachte meist mit. Er hatte eine Frau und drei Kinder zu versorgen. Phil jedoch hatte sich entschlossen, das Spiel nicht mitzumachen. Von Campens Einladung für den Abend hatte aber auch er nicht ausschlagen können.

Das Taxi hatte nicht weit zu fahren. Genaugenommen hätten sie die Strecke sogar zu Fuß zurücklegen können. Das *Keio Plaza* war mit siebenundvierzig Stockwerken nach wie vor das höchste Hotel im Wolkenkratzerviertel Shinjuku und wurde von den überwiegend japanischen Business-Gästen in der Hauptsache deswegen so gern frequentiert, weil Nachtschwärmer die kurzen Fußwege ins Vergnügungsviertel Kabukicho und ins Gay-Viertel Shinjuku-Nichome zu schätzen wussten.

Der Taxifahrer schaute von Campen giftig an, als er erfuhr, wohin es ging.

»Warum gehen Sie nicht zu Fuß, Mister?«, fluchte er auf Englisch.

»Weil ich keine Lust habe, in irgendeinem Touristenschuppen zu landen. Du kennst dich doch hier aus, *Boy*! Wo geht hier die Post ab? Nichts Ordinäres, verstehst du? Immerhin haben wir zwei Ladies mit an Bord ...« Er lachte verächtlich. »Wir sind aus der Modebranche ...«

»Mode? Claudia? Naomi?« Dem Taxifahrer schien es zu dämmern.

»Haben wir auch schon in unserer Kollektion fotografiert.«

»Sie wollen Koks? Mädchen? Models?«

»So in etwa«, sagte von Campen. Er hatte auf dem Beifahrersitz Platz genommen, während Phil und die anderen sich auf den Rücksitz gezwängt hatten. Phil saß zwischen Heiko Denner und einer der Frauen, Virginia. Er spürte ihre Nähe. Schenkel an Schenkel. Ihm wurde bewusst, dass er sie bisher gar nicht so richtig als Frau wahrgenommen hatte.

Obwohl auch sie eine Top-Einkäuferin in von Campens Mode-Imperium war, trug sie meistens ein eher konventionelles Business-Kostüm, das zwar ihre wohlgeformten Rundungen und ihre perfekten Beine zur Geltung brachte, ihr jedoch zugleich eine gewisse Strenge verlieh. Ihre zu einem Knoten gebundene Frisur und die unvorteilhafte Brille unterstrichen diesen Eindruck.

Phil fragte sich, was Virginia hinter der Fassade einer kühlen Geschäftsfrau zu verbergen hatte. Das Fleisch ihres nylonbestrumpften Beines lockte jedenfalls verdammt heiß. Er ertappte sich, wie er sein eigenes Bein ganz behutsam etwas fester gegen das ihre drückte.

Täuschte er sich, oder erwiderte sie den Druck?

Unwillkürlich verglich er Virginia mit der zweiten weiblichen Kollegin an Bord: Christel Zich hatte die Sechzig bereits mit Sicherheit überschritten. Dennoch erschien sie ihm nicht unattraktiv. Trotz der grauen Haarsträhnen, die sich in ihrer Pagenfrisur breitgemacht hatten. Nun, von Campen hatte sie nicht wegen ihres Aussehens mitgenommen. Zumindest in dieser Hinsicht war er ganz Geschäftsmann. Er hatte oft genug die Erfahrung gemacht, dass es nicht nur auf große Titten und lange Beine ankam. Für Geschäfte in Japan war die Erfahrung, die die ältere Mitarbeiterin hatte, Gold wert. Was den Spaß betraf, so trieben sich in den Bars genügend »Office Ladies« herum, die nur darauf warteten, von ihm engagiert zu werden. Auch wenn es darum ging, sich einem japanischen Geschäftspartner erkenntlich zu zeigen, waren ein paar dieser Ladies schnell engagiert.

Nur mit halbem Ohr hörte Phil zu, wie von Campen dem Taxifahrer seine Vorstellungen von einem Tokioter Nachtleben erläuterte.

»Es soll authentisch sein, aber gleichzeitig so außergewöhnlich, dass wir es nicht schon morgen wieder vergessen haben.«

Der Taxifahrer startete den Motor. »Ich wüsste da was: Wie wäre es mit der Flamingo Bar? Die Tänzerinnen kommen aus Amerika ...«

»*Fuck!* Ich sagte: Etwas Authentisches. Und verschone mich mit Karaoke, *Boy*!«

Phil sah, wie einige Tausend Yen-Scheine den Besitzer wechselten. Offenbar meinte es von Campen wirklich ernst. Phil konnte von Campens Augen nicht sehen, aber er hätte schwören können, dass sie vor Gier glitzerten. In von Campens Nacken rollten kleine Schweißtropfen den Kragen hinab. Vielleicht lag es aber auch nur an der abendlichen Schwüle und dem Übergewicht, das der Mode-Unternehmer mit sich herumtrug. Von Campen war gerade mal einsfünfundsiebzig groß und mindestens hundertdreißig Kilo schwer. Seitdem er die Fünfzig überschritten hatte, war er nicht mehr der Fitteste.

»Ich habe noch einen anderen Vorschlag«, sagte der Taxifahrer. Auch sein Gesicht konnte Phil von der Rückbank aus nicht sehen, aber er hätte gewettet, dass der Fahrer nun seinen üblichen Spruch brachte. So außergewöhnlich war von Campens Anliegen ja nun nicht. Im nächsten Moment jedoch zog Phil seine Wette wieder zurück.

»Aber das, was Sie suchen, finden Sie nicht in Kabukicho. Das ist was für die Weicheier unter meinen Landsleuten und ... für Touristen.«

»Sag bloß? Oder willst du uns nur in der Gegend rumkutschieren und abkassieren?« Trotz der barschen Worte war es unüberhörbar, dass von Campen Blut geleckt hatte. Seine Gier war sogar viel größer, als die anderen ahnten.

Von Campen konnte die Male gar nicht mehr zählen, die er in Tokio gewesen war. Immer wieder hatten ihn seine geschäftlichen Wege nach Tokio gebracht. Hier saßen die Mittelsmänner zu den Firmen, die für billigen Lohn seine in aller Welt begehrten Kollektionen anfertigen ließen. *Created in Germany – italienisch inspiriert,* das war sein Slogan, der international anscheinend die richtigen Käufer fand.

Sicher, am Anfang hatte Tokio ihn noch fasziniert. Seine jeweiligen Geschäftspartner hatten ihm die gängigen Vergnügungen des Tokioter Nachtlebens präsentiert: Blutjunge Geishas, die ihm jeden – aber auch wirklich jeden – Wunsch von den Lippen ablasen. Atemberaubend schöne Frauen, die so betörend und aufreizend tanzten, dass er glaubte, seine Hose müsse platzen. Verkommene Luder, die sich nicht damit begnügten, ihm ihre weit geöffneten Schenkel zu zeigen, sondern sich auch noch selbst die unmöglichsten Dinge dazwischensteckten.

Das Unglaublichste war gewesen, dass sich eine Tänzerin vor ihm ein Handy eingeführt hatte.

Nachdem von Campen die Nummer gewählt hatte.

Es war die seiner Ex-Frau gewesen ...

Es hatte Ewigkeiten gedauert, ehe die Verbindung über Kontinente hinweg zustandegekommen war.

»Hallo?« Ihre Stimme hatte noch genauso geklungen, wie er sie in Erinnerung hatte: kühl, reserviert, unnahbar. Die Hörmuschel des Handys befand sich zwischen den Beinen der Tänzerin. Trotzdem bewirkte irgendein raffiniert ausgeklügeltes elektronisches Spielzeug, dass er Vanessas Stimme über einen Lautsprecher hörte.

»Spreche ich mit Vanessa? Vanessa Wörner?« Natürlich hatte sie damals gleich nach der Scheidung bereits wieder ihren

Mädchennamen angenommen. Er hoffte, dass seine Stimme über die Entfernung hinweg so verzerrt klang, dass sie ihn nicht gleich erkannte. Die Geräusche um ihn herum – das Klirren der Gläser, das Gemurmel der Gäste, die leise Soul-Music im Hintergrund – mochten dazu beitragen, dass sie verwirrt war.

Zumindest war das seine stille Hoffnung gewesen.

»*Und mit wem spreche ich?*«

Sie war noch immer die Unnahbare. Ganz genau wie früher. Verdammt, er hatte direkt in die weit geöffnete Ritze dieser Tänzerin geblickt, die sich vor ihm auf und ab bewegte. Sie hatte das Handy fast völlig in sich aufgenommen, bis auf die Sprechöffnung. Ihre Schamlippen wirkten wie ein saugender Schlund, der sich um einen Vibrator gelegt hatte und diesen in sich aufsog. Er roch sogar das Parfüm ihrer Schamhaare, musste ganz nah heran, um mit Vanessa sprechen zu können.

Und obwohl diese gierige, verschlingende Öffnung direkt vor seinen Lippen gelegen hatte, war sie nicht in der Lage gewesen, ihn zu erregen.

Er begehrte Vanessa. Begehrte sie immer noch.

»*Ich bin's*«, hatte er gesagt.

»*Curd?*«

Also hatte sie ihn doch erkannt.

»*Ich wollte nur hören, wie es dir geht*«, log er.

»*Wo bist du? Du klingst so undeutlich.*«

»*Oh, gerade in Tokio. Weißt du noch, als wir hier zusammen unseren zweiten Hochzeitstag verbrachten, zwei Tage und Nächte nicht aus den Betten kamen und danach die erfolgreichste von Campen-Sommerkollektion aller Zeiten auf die Beine gestellt haben?*«

Come on, pussycat! Die Bewegungen der Tänzerin vor ihm wurden hektischer. Er roch ihren Schweiß. Er wusste, dass ihre Zuckungen und ihre Begierde nur gespielt waren. Allein der körperliche Kraftakt verursachte den Schweiß. Aber nicht nur deshalb animierte es ihn nicht im Geringsten.

Es war Vanessa, die er in diesem Moment mehr denn je begehrte.

»Du bist betrunken!« Ihre Stimme, so kalt. Eiskalt. Schneidend. Es zerriss ihm das Herz.

Er wünschte, sie wäre jetzt bei ihm. Nicht diese Tänzerin, die ihm mit ihren mechanischen, einstudierten Bewegungen vorkam wie ein Roboter. Er wünschte, Vanessa wäre bei ihm. Und, bei Gott, er würde sie dafür bestrafen, was sie ihm angetan hatte.

Sie hatte ihn verlassen, und das war das Schlimmste gewesen, was ihm eine Frau jemals angetan hatte.

Niemand verließ einen von Campen.

Jawohl, wäre sie bei ihm gewesen, er hätte sie dafür bestraft. So, wie er es früher getan hatte, wenn sie ihn mit ihrer arroganten Art genervt hatte.

Du bist betrunken! Vernichtender hätte ihr Urteil nicht ausfallen können. Ganz die alte Vanessa. Sie gab ihm noch nicht einmal den Hauch einer Chance, sich zu rechtfertigen. Legte einfach auf.

Klick.

»Vanessa!« Er hatte ihren Namen geschrieen und doch gewusst, dass er sie verloren hatte. Wieder einmal.

Die wenigen Gäste hatten höhnisch geklatscht. Die Japaner um ihn herum hatte das entwürdigende Schauspiel, dass er ihnen bot, amüsiert – obgleich sie es nicht einmal richtig verstanden hatten.

Die Tänzerin hatte in einem gespielten Orgasmus gezuckt, während ihre Scheide das Handy für einen Moment vollständig verschluckte, dann wieder ausspie.

Später wechselte ein nicht unerheblicher Scheck den Besitzer, so dass von Campen die Tänzerin in einem schäbigen Hinterzimmer ganz für sich hatte. Ohne Zeugen. Und dort ließ er sie stellvertretend für das büßen, was Vanessa ihm angetan hatte ...

Die ganze Erinnerung daran hatte eine Sekunde gedauert. Jetzt hörte von Campen den Taxifahrer versichern: »Vertrauen Sie mir. Sie werden etwas ganz Besonderes zu sehen bekommen.«

Er hatte den Motor gestartet und lenkte den Wagen geschickt durch den Feierabendverkehr. Die grellbunten japanischen Reklameschriften flackerten verheißend. Besonders vor den Restaurants. Phil spürte seinen Magen. Vielleicht hätte er doch vorschlagen sollen, erst einmal etwas zu Abend zu essen.

Virginia presste nun ihren ganzen Körper an seinen. Verdammt, so wie es aussah, würde er seinen Appetit heute Nacht anders stillen müssen. Ihre üppigen Rundungen waren warm, weich und verheißungsvoll. Wahrscheinlich war auch sie völlig ausgehungert.

In jeder Hinsicht.

Der Taxifahrer folgte der Straße zur Tokio Bay. Über Funk sprach er einige Brocken Japanisch. Die Stimme, die ihm antwortete, klang blechern und metallisch. Wie von einem Roboter. Kurze, abgehackte Sätze. Phil hatte keine Ahnung, um was es da ging. Wahrscheinlich um die nächste Fuhre.

Die Lichtreklamen wurden spärlicher und versiegten schließlich ganz. Gleißende, neonbeschienene Straßen entwarfen eine kühle, unpersönliche Szenerie.

Phil konnte nicht behaupten, dass er sich gut in Tokio

auskannte. Die Strecke, die der Taxifahrer gewählt hatte, kam ihm jedoch immer spanischer vor. Zumindest führte er zu keinem der bekannten Sehenswürdigkeiten oder Vergnügungsorte. Von der Schnellstraße aus ging es ziemlich rasch in einige kleinere, wenig befahrene Straßen.

Sie gelangten in ein Viertel, in dem kaum noch Lampen brannten. Phil sah, dass die meisten Straßenlaternen hier ihren Geist aufgegeben hatten. Die dahinterliegenden Häuser schienen kaum bewohnt. Nur ab und zu blitzte in einer der dunklen Fassaden ein rechteckiges Licht. Wahrscheinlich waren es Lagerhäuser.

Sie mussten nun bald Tokio Bay erreicht haben. Irgendwo im Vorbeifahren sah er ein vorbeihuschendes Hinweisschild, das zu einem Pier wies.

Phil rümpfte die Nase. Er glaubte, bereits einen leichten Fischgeruch zu spüren. Wahrscheinlich pure Einbildung. Oder das Gebläse des Taxis beförderte den Geruch von draußen hinein. Gut möglich, dass sich hier die ein oder andere Fischfabrik niedergelassen hatte.

Genauso sah die Gegend aus. Phil konnte sich nicht vorstellen, dass sich hier ein Etablissement befand, dass auch nur annähernd von Campens Erwartungen entsprach.

Wenn der Abend ins Wasser fiel, ihm war es Recht. Je eher sie ins Hotel zurückkamen, umso länger konnte er sich um Virginia kümmern.

»Komische Gegend«, flüsterte sie ihm ins Ohr. Ihre Lippen waren dabei verführerisch nahe an seinem Gesicht.

»Kannst du laut sagen«, flüsterte er zurück. Das vertraute Du ging ihm problemlos über die Lippen. Dabei nahm er die Gelegenheit wahr, seinen Arm um ihren Körper zu legen. Sie kuschelte sich noch enger an ihn.

Das Taxi wurde langsamer. Fast hatte es den Anschein, als

hätte auch der Fahrer die Orientierung verloren.

»Wo sind wir hier eigentlich?« fragte von Campen.

»*Wait! Wait!*« Der Fahrer wiegelte von Campen ab und konzentrierte sich weiter auf die Straße. Die Scheinwerfer durchschnitten die Dunkelheit wie zwei tastende Nebelfinger.

Unvermittelt trat er auf die Bremse. Gleichzeitig klatschte etwas vor die Front des Wagens. Der Fahrer gab wieder Gas. Der Wagen rumpelte, als er über etwas hinwegfuhr.

»Ratten«, grinste der Japaner und fuhr langsam weiter.

Selbst von Campen hatte es die Sprache verschlagen. Glaubte dieser Japse wirklich, er könnte ihn verarschen? Wahrscheinlich würde er gleich an irgendeiner dunklen Ecke halten, und ein paar seiner Kumpels würde sie bereits erwarten, um sie auszurauben. Er hatte oft genug von diesen Taxi-Gangs gehört.

Okay. Diesmal würde er selbst die Erfahrung machen. Allerdings dachte er nicht daran, sich so einfach geschlagen zu geben, sollte es wirklich darauf hinauslaufen.

Unvermittelt stoppte das Taxi.

Diesmal war es keine Ratte.

»Sackgasse«, stellte Heiko Denner fest. »Der Taxifritze will uns auf den Arm nehmen.« Wenn auf ihn Verlass war, dann darauf, seinem Boss die Worte aus dem Mund zu nehmen.

»Sag ich doch!«, knurrte von Campen.

»Endstation«, sagte der Fahrer lakonisch.

Gleichzeitig sahen sie die Lichter. Sie schienen zu flackern und kamen näher. Taschenlampen!

»Wir sind am Ziel«, sagte der Fahrer auf Englisch. »Steigen Sie aus.«

So oder so, sie hatten wohl keine andere Wahl.

»Wie viel?« fragte von Campen.

Der Fahrer grinste. »Keine Sorgen. Dafür, dass ich Sie als Gäste hierher befördere, werde ich bereits bezahlt.«

Für einen Moment glaubte Phil tatsächlich, er würde sie hier aussteigen lassen und einfach davonbrausen, um sie einem ungewissen Schicksal zu überlassen. Aber der Taxifahrer belehrte ihn eines Besseren. Er öffnete ebenfalls seine Tür und stieg als Erster aus.

»Nun kommen Sie schon. Sie haben nicht ewig Zeit ...«

Von Campen öffnete die Tür. Prüfend sog er die Luft ein.

»Das stinkt ja hier wie die Pest«, stellte er fest.

Ein ranziger Fischgeruch strömte in das Innere des Wagens. Phil hatte sich zuvor also nicht getäuscht.

»Sie gewöhnen sich dran«, grinste der Taxifahrer.

Als von Campen ausgestiegen war, folgten die anderen seinem Beispiel. Auch Phil stieg der penetrante Fischgeruch sofort in die Nase. Virginia presste sich an ihn. Zu gern hätte er sich allein auf ihre betörende Nähe konzentriert. Aber sein Instinkt beschäftigte sich zur Zeit mit anderen Dingen.

Die Dunkelheit um sie herum war beinahe umfassend. Die Scheinwerfer und die Innenbeleuchtung des Wagens waren die einzige Lichtquelle.

Zusammen mit den Taschenlampen.

Phil zählte drei.

Dann waren sie heran.

Der Taxifahrer rief etwas auf Japanisch. Gleichzeitig machte er zu seinen Fahrgästen eine beruhigende Handbewegung.

»Es sind Freunde. Keine Angst. Sie führen Sie dahin, wo Sie hinwollten.«

Von Campens Augen verengten sich zu schmalen Schlitzen.

»Sie wollten doch etwas Außergewöhnliches sehen?«, setzte der Fahrer hastig nach. »Etwas *Authentisches*, nicht wahr?«

Von Campen schien hin und her gerissen zwischen seinem Argwohn und der Gier auf etwas noch nie Erlebtes. Nach sekundenlangem Kampf obsiegte die Gier. Er entspannte sich sichtlich.

Die drei Taschenlampenträger hatten sie erreicht. Es handelte sich um drei Japaner. Einer von ihnen sah aus wie ein Sumo-Ringer. Er schaute finster drein, während seine beiden Begleiter ein falsches Lächeln aufgesetzt hatten. Sie waren im Vergleich zu ihrem Partner Zwerge.

Phil fragte sich, was passieren würde, wenn es wirklich zu einem Überfall kam. Weglaufen konnte er allein wegen Virginia nicht. Er fühlte sich für sie verantwortlich.

Als hätte die rothaarige Frau seine Gedanken erraten, schmiegte sie sich an ihn. Sofort legte er seinen Arm um sie.

Abermals wechselten die Japaner ein paar Worte in ihrer Landessprache. Dann machte der Sumo-Ringer eine ungeduldige Handbewegung.

»Gehen Sie. Es fängt gleich an«, drängte der Taxifahrer.

»Und wie kommen wir hinterher wieder von hier weg?«, fragte von Campen.

»Ich werde da sein, keine Angst.«

Mit einem letzten Gruß stieg der Fahrer wieder in sein Taxi und brauste davon.

Der Sumo-Ringer ging voran und leuchtete mit der Taschenlampe. Von Campen und die anderen folgten ihm. Es behagte Phil wenig, dass die beiden anderen Japaner hinter ihnen hergingen. Er kam sich vor wie zwischen ein Sandwich geklemmt.

Sie folgten einer winzigen Gasse, die labyrinthartig zwischen dunklen, verfallenen Lagerhäusern herumführte. Einige Male mussten sie sich den Weg über Gerümpel und glitschige Abfallberge bahnen. Phil wurde immer misstrauischer. Wo, zum Teufel, sollte in dieser Abbruchgegend ein Lokal sein?

Das Klingeln der Alarmglocken in seinem Kopf war nun unüberhörbar. Gerade wollte er von Campen den Vorschlag machen, umzukehren, als nach einer weiteren Biegung roter Lichtschein sichtbar wurde.

Im Näherkommen sahen sie, dass der Lichtschein von einer Lampe rührte, die in einem Fenster stand. Das Glas des Fensters wies Risse auf. Es war fast blind und wahrscheinlich noch nie geputzt worden. Aber das Licht dahinter verriet, dass es hier mehr als nur Dunkelheit gab. Es erinnerte ein wenig an die rote Beleuchtung eines Bordells.

Oder an das rotglühende Auge eines Zyklopen, dachte Phil. Seiner ersten Erleichterung folgte ein mulmiges Gefühl im Bauch. Es wurde dadurch nicht weniger, dass die beiden ewig grinsenden Japaner verschwunden waren, als er sich nach ihnen umschaute.

Der Sumo-Ringer deutete zu der schmalen Eingangstür neben dem Fenster und ließ seinem Wink einige gutturale Sprachfetzen folgen.

»Ich glaube, er will, dass wir da reingehen«, sagte Heiko Denner.

»Dann tun wir ihm doch den Gefallen«, knurrte von Campen. Phil hatte das Gefühl, dass sein Boss längst seinen gesunden Menschenverstand an irgendeiner Ecke des vertrackten Gassenlabyrinthes verloren hatte. Glaubte er wirklich, ihnen könne in dieser Ruine etwas außergewöhnlich Prickelndes geboten werden?

Aber ihm blieb nichts anderes übrig, als von Campen zu folgen, der sich als erster durch den schmalen Durchgang zwängte. Hinter der Tür waren weitere, schwache Lichtquellen auszumachen. Kleine, auf dem Boden verteilte Öllampen wiesen ihnen den Weg. Sie folgten dem Gang und gelangten zu einer weiteren Tür.

Phil fühlte sich beobachtet. Als er seine Augen anstrengte, entdeckte er tatsächlich einen Türspion. Wahrscheinlich wurden sie erst einmal ausgiebig taxiert.

»Wie in einer Räuberhöhle«, flüsterte Virginia neben ihm. Zudem war es empfindlich kalt.

Nach einigen Sekunden wurde die Tür geöffnet. Vor ihnen stand eine junge Japanerin in einem traditionellen Geisha-Gewand. Unter dem Stoff schien sie nichts weiter zu tragen, jedenfalls hoben sich die Spitzen ihrer kleinen festen Brüste wie gemeißelt darunter ab. Statt der traditionell hochgesteckten Frisur glänzten ihre Haare in einem schrillen Rot, das ihr punkig vom Kopf abstand. Ihr Gesicht war unter einer weißen Maske versteckt. Die starren Züge zeigten ein künstliches Lächeln.

Wie bei einer Noh-Maske, dachte Phil. Er hatte bereits Noh-Theateraufführungen gesehen, doch diese Schminke war noch einmal anders. Sie wirkte unheimlicher. Fast wie eine Totenmaske.

»Kommen Sie herein«, sagte die Frau auf Englisch. »Sie sind bereits angemeldet.« Der Nachrichtendienst schien jedenfalls zu funktionieren.

An der Garderobe legten Sie ihre Jacken ab. An der Anzahl der belegten Haken war zu erkennen, dass es noch etliche weitere Besucher geben musste.

An fünf der Haken hingen Masken. Sie erinnerten an die der Frau, jedoch wies eine jede von ihnen individuelle Züge auf. Als handelte es sich tatsächlich um Totenmasken, die man von einem Verstorbenen angefertigt hatte.

»Setzen Sie die Masken auf. Es ist egal, für welche Sie sich entscheiden.«

Phil tat, wie ihm geheißen wurde. Die Maske war ungewöhnlich leicht. Er hatte vermutet, dass sie ein viel größeres Gewicht besaß. Statt aus Pappmaché oder einem ähnlichen Material schien sie aus einer hauchdünnen Latexschicht zu bestehen. Andererseits war sie dafür zu wenig biegsam.

Als er in die Masken der anderen schaute, wurde ihm mulmig. Auf was ließen sie sich hier ein?

Das Material der Maske schien mit seiner Haut zu verschmelzen. Eng schmiegte es sich an seine Gesichtszüge. Er spürte ein eigenartiges Kribbeln.

»Ich bin Ihre persönliche Dienerin für diesen Abend«, erklärte die Frau. »Doch zuerst müssen Sie bezahlen.«

»Das erledige ich schon«, sagte von Campen. Er entfernte sich mit der Frau von den anderen. Rasch wechselte ein Scheck den Besitzer.

»Warum hat er es so eilig?«, fragte Heiko Denner. »Wenn ihr mich fragt, mir gefällt das Ganze nicht. Aber wahrscheinlich weiß er wie immer mehr als wir.«

»Tja, jetzt haben wir wohl keine andere Wahl, als das Spiel mitzumachen«, meinte Virginia. »Oder hat sich von euch einer den Weg hinaus aus diesem Gassenlabyrinth gemerkt?«

Die anderen schüttelten die Köpfe. Von Campen gab ihnen mit einem Wink zu verstehen, dass die Bezahlung erledigt war.

»Wenn ich mich nicht sehr irre, erwartet uns heute Abend ein Schauspiel, das wir nie vergessen werden«, flüsterte er Phil geheimnisvoll ins Ohr. Das erhitzte Gesicht von Campens war durch die Maske hindurch zu spüren. »Danach habe ich gesucht, mein Junge.«

»Und was erwartet uns?«

»Lassen Sie sich überraschen, Phil. Und passen sie auf Ihre kleine Virginia auf ...«, machte er geheimnisvolle Andeutungen. Offensichtlich war ihm nicht entgangen, was sich zwischen beiden anbahnte. »Übrigens: unsere Dienerin nennt sich Sawa. Sie wird uns jetzt in den Saal führen ...«

»Welchen Saal?«

Phil wurde die Sache immer mysteriöser, aber es war zu spät, um sich *nicht* auf diesen Abend einzulassen. Also folgte er Sawa ebenso wie die anderen. Sie öffnete eine Tür und wies hinein.

»Sie werden Ihre Plätze sehen. Wenn Sie einen Wunsch haben, denken Sie meinen Namen – Sawa – und ich werde gehorchen …«

Denken Sie meinen Namen und ich werde gehorchen …

Das klang nach dem berühmten Geist in der Flasche, bei dem man drei Wünsche freihatte. Aber wehe, man wählte die falschen …

Der Raum, den sie nun betraten, war tatsächlich eine Art Saal. Es handelte sich um eine Fabrikhalle. Riesige, teilweise verrostete Maschinen, die längst ihren Dienst quittiert hatten, standen herum. Einige waren verdeckt mit weißen Tüchern. Auch von den Wänden und den Decken hingen lange Stoffbahnen. Blutrote japanische Schriftzeichen darauf schienen wie von zittriger Riesenhand gemalt. Sie erinnerten tatsächlich an überdimensionale Blutspritzer.

Hier drinnen war es noch um einige Grade kälter. Fast wie in einem gewaltigen Kühlschrank. Ein leises Summen und ein ständiger kalter Luftstrom deuteten darauf hin, dass es hier eine Klimaanlage gab.

Virginia schmiegte sich fröstelnd an Phil.

Es befanden sich an die fünfzig Personen in der Halle. Wie auf ein geheimes Zeichen schauten sie alle herüber, als die Neuankömmlinge den Saal betraten.

»Sie sind ausnahmslos maskiert!« entfuhr es Virginia.

Die Maskengesichter boten in ihrer Vielzahl ein furchteinflößendes Bild. Jede Einzelne unterschied sich in Nuancen von den Anderen.

Als blickten uns Tote an, dachte Phil. Diesmal war es nicht nur die Klimaanlage, die ihn frösteln ließ.

Genau wie es Sawa prophezeit hatte, erkannten sie ihre

Plätze auf Anhieb. Sie befanden sich in der ersten Reihe. Es waren die einzigen noch leeren Stühle.

Während sie darauf zu gingen, verfolgten die anderen Anwesenden jeden ihrer Schritte mit ihren Blicken. Phil war froh, als er endlich den leeren Stuhl erreicht hatte und darauf niedersank. Der Sitz war hart und ungemütlich. Wie alles hier. Eher dazu angetan, dass man schleunigst wieder das Weite suchte.

Sie schauten von ihren Sitzen aus direkt auf eine improvisierte Bühne. Das Podest war etwa vier mal vier Meter groß und ebenfalls mit weißen Tüchern dekoriert, die mit roten Schriftzeichen versehen worden waren.

Was mochte hier aufgeführt werden? An einen billigen Striptease glaubte Phil schon längst nicht mehr.

Es war, als hätte ein geschickter Regisseur nur darauf gewartet, dass sie endlich Platz genommen hatten. Die Öllampen wurden wie von Geisterhand gelöscht. Gleichzeitig ertönte eine leise, unirdisch klingende Flötenmelodie.

Zwei in altertümliche Trachten gekleidete Männer trugen eine schwarze Kiste auf die Bühne. Es handelte sich um einen Sarg. Und bei den Trachten um die zeremoniellen Gewänder von Totengräbern. Auch sie trugen Masken. Allerdings waren diese schwarz.

Die beiden Männer verbeugten sich vor dem Sarg und verschwanden wieder von der Bühne. Dann öffnete sich der Sarg.

Phil hielt den Atem an. Er spürte, wie er trotz der Kälte unter seiner Maske zu schwitzen begann. Der Sargdeckel fiel polternd auf die Bühne. Eine Frau erhob sich mit ruckartigen Bewegungen aus dem Sarg.

Phil sah sofort, dass mit ihr etwas nicht stimmte. Irgend etwas war an ihren Bewegungen erschien ihm falsch. Nichts daran war einstudiert. Im Gegenteil, es wirkte völlig impulsiv.

Wie die groteske Karikatur einer Tänzerin entstieg die Frau der Kiste.

Ein Raunen ging durch die Zuschauermenge.

»Eine lebende Tote!«, flüsterte von Campen. »Also stimmt es doch, was man sich erzählt ...«

»Was erzählt man sich denn?«, drängte ihn Phil. Er musste einfach wissen, was hier vor sich ging.

»*Komogata*. Die Nachtseite von Tokio. In den alten Riten werden die Toten solange am Leben gehalten, bis sie den Lebenden nichts – wirklich gar nichts mehr schenken können ...«

»Was können uns denn Tote schenken?«, fragte Phil entsetzt, doch von Campen hatte keine Lust mehr, sich zu unterhalten. Mit einer barschen Handbewegung gebot er Phil, Ruhe zu geben. Wie in Trance starrte er auf das Schauspiel, das sich auf der Bühne abspielte.

Phil war angewidert. Was sollte dieser Quatsch mit den lebenden Toten? Glaubte von Campen wirklich daran? Was für eine morbide Scheiße wurde hier abgezogen?

Von der Decke über der Bühne flammte ein Spot auf und tauchte den Leib der Tänzerin in gleißendes Licht. Er war über und über mit Wunden übersät.

Es ist nicht nur morbide, es ist auch noch in höchstem Maße abartig, was hier gespielt wird, dachte Phil. Ein Blick auf Virginia verriet ihm, dass sie ebenso entsetzt war wie er.

Nur wenige Wunden schienen frisch zu sein. Aus zwei oder drei tröpfelte Blut. Die meisten anderen Verletzungen wiesen verschiedene Stadien auf: Einige waren verkrustet, andere mit Eiter bedeckt. Viele waren bereits in das Stadium der Narbenbildung übergegangen.

Die Frau war nackt. Ihr Körper mochte einst eine lockende Versuchung gewesen sein. Alles an ihm war perfekt. Für japanische wie für westliche Ansprüche. Der schlanke Hals, die vollen, jedoch nicht zu üppigen Brüste, der flache Bauch, die schmale Taille, der verlockende Schwung der Hüften, die schlanken, formvollendeten Beine. Die langen schwarzen Haare fielen bis auf die Schulterblätter hinab.

Das Gesicht war von einer Maske bedeckt, die jedoch weder Augen- noch Nasenöffnungen aufwies. Nur die Mundaussparung war wie zu einem immerwährenden Schrei geformt.

Trotz der Abscheu fühlte Phil, wie eine eigentümliche Erregung in ihm wuchs. Auch wenn er nichts auf von Campens Geschwafel gab, beschäftigte ihn die Frage, ob die Wunden der Frau tatsächlich echt sein konnten. Wenn ja, wer hatte sie ihr zugefügt? Und wer war sie, dass sie solch eine Faszination auf ihn ausübte?

Hatte er zunächst noch geglaubt, die Bewegungen der Frau würden ins Tänzerische umschwenken, so hatte er sich geirrt. Es schien ihr sogar Schwierigkeiten zu bereiten, einigermaßen die Balance zu halten. Wenn es gespielt war, so wirkte es auf grausame Weise echt. Tatsächlich hatte Phil als Zuschauer den Eindruck, dass ein unsichtbarer Marionettenspieler dem geschundenen Körper mit unsichtbaren Fäden eine widersinnige Lebendigkeit einhauchte.

Eine weitere Person betrat die Bühne. Auch sie trug eine schwarze Maske. Das Gewand war von derselben Farbe.

»Guten Abend, meine Damen und Herren« sagte der Mann auf Englisch. »Meine japanischen Zuschauer mögen verzeihen, wenn ich mich heute in dieser Sprache an sie wende, aber wir haben internationales Publikum zu Gast.«

Höflicher Applaus brandete auf. Phil hatte das Gefühl, als würden sich Dutzende glühender Pfeile in seinen Nacken bohren. Er wollte sich umdrehen, aber er zwang sich, weiter auf die Bühne zu blicken.

Seinen Kollegen und von Campen schien es ebenso zu ergehen. Sie fühlten sich ausgeliefert. Geradezu demaskiert in dieser Scheinwelt der Masken und der anonymen Zuschauermenge, in der für sie jeder Japaner hinter der Maske wie der andere aussah.

Außerdem schienen die Meisten nicht das erste Mal hier zu sein und im Gegensatz zu ihnen zu wissen, was Ihnen hier dargeboten wurde. Und nun wussten alle auch, dass heute Abend fünf *Fremde* ihrer Zeremonie beiwohnten.

Und wenn wir ihnen dabei in die Quere kommen, so werden sie über uns herfallen und uns zerfleischen, dachte Phil. Der Gedanke war absurd. Und dennoch ließ er ihn frösteln.

An die japanischen Gäste gewandt sagte der Mann auf der Bühne etwas in der Landessprache. Offensichtlich erheiterte er damit die Zuschauer, denn ein lautes Lachen und Schenkelklopfen erfüllte den Saal. Phil kam sich mehr denn je wie ein Außenseiter unter Eingeweihten vor.

Dann fuhr der Mann auf Englisch fort, wobei seine Stimme in einen theatralischen Ton überging: »Wir alle wissen, was Ayumi, die Frau mit den tausend Narben, bisher erlitten hat. Ausgespien aus der Stadt ohne Namen, wandelte sie auf Erden, um den ewigen Schlaf und Frieden zu suchen. Obschon sie viele Tode starb und ihre Schmerzen in ewiger Verdammnis und Qual andauern, so weilt sie noch immer unter den lebenden Toten. Wer von Euch möchte heute der Glückliche sein, der ihr ihren Wunsch, den Wunsch zu sterben, für immer und ewig, erfüllt?«

Ein vielstimmiger Aufschrei ging durch die Menge. *Jeder* – so hatte es den Anschein – wollte der Glückliche sein.

Phil war nahe dran, sich zu übergeben. Welch erbärmliches Schauspiel!

Die Frau auf der Bühne tat ihm leid. Er glaubte nicht

länger daran, es mit einer Schauspielerin zu tun zu haben. Wahrscheinlich hatte man die Frau unter Drogen gesetzt, um hier die abartigsten Dinge mit ihr anzustellen. Er hatte bisher geglaubt, dass Snuff-Movies, in denen Menschen zum Ergötzen einiger Perverser zu Tode gequält wurden, nur in der Phantasie von Abartigen existierten.

Jetzt wurde er eines Besseren belehrt. In diesem Saal wurde zwar nicht gefilmt – zumindest war keine Kamera zu sehen –, aber ansonsten schien es auf das Gleiche hinauszulaufen. Die Wunden, mit denen der Körper der Frau übersät waren, waren jetzt zu offensichtlich, um nicht echt zu sein.

Auch von Campen schrie begeistert. Er wollte derjenige sein, der auserwählt wurde, musste sich sichtlich beherrschen, um nicht einfach von seinem Platz aufzuspringen und die zwei Meter Distanz bis zur Bühne zu überwinden.

Der Maskierte auf der Bühne fixierte ihn. Hinter den Schlitzen waren die Augen zwar nur zu erahnen, aber die Körpersprache sagte genug aus.

Er schien amüsiert.

»Komm«, befahl er. »Du bist der Erwählte.«

Von Campen schien sein Glück kaum fassen zu können. Irritiert sah er sich um. »Ich? Wirklich ich?«

Phil erkannte den Unternehmer kaum wieder. Er benahm sich wie ein Lakai.

»Komm herauf und nimm deine Bestimmung an, Erwählter!«, fuhr der Maskierte fort.

Das ließ sich von Campen nicht zweimal sagen. Er stolperte fast, als er von seinem Stuhl aufsprang. Keuchend kletterte er auf die Bühne.

Die Frau mit den tausend Narben blieb stehen und richtete ihren Blick auf ihn. Die Maske verriet nicht, ob ihre Augen

Angst vor dem Kommenden oder gar fiebernde Erwartung ausdrückten.

Als von Campen die Bühne erklommen hatte, steigerte sich die Musik zu einem atonalen Höhepunkt. Wie von selbst tauchte plötzlich ein Messer in der Hand des Maskierten auf. Einen Moment lang hatte es den Anschein, als würde der Maskierte von Campen das Messer in den Bauch stoßen. Aber es war im Gegenteil eine fließende, wie rituell erscheinende Bewegung, an deren Ende von Campen den Griff des Messers plötzlich selbst in Händen hielt.

»Gib ihr, wonach ihr Leib sich verzehrt!«, befahl der Maskierte. »Und ist sie nicht willig, so gebrauche Gewalt!«

Von Campen schrie auf. Wie ein Tier. Der Bann des Augenblicks hatte Gewalt über ihn erlangt.

Mit einer Verbeugung vor dem Publikum verabschiedete sich der Maskierte und verließ die Bühne.

Von Campen sah sich gehetzt um.

»Gib es ihr!«

»Töte sie!«

»Nimm sie!«

Die aufpeitschenden Rufe aus dem Publikum kamen sowohl auf Japanisch als auch auf Englisch. Phil und die anderen saßen noch immer wie erstarrt vor Ekel. Der Rest des Publikums schien sich in einen wahren Rausch hineinzusteigern. Als hätten diese Wahnsinnigen nur darauf gewartet, endlich loslegen zu können.

Von Campen wandte sich Ajumi zu. Sie stand regungslos, mit erhobenem Kopf, aber hängenden Schultern, vor ihm. Es hatte nicht den Anschein, als würde sie irgend etwas empfinden.

Mit einem Aufschrei stürzte von Campen auf sie zu. Noch immer rührte sie sich nicht. Das Messer in seiner Hand fuhr weitausholend durch die Luft – und fuhr mit einem satten Geräusch in Ajumis Leib.

Das Unheimliche war ihre fehlende Reaktion. Trotz des Stoßes schrie sie nicht auf. Sie wankte noch nicht einmal.

Von Campen hielt irritiert inne.

»Gib ihr mehr!«

»Du musst ihr Herz treffen!«

»Ihre Augen!«

Regungslos ließ Ajumi es geschehen, dass von Campen das Messer aus ihrem Körper zog. Nur einige wenige Blutstropfen flossen heraus und verunreinigten das weiße Gewand.

Dann stieß von Campen abermals zu. Er hatte direkt auf ihr Herz gezielt. Diesmal zeigte Ajumi eine Reaktion. Sie stöhnte auf. Es war ein Stöhnen, das durch Mark und Bein ging. Halb Schmerz, halb … Wollust.

Natürlich, dachte Phil. *Sie verlangt nach den tödlichen Stößen, um den ewigen Schlaf zu finden, auf dessen Suche sie ist.*

Er konnte es nicht verhindern – auch er spürte, wie er dem Massenwahn zu erliegen begann. Dass er alle Logik über Bord zu werfen bereit war, angesichts des unglaublichen Geschehens auf der Bühne …

Nun hatte von Campen begriffen. Seine nächsten Stöße setzten Ajumi weitere tödlich scheinende Wunden zu. Das Messer war scharf. Gezielt setzte er weitere Treffer. Mit jedem Stich steigerte sich die Ekstase des Publikums. Und auch bei Ajumi zeigten die Wunden Wirkung. Ihr Stöhnen wurde stetig lauter, bis sie schließlich nur noch schrie. Das weiße Gewand färbte sich zu einem immer intensiver werdenden Rot.

Schließlich wankte sie. Von Campen stach weiter auf sie ein. Ajumi sank auf die Knie. Dann kippte sie vornüber.

»Zieh sie aus!«

»Nimm dir, was dir zusteht!«

Jetzt erst schien von Campen bewusst zu werden, was er soeben getan hatte. Sein erstaunter Blick wanderte zu dem Messer in seiner rechten Hand. Die Klinge war blutüberströmt.

Er hatte diese Frau getötet.

Und jetzt verlangte man von ihm, dass er das Unaussprechliche mit ihr anstellte. Sie hier auf der Bühne vor aller Augen – nahm.

Er war nicht pervers! Wütend schleuderte er das Messer von sich. Der Bann war gebrochen. Er kniete neben der Frau nieder. Sie atmete nicht mehr.

Natürlich nicht. Nicht nach den Verletzungen, die du ihr beigebracht hast, du Arschloch!

Von Campen wollte Gewissheit. Er musste wissen, ob er nur einem Trick zum Opfer fiel, oder … Vorsichtig schob er ihr Gewand hoch, um die Wunden zu sehen.

Das Publikum interpretierte seine Handlung falsch und begann wieder, ihn enthusiastisch anzufeuern.

Es war kein Trick. Die Wunden in Ajumis Körper waren echt. Das einzig Merkwürdige war der geringe Blutverlust. Von Campen presste sein Ohr auf ihre Brust.

Kein Herzschlag war zu hören. Aber hatte der schmierige Conférencier nicht behauptet, sie sei eine lebende Tote? Vielleicht war sie schon vorher tot gewesen!

Zwei Hände schlossen sich um seinen Hals.

Ächzend versuchte er, sie abzuschütteln. Es waren Ajumis Hände. Wie zwei stählerne Klammern drückten sie zu. Gleichzeitig erhob sich Ajumis Körper ruckartig unter ihm.

Von Campen röchelte.

Sie war tot! Sie *musste* tot sein!

Wie ein Orkan erreichten ihn die anfeuernden Rufe des Publikums. Nur dass sie jetzt nicht mehr ihn anfeuerten …

Das Spiel hatte sich gedreht. Und es war tödlich.

Sein Bewusstsein tauchte in einen roten, alles übertünchenden Nebel ein. Aber kurz bevor gnädige Dunkelheit ihn übermannen konnte, lösten sich die Stahlklammern von seinem Hals.

Er taumelte. Dann klärte sich sein Blick so weit, dass er Ajumi erkennen konnte.

Aufrecht stand sie vor ihm. Jetzt hielt *sie* ein Messer in der Hand!

Mit einer fast theatralischen Bewegung stieß sie zu.

Der Stoß war nicht tödlich. Das Messer traf ihn in den Arm. Doch abermals holte sie aus.

Von Campen begann zu ahnen, dass sein Sterben lang und schmerzhaft werden würde.

Phil hatte genug. Er musste hier raus! Das Publikum war dermaßen gefesselt, dass jetzt der beste Zeitpunkt war. Von Campen war sowieso nicht zu helfen. Phil konnte froh sein, wenn er selbst es schaffte. *Raus hier und Hilfe holen!*, pochte es in seinem Kopf.

Vorsichtig wandte er seinen Kopf zur Seite, um nach einem Fluchtweg Ausschau zu halten.

In diesem Augenblick sah er sie. Sie stand abseits der Zuschauer im Schatten einer verdeckten Maschine. Sie war verführerischer als alle Frauen, die er je gesehen hatte. Sie trug nichts auf ihrem nackten Körper. Die pechschwarzen, bis auf die Schultern fallenden Haare verhüllten kaum etwas. Die Brüste schienen von einem begnadeten Künstler geformt zu sein und glänzten wie ihr ganzer Körper in einem weißen Marmorton. Das Dreieck zwischen ihren Schenkeln war dazu ein verlockender Gegensatz.

Diese Frau war eine Göttin.

Wie kam sie hierher? Sie gehörte nicht in diesen Sündenpfuhl. Was hatte eine Göttin in der Hölle zu suchen? Er spürte, wie seine Gedanken nur noch um sie kreisten. Sie trug als Einzige hier keine Maske.

Von Campen und die anderen waren vergessen. Selbst Virginia.

Er musste diese Frau mitnehmen. Schutzlos und nackt wie sie war, würden die Bestien das Gleiche mit ihr anstellen wie mit Ajumi. Sie würden ihren formvollendeten Körper ebenso entstellen, wie sie es bei Ajumi getan hatten.

Ihre Blick fing den seinen ein. Er versank in ihren jadegrünen, ausdrucksvollen Augen.

Komm! Mehr eine Verlockung als ein Befehl. Es war plötzlich in seinem Kopf. Und egal, was es war, er musste gehorchen. Jede Faser seines Körpers verzehrte sich nach dieser Göttin.

Ohne den Blick von ihr zu wenden, erhob er sich aus seinem Stuhl. Niemand hielt ihn auf. Wie hypnotisiert ging er auf die Frau zu.

Komm!

Er hatte sie fast erreicht. Verlangend, wie trunken, streckte er die Arme nach ihr aus. Von einem Augenblick zum anderen verschwand sie.

Er hatte nicht aufgepasst. War nicht schnell genug gewesen. Rasch trat er zu der Stelle, an der die Schatten sie verschluckt hatten. Dort sah er sie wieder. Sie war nun weiter entfernt als zuvor. Aber sie winkte ihm zu, dass er zu ihr kommen sollte. Ihre vollendeten Rundungen erzitterten leicht, als sie die Bewegung vollführte.

Tiefer und tiefer hinein in dieses Labyrinth aus riesigen, stählernen Ungetümen und schattigen Schneisen. Auch wenn er sie immer wieder aus den Augen verlor, der Lockruf in seinem Kopf war unüberhörbar.

Er wusste nicht, wie viel Zeit vergangen war. Ihm kam es vor wie eine Ewigkeit. Sein Verlangen steigerte sich ins Unerträgliche.

Aber endlich stand sie vor ihm. Nur einen Schritt von ihm entfernt. Eine Armeslänge. Er brauchte nur die Hände zu heben, und er würde diesen Göttinnenleib berühren können. Er zitterte vor unterdrückter Lust.

Ihre Haut glänzte, als wäre sie mit Öl eingerieben. Der leicht geöffnete Kirschmund war eine einzige Versuchung. Mit der Zunge fuhr sie über die Lippen, dass diese noch mehr glänzten.

Phil spürte, wie sich das Glied in seiner Hose kaum mehr bändigen ließ.

»Du gefällst mir«, sagte die Frau.

Phil konnte sein Glück kaum fassen. Diese fleischgewordene Verkörperung der Lust wollte tatsächlich *ihn*. Er konnte es kaum fassen.

»Zieh dich aus – und nimm diese lächerliche Maske ab!«, befahl sie ihm.

Es war ihm gar nicht bewusst gewesen, dass er sie noch trug. Er riss sich das Gewand vom Leibe und warf die Maske fort.

Verlangend sah die Frau auf seine Hose, unter deren Stoff sich sein Geschlecht nun deutlich abzeichnete.

»Zieh dich ganz aus!«, verlangte sie.

Phil zögerte nicht einen Augenblick, ihr auch diesen Wunsch zu erfüllen. Er spürte seinen trockenen Mund. Ihre feuchten Lippen würden ihm die ersehnte Labung bringen. Wie in Trance fingerte er an seinem Gürtel herum und entledigte sich der Hose und danach der restlichen Kleidung.

Phil hatte schon viele Frauen gehabt. Er sah blendend aus und hielt seinen Körper in Form. In seinem Beruf kam es auf ein gepflegtes Äußeres an. Er konnte die Frauen nicht mehr zählen, mit denen er geschlafen hatte.

Aber diese eine war etwas Außergewöhnliches.

Wie von selbst spürte er sie plötzlich in seinen Armen. Ihr Körper fühlte sich noch atemberaubender an, als er gedacht hatte. Er war fest und nachgiebig zugleich. Und so geschmeidig wie eine Katze.

Eng umschlungen sanken sie auf den Boden. Noch im Fallen rissen sie eines der weißen Tücher, mit denen die Maschinen bedeckt waren, mit zu Boden. Wie zwei Kinder wickelten sie sich darin ein, während sich ihre Körper eng aneinander pressten.

Er spürte ihre feuchten Lippen. Sie bahnten sich ihren Weg von seinem Mund das Gesicht und den Hals hinab. Saugten sich fest. Dort, wo die Halsschlagader saß, verweilten sie einen Moment, während Phil vor Lust aufstöhnte. Wie von einem Echo wurde sein eigenes Stöhnen von der Frau erwidert. Dann wanderten ihre Lippen weiter, noch tiefer hinab.

Phil glaubte zu zerspringen, als sie sich schließlich bis zu seinen Lenden vorgearbeitet hatte. Ihre Zunge begann einen unglaublich schnellen Tanz. Sie war eine Meisterin. Kurz bevor es aus ihm herausströmte, ließ sie von ihm ab.

»Hör nicht auf«, stöhnte er. »Ich komme um vor Verlangen!«

»Dann zeig es mir! Zeig mir, wie stark dein Verlangen ist! Und wie groß!«

Phil spürte, wie sein Glied bei diesen Worten noch mehr anschwoll. Es war unglaublich.

Zeig es mir!

Mit einer gleitenden Bewegung war sie auf ihm. Sie ergriff

sein steifes Glied und führte es sich ein. Phil spürte, wie ein orgasmusähnliches Gefühl seinen Körper in Zuckungen versetzte. Und doch hatte er den Gipfel der Lust noch nicht erreicht. Er hätte Stunden auf dieser Welle der Ekstase schweben können.

Um ihr zu dienen.

Die Frau schrie lustvoll auf. Auch sie schien den Punkt erreicht zu haben, an dem ein immerwährender Orgasmus begann.

Die Welt versank um Phil. Während sich sein Geist der Verzückung hingab, arbeitete sein Körper mechanisch weiter. Wie eine pumpende Maschine. Und die Frau erwiderte jeden einzelnen seiner harten Stöße, die sie von einem Höhepunkt zum nächsten katapultierten.

Schließlich kam er zu einem letzten, eruptiven Orgasmus. Er spürte, wie sein Sperma sich in ihren Schoß ergoss. Aber die Göttin hatte noch immer nicht genug. Sie ritt ihn weiter, bis ihm schwarz vor Augen wurde.

Da erst begann sie ihren Ritt zu verlangsamen. Aber noch immer hatte sie nicht genug. Phil spürte, dass er sie noch nicht befriedigt hatte. Einen Moment lang fühlte er eine tiefe Schuld. Sie hatte ihm mehr gegeben, als eine Frau einem Mann eigentlich schenken konnte. Sie war von einer Himmelstreppe herabgestiegen und hatte ihn mit hinaufgenommen in ihr göttliches Elysium.

Und er hatte versagt.

Doch dieses Schuldgefühl währte nur einen Augenblick. Ihre tastenden Gedanken beruhigten ihn. Nicht nur ihre Körper waren miteinander vereint, sondern auch ihr Geist. Es war unglaublich, aber wer das Paradies gesehen hatte, glaubte auch an Wunder.

Es ist noch nicht vorbei, sang ihre Stimme in seinem Kopf.

Und glaub mir, Liebster, du vermagst mir weit mehr zu schenken, als du ahnst.

Phil stöhnte, als sie an seinen Brustwarzen zu saugen begann, während sie mit einer Hand sein Glied rieb. Nein, es war noch lange nicht vorbei. Für sie war es nur das Vorspiel gewesen. Er spürte einen neuen Orgasmus kommen. Diesmal einen kurzen, heftigen, der so gewaltig war, dass er glaubte, er würde nun völlig den Verstand verlieren.

Geschmeidig wie ein Panther glitt sie im gleichen Moment wieder über ihn und fing seinen Samen mit ihrem Schoß auf. Und gleichzeitig biss sie zu, saugte sich mit ihren Lippen fest und fester, während sie das köstliche, rote Nass schleckte, das sich pochend aus seiner Halsschlagader den Weg in ihren Schlund bahnte …

2. Kapitel

Der nackte Gast

Was für ein Abend!

Begonnen hatte es mit einem ganz normalen Stadtbummel, wie Lilith ihn liebte. Noch vor Sonnenuntergang hatte sie den Sensoji-Tempel besichtigt. Im Jahr 628, so besagte die Legende, zogen zwei Fischer eine kleine Statue der Barmherzigkeitsgöttin Kannon aus dem Miyato-Fluss. Alle Versuche schlugen fehl, die Figur dieses Bodhisattva wieder in die Fluten zurückzubefördern. Also lieferten die beiden Fischer die unheimliche Figur bei ihrem Herrn ab. Dieser ließ alsbald eine Halle errichten – den späteren Tempel. Die sagenumwobene Kannon-Statue war nun zwar schon seit Jahrhunderten verschwunden, aber noch heute stand neben dem buddhistischen Tempel der shintoistische Asakusa-Schrein, der den beiden Fischern und ihrem Herrn aus der Gründungslegende des Tempels geweiht war.

Daran anschließend war Lilith zum Sumida-Park geschlendert. Es war schönes Wetter und sie hatte sich für ein schwarzes, enganliegendes Kleid entschieden, das ihre Körperproportionen vollendet zur Geltung brachte, ohne billig zu wirken. Die Männer drehten sich wie automatisch nach ihr um, aber auch von mancher Frau wurden ihr bewundernde Blicke zugeworfen.

Nicht immer stand sie gern so offensichtlich im Zentrum der Aufmerksamkeit. Es gab Stunden, Tage und sogar Wochen, während denen sie sich am liebsten verkroch und kaum ihr Penthouse verließ. Dann haderte sie mit sich und der Welt.

Aber ebenso oft gelang es ihr, sich von allen schwermütigen Gedanken und Erinnerungen zu lösen und ganz einfach sie selbst zu sein. Das Leben einer ganz normalen jungen Frau zu führen, wie Millionen andere auch in Tokio. An Tagen wie diesem heilten die seelischen Wunden der Vergangenheit wie von selbst. Es gab Momente, wo sie sogar selbst glaubte, ein ganz gewöhnliches Leben zu führen.

Der Sumida-Park war im Frühling besonders schön. Dann blühten hier die Kirschbäume in ihrer ganzen Pracht.

Lilith lenkte ihre Schritte Richtung Fluss und verlangte am Kartenschalter an der Azuma-Brücke ein Ticket bis nach Hamarikyu. Der Mann hinter dem Tresen starrte sie an wie ein Wesen von einem anderen Stern. Wenn Blicke es vermocht hätten, sie auszuziehen, hätte sie völlig nackt vor ihm gestanden.

Später hatte sie das Boot bestiegen und die Aussicht, die sich ihr vom Wasser bot, ebenso genossen wie alles andere an diesem Tag. Aus dem Bordlautsprecher ertönten untermalende Rhythmen: Trommelklänge.

Das Boot fuhr an der Kokugikan, der Arena der Sumo-Ringer, vorbei und erreichte die Statue Basshos, Japans berühmtesten Haiku-Dichters. Zu seiner Zeit, im siebzehnten Jahrhundert, befand sich an dieser Stelle noch offenes Meer und die Wellen schwappten über die heutige Ginza fast bis an den Kaiserpalast.

Schließlich erreichte das Boot den Hamarikyu-Garten. Lilith zahlte 300 Yen für den Eintritt und verbrachte den ganzen Abend dort. Mitten im Garten lag ein See mit einer kleinen Insel, auf die drei von Glyzinen beschattete Brücken führten. In einem Teehaus setzte sie sich zur Rast und bereitete sich auf die Nacht vor.

Für sie hieß das, dass sie die anderen Gäste genau unter die Lupe nahm. Vor allen Dingen die männlichen.

Sie schlug die Schenkel übereinander und registrierte genau, wie ihre unglaublich langen, wohlgeformten Beine die um sie sitzenden Männer um den Verstand brachten.

Aber es war niemand darunter, der auch *ihr* gefiel. Sie war nicht immer so wählerisch. Aber heute war sie in so guter Stimmung, dass Sie sich etwas Besonderes gönnen wollte. Es würde den Tag perfekt machen.

Es war fast dunkel, als sie das Boot mit zurück nahm. Es war kälter geworden, aber sie spürte es nicht. Dafür den Hunger, der stärker und stärker wurde.

Schließlich fand sie sich in der Hafengegend wieder. Es war der verfallene Teil. Riesige Lagerhäuser sowie verwahrloste, aufgegebene Fischhallen und -fabriken bildeten eine wenig anheimelnde Kulisse. Kaum Menschen waren hier unterwegs. Die meisten mieden wahrscheinlich diese unheimlichen, schmalen und dunklen Gassen.

Einmal stieß sie auf eine Horde betrunkener Matrosen. Als sie Lilith in ihrem knappen Kleidchen erblickten, glaubten sie wahrscheinlich, einen Sechser im Lotto gezogen zu haben. Grölend liefen sie ihr entgegen.

Sie zog es vor, in einer Seitengasse zu verschwinden. Als die Männer heran waren, hatte sie sich scheinbar in Luft aufgelöst. In Wahrheit jedoch hatte sich lediglich der Symbiont vollständig um ihren Körper gewickelt und eine so geschickte Tarnfärbung angenommen, dass sie mit der Fassade regelrecht verschmolz.

Sie spürte, wie der magische Stoff ihr nur widerwillig gehorchte. Wahrscheinlich hätte er lieber die Auseinandersetzung gewählt. Zumal es in diesem dunklen Gassengewirr keine Zeugen gab. Doch Lilith zwang ihn, sich zu beherrschen. Wie auch sie sich dazu zwang.

Nein, keiner aus dieser Horde war es wert, dass sie ihm ihre Gunst erwies. Sie würde weitersuchen.

Ein dunkler Instinkt hatte sie in diese verlassene Hafengegend getrieben. Nicht immer war darauf Verlass. Aber oft.

Als sie die Stimmen hörte, glaubte sie, dass ihre Intuition sie auch diesmal zielsicher gelenkt hatte. Neugierig folgte sie den Lauten.

Sie stieß auf ein Szenario, das nichts Außergewöhnliches darstellte. Ein Taxifahrer stieg gerade wieder in seinen Wagen. Drei weitere Japaner standen um eine Gruppe Europäer. Lilith erkannte an der Sprache, dass es sich um Deutsche handeln musste.

Wieder war sie mit den Schatten verwachsen, während sie sich die Personen näher betrachtete. Die beiden Frauen schieden von vornherein aus, obwohl die eine ganz hübsch war. Doch heute spürte Lilith allein die Lust nach praller Männlichkeit.

Die Japaner waren ebenfalls nicht nach ihrem Geschmack. Der eine sah aus wie ein Sumo-Ringer. Die beiden anderen erinnerten sie an Ratten.

Die Deutschen waren da schon eher nach ihrem Gusto. Der eine war zwar älter und untersetzt, aber sie spürte, dass ein Wille und eine Macht von ihm ausgingen, die sie reizten. Es würde Vergnügen machen, sich mit ihm zu messen, um seinen Willen zu brechen.

Der zweite Deutsche sah besser aus, war aber augenscheinlich ein Schwächling. Nichts, worauf sie in dieser Nacht Lust verspürte.

Der dritte Deutsche hingegen war ein Volltreffer. Er war mindestens einsneunzig groß, schlank, durchtrainiert und mit seinen markanten Gesichtszügen überaus gutaussehend. Und er hatte Charakter. Sie konnte es spüren, als ihre Gedanken sanft nach seinem Geist tasteten. Oh ja, ein starker Wille in einem starken Körper. Sie hatte gefunden, wonach sie sich sehnte. Die anderen nannten ihn Phil.

Niemand bemerkte, wie sie der Gruppe heimlich folgte. Zuerst hatte sie gedacht, die Deutschen würden in eine Falle gelockt, aber dann hatte sie ebenso fasziniert wie alle anderen den Auftritt der maskierten Frau miterlebt.

Ayumi, die Frau mit den tausend Narben aus der Stadt ohne Namen ...

Handelte es sich wirklich um eine lebende Tote? Lilith sandte vorsichtig tastend ihre Gedanken aus, doch sie stieß nur auf eine seltsame Schwärze, die sie nicht wagte, tiefer zu ergründen.

Unter anderen Umständen hätte es sie mehr interessiert, was es mit Ajumi auf sich hatte. Aber nicht hier und heute. Sie hatte nicht die geringste Lust, ihr Ziel aus den Augen zu verlieren.

Sie konzentrierte sich wieder auf Phil. Es gefiel ihr, dass er dem abartigen Schauspiel nicht ebenso gedankenlos folgte wie die anderen. Sie fühlte seine Abscheu. Aber gleichzeitig spürte sie auch etwas anderes in ihm: Spuren einer *anderen* Wesenheit, die ebenso wie Lilith seinen Geist zu beeinflussen versuchte ...

Wahrscheinlich handelt es sich um so etwas wie eine Massenhypnose, dachte Lilith. So wie sich der Dicke auf der Bühne benahm, war es gut möglich.

Als das Geschehen dort seinen grausamen Höhepunkt erreichte, hielt sie es für zweckmäßig, endlich ihr Vorhaben in die Tat umzusetzen. Sie hatte seinen Willen fest im Griff.

Wie eine Marionette erhob er sich von seinem Platz und kam in ihre Richtung. Niemand beachtete ihn groß. Zu sehr wurden alle von dem bizarren Schauspiel in den Bann gezogen.

Komm!

Sie spielte mit ihm Katz' und Maus. Zugleich genoss sie die Gefahr. Jederzeit mochten sie entdeckt werden. Sie lockte ihn tiefer in das Labyrinth der Hallen und Lager. Bis sie sicher war, dass ihnen niemand gefolgt war.

Nachdem sie ihre Blutgier gestillt hatte, kam sie zur Besinnung. Phil lag ohnmächtig in ihren Armen. Noch etwas länger, und er hätte diese Begegnung nicht überlebt. Sie konnte sich nicht erinnern, in letzter Zeit einen ähnlichen Blackout gehabt zu haben. Normalerweise behielt sie einen einigermaßen klaren Kopf. Es musste mit der Aura dieses Gebäudes zusammenhängen. Mit der Schwärze, die sie in Ajumis Gedanken gespürt hatte und vor der sie zurückgewichen war …

Sie gab Phil den hypnotischen Befehl, die Begegnung zu vergessen. Dann sah sie in sein erschöpftes, schlafendes Gesicht. Zögerte.

Wollte sie das wirklich? Oder war er mehr wert als diese eine Nacht? Er hatte sich als ausdauernd und phantasievoll erwiesen und ihr alles geschenkt, was ein Mann ihr geben konnte. Natürlich hatte sie ihn schon deshalb ausgewählt, weil sie seine Qualitäten vermutet hatte.

Sie ärgerte sich über ihre eigene Unentschlossenheit. Gut, sie würde ihm eine Chance geben. Hätte sie ihn hier zurückgelassen, wäre sein Schicksal mehr als ungewiss gewesen. Also würde sie ihn zumindest in die Freiheit führen.

Sie zwang ihn, aufzustehen und einige Schritte zu machen. Er war erschöpfter, als sie gedacht hatte, aber er gehorchte. Sie ließ ihn sich anziehen und half ihm dabei, damit es schneller ging.

Während sie ihn weiterlenkte, konzentrierte sie sich mit dem anderen Teil ihrer Aufmerksamkeit auf ihre Umgebung. Es war stockfinster, aber natürlich hatte sie den Weg bereits vorher ausgekundschaftet.

Nach wenigen Minuten waren sie im Freien. Noch immer zögerte sie, ihn einfach hier in dem Gassengewirr zurückzulassen. Es war eine Gegend, in der Überfälle an der Tagesordnung waren.

Dennoch, es musste genügen. Sie ließ ihn im Eingangsbereich eines Schuppens zurück und verschwand.

Wobei sie das Band, das ihr Geist mit dem seinen geknüpft hatte, nicht völlig zerriss. Ein hauchdünner Faden blieb bestehen. Es würde reichen, um sie jedes Mal wieder zu ihm zurückfinden zu lassen, wenn sie ein Verlangen danach hatte.

Aus den Augenwinkeln nahm Virginia wahr, dass Phil aufstand. Ihr erster Impuls war, ihn zurückzuhalten. An seiner Seite fühlte sie sich sicher und geborgen. Sie hatte dieses Gefühl lange vermisst. Diese Sicherheit, die ein Mann zu geben vermochte.

Wenn sie ehrlich war, hatte sie es vielleicht auch einfach nur weit von sich weg geschoben. Es passte nicht zu ihrem Image als starke, sich in ihrem Beruf engagierende Frau. Und zumindest Beruf und Privatleben hatte sie bisher immer strikt voneinander getrennt.

Bis heute.

Sie wusste selbst nicht, warum der Funke plötzlich übergesprungen war. Immerhin kannte sie Phil schon einige Monate. Er war als Mann sicherlich nicht zu verachten. Auch als Kollege war er kompetent, hilfsbereit und immer freundlich. Aber sie hatte ihn nie als möglichen Liebhaber betrachtet.

Umso mehr vermisste sie ihn jetzt.

Bevor sie zu einem Entschluss kam, verschwand er schon in der Dunkelheit. Sollte sie ihm einfach folgen? Sie war verunsichert. Anscheinend hatte niemand sonst sein Aufstehen mitbekommen. Das Geschehen auf der Bühne hielt alle im Bann.

Die Frau, Ajumi, stach nicht einfach auf von Campen ein. Vielmehr erinnerte es an eine rituelle Handlung. Mit dem Messer vollführte sie einen atemberaubenden Tanz. Es lag in ihren Händen sicher wie das Schwert eines Samurais. Oder eines geschickten Schlachters.

Mit theatralisch anmutender Bewegung setzte sie zu einem erneuten Stoß an. Von Campens Körper war bereits ein einziges Stück blutiges Fleisch.

Aber es war noch Leben in ihm.

»Warum?«, röchelte er. »Warum tust du mir das an?«

Trotz seiner Verletzungen konnte er die Frage stellen. Sie kam sogar so artikuliert über seine Lippen, dass Virginia sie hörte.

Ajumi verharrte in der Bewegung. Das Publikum, das einen weiteren Messerstich erwartet hatte, gab enttäuschte Rufe von sich. Mehr denn je erinnerte Virginia das Ritual an ein Theaterstück. Erst recht, als sich Ajumi an das Publikum wandte. Denn auch dieser Part schien einstudiert.

»Sagt ihm, warum er leiden muss!«, verlangte sie.

»Weil du allgöttlich bist!«

»Weil du, schlaflose Göttin, es so verlangst.«

»Weil er versagt hat. Versagt hat wie alle anderen!«

»Statt dir den Tod zu schenken, nach dem du verlangst, gab er dir nur weitere Schmerzen.«

»Er ist der Falsche. Du hast den Falschen gewählt. Erwähle mich!«

Mit einer Handbewegung brachte Ajumi das Publikum zum Verstummen.

»Ich bin nicht so grausam wie es scheint. Ich habe ihn auserkoren, weil ich glaubte, er sei der Erwählte, der mir den Todesstich versetzt ...«

Sie wandte sich direkt an Virginia und die zwei anderen Deutschen.

»Für sein Scheitern erhält er seine Bestrafung. Er wird am eigenen Leibe zu spüren bekommen, was es heißt, ein Bewohner der Stadt der Schlaflosigkeit zu sein.«

Mit diesen Worten stieß sie abermals zu. Von Campen ertrug auch diese Verletzung stumm. Mit zusammengepresstem Mund.

»Er ist längst tot!«, flüsterte Heiko Denner entsetzt. »Mit diesen Verletzungen kann er nicht mehr am Leben sein. Irgendeine teuflische Magie gaukelt uns vor, dass er noch lebt!«

»Seit wann glauben Sie an Magie?«, fragte Virginia leise zurück. »Gerade Sie?« Wenn es jemanden gab, den sie als die Nüchternheit in Person kennengelernt hatte, dann Denner.

»Ich sage Ihnen, das geht nicht mit rechten Dingen zu.«

»Wissen Sie einen Ausweg?« Es war seltsam, aber angesichts Denners Angst gewann sie zumindest äußerlich ihr Selbstvertrauen zurück. Die kühle Fassade, die sie den meisten Männern präsentierte.

»Wo ist eigentlich Phil?« Erst jetzt bemerkte Denner sein Verschwinden.

Virginia zuckte mit den Schultern.

»Er saß neben Ihnen. Sie müssen es doch wissen …«

»Er ist aufgestanden und gegangen. Vielleicht wollte er ja nur mal kurz austreten«, sagte sie kühl.

»Er hat sich aus dem Staub gemacht! Er lässt uns im Stich!« Heiko Denners Stimme überschlug sich fast.

»Pst! Seien Sie doch leiser. Sie wird sonst noch auf uns aufmerksam!«

Aber Denner ließ sich nicht mehr beruhigen. »Sie soll ruhig wissen, dass er sich verpisst hat. Der feine Phil, he? Vielleicht lässt sie uns dann auch gehen …!«

Er sprang auf und gestikulierte wild. »Schaut!« Er wies auf den leeren Stuhl. »Er ist weg!«

Alle Augen richteten sich auf ihn.

»Wer bist du, dass du es wagst, das Ritual zu stören?« Ajumi sah wie ein Racheengel auf ihn herab. Wütendes Gebrüll aus dem Publikum begleitete ihre Anklage.

Heiko Denner hob beschwörend die Hände.

»Schon gut! Ich dachte nur, es wäre vielleicht wichtig ...«

»Idiot!«, zischte Virginia.

Er wollte sich wieder setzen, sich auf diese Weise der Aufmerksamkeit entziehen. Aber es war zu spät. Er fühlte sich von hinten gepackt und zur Bühne geschleift. Dabei schrie er wie am Spieß.

»Bringt ihn mir!«, verlangte Ajumi.

Die Zuschauer, die ihn gepackt hatten, hievten ihn auf die Bühne.

»Lass mich leben!«, flehte Denner. Er zeigte hinunter auf Virginia und –

(Schnitt)

– Christel Zich.

»Sie ... sie sind doch auch noch da!«

(Schnitt)

Er kreischte wie von der Tarantel gestochen, obwohl die beiden Messerstiche seine Haut nur oberflächlich geritzt hatten.

(Schnitt)

Er wischte mit der Hand über die Wunde. Ungläubig starrte er auf die blutverschmierten Finger.

(Schnitt. Schnitt)

Die nächsten Schnitte gingen tiefer. Heiko Denner kauerte sich zusammen wie ein geprügelter Hund. Versuchte sich zu verstecken. Aber es gab keine Zuflucht.

Wieder holte Ajumi aus. Diesmal würde sie ihn ernsthaft verletzen. Wahrscheinlich in der Brust.

Ein Blitz zuckte auf. Im nächsten Moment war alles in gleißenden Schein gehüllt. Es war, als blicke man in das

Blitzlicht eines Fotoapparates. Nur dauerte er endlos. Geblendet schlossen alle die Augen. Selbst Ajumi hielt sich schützend die Hand mit dem Messer vor das Gesicht.

In der Zuschauermenge brach Panik aus.

»Hilfe! Ich bin blind!« Der Ruf Denners drang an Virginias Gehör. Aber sie hatte genug mit sich selbst zu tun, um darauf zu achten. Sie warf sich auf den Boden und bedeckte die Augen. Um sie herum fielen Stühle um. Sie spürte Tritte. Rollte sich schützend zusammen. Einige Besucher flüchteten in buchstäblich blinder Panik. Stolperten. Kamen zu Fall. Schlugen um sich.

Virginias Überlebensinstinkte erwachten.

Mit zugekniffenen Augen robbte sie über den Holzboden. Nur fort. Fort aus diesem Licht!

Es war ein Licht, wie sie noch keines zuvor gesehen hatte. In dem Sekundenbruchteil, in dem es in ihre Augen gefahren war, hatte sie es erkannt. Und selbst jetzt fand es noch abgeschwächt seinen Weg hinter ihre Lider. Es wich vom gesamten normalen Spektrum ab. Die Farben waren unbeschreiblich. Dass Virginia sie überhaupt als Farben bezeichnete, beruhte allein auf einem Analogschluss. Ihr Gehirn fand keine treffendere Erklärung dafür.

Das Licht war wider alle Natur.

Und dann, von einem Moment zum anderen, war es vorbei.

Zögernd öffnete Virginia wieder die Augen. Um sie herum herrschte Chaos. Die Menschen schrieen und versuchten zu flüchten. Sie warfen die Masken und Gewänder fort, um schneller voranzukommen.

Virginia warf einen Blick zur Bühne. Der Anblick dort war noch erschreckender. Ajumi irrte wie ein defekter Roboter umher und stach wild mit dem Messer durch die Luft. Von Campen lag regungslos in seinem Blut. Denners Kopf zuckte, seine Augen rollten, während er wilde Blicke um sich warf.

Dann erblickte er Virginia.

Aus blutunterlaufenen Augen starrte er sie an. Mit einem Aufschrei stürzte er sich von der Bühne und sprang in ihre Richtung. Er schien völlig den Verstand verloren zu haben.

Virginia flüchtete. Sie wankte davon. Es war ihr egal, wohin … Nur raus! Raus! Sie folgte ihrem Instinkt.

Andere Zuschauer stürmten ebenfalls davon. Sie lief einfach hinterher. In der Hoffnung, irgendeiner würde schon wissen, wo der Ausgang lag.

Sie warf einen Blick zurück. Denner war ihr dicht auf den Fersen. Seine Wunden konnten wirklich nur oberflächlicher Natur sein. Sonst hätte er nicht so schnell sein können.

Sackgasse!

Sie war in einem Gang gelandet, der unvermutet endete. Zusammen mit drei Japanern, denen sie einfach gefolgt war. Die Japaner fluchten.

Virginia blickte zurück.

Heiko Denner hatte ebenfalls den Gang erreicht. Mit einem Blick erfasste er die Situation. Sie saß in der Falle. Er beeilte sich nicht, als er auf sie zukam.

Irgend etwas hatte seinen Verstand ausgelöscht.

Entweder lag es an den Verletzungen – oder an dem unwirklichen Licht. Oder es war alles zusammen, was ihn derart aus dem Gleichgewicht gebracht hatte.

Es war gleichgültig.

Einzig wichtig war die Tatsache, dass er es auf sie abgesehen hatte.

Sein Grinsen ließ nichts Gutes ahnen. Seine Lippen waren zurückgezogen. Er bleckte die Zähne.

Virginia wich noch weiter zurück, presste sich an die Wand. *Keine Chance,* dachte sie. *Er wird mich kriegen.*

Auch die Japaner hatten erkannt, dass mit Denner etwas nicht stimmte. Sie riefen sich kurze, abgehackte Satzfetzen in ihrer Landessprache zu.

»Helft mir!«, flehte Virginia auf Englisch.

»Ist dieser freundliche Herr hinter Ihnen her?«, fragte einer der Japaner. Er trug noch immer sein lächerliches Gewand, das ihn als einen der Zuschauer auswies. Die Maske hatte er weggeworfen. Seine Gesichtszüge wirkten sanft und freundlich. Wahrscheinlich trug er unter dem Gewand einen ganz normalen Business-Anzug und war direkt von seinem Büro aus hierher gekommen. Um sich zu unterhalten. Sich zu amüsieren. Sich abzureagieren. Die japanische Mentalität mochte den Reiz des Ungewöhnlichen. Manchmal auch des Perversen. Und Grausamen.

Aber dass es so außergewöhnlich enden würde, hätte dieser Mann sicherlich auch nicht für möglich gehalten.

Virginia nickte heftig. »Ich weiß nicht, was er mit mir vorhat ... Bitte – bitte helfen Sie mir!«

Der Japaner schleuderte seinen Kollegen ein paar Wortfetzen entgegen. Sie nickten.

»Wir dachten nicht, dass es hier wirklich ernst zugeht«, sagte er. »Wir helfen Ihnen ...«

Heiko Denner war fast heran. Er beachtete die Japaner nicht. Er hatte nur Augen für Virginia.

»Jetzt bist du dran, mein Täubchen«, zischte er.

»Ich habe dir nichts getan!«

»Natürlich hast du mir nichts getan. Ich habe einfach Lust, dir die Kehle zuzudrücken. Aber vorher werde ich dir noch ein wenig Spaß bereiten. Das möchtest du doch, oder? Das hast du doch schon immer gewollt!«

Mit einem Knurren sprang er sie an. Es klang wie von einem räudigen Hund und kam tief aus seiner Kehle. Virginia schrie auf.

Der Hieb traf Denner mitten im Sprung.

Einer der Japaner hatte ihm einen Handkantenschlag versetzt. Denner prallte zu Boden. Virginia hörte ein Knacken, als das Schlüsselbein brach.

Jeder andere hätte sich vor Schmerzen am Boden gewälzt. Nicht so Denner. Der Wahnsinn in ihm ließ den Schmerz gar nicht erst bis in sein Gehirn dringen.

Mit einer ruckartigen Bewegung sprang er auf. Wandte sich seinen neuen Gegnern zu. Sie gingen in Kampfstellung.

»Keine Angst, Lady«, sagte einer der Japaner. »Wir werden schon mit ihm fertig. Sehen Sie trotzdem zu, dass Sie von hier fortkommen.«

Das ließ sich Virginia nicht zweimal sagen!

»Danke!«, hauchte sie. Dann rannte sie los.

Heiko Denner sah, was sie vorhatte, und versuchte, ihr den Weg zu verstellen. Ein weiterer gezielter Handkantenschlag traf seinen Nacken und ließ ihn ins Leere taumeln.

Brüllend wandte er sich seinen Gegnern zu.

Sie warfen sich wie ein Mann auf ihn. Er ging zu Boden.

»Ich finde dich, Engelchen«, schrie Denner der Fliehenden hinterher. »Ich werde dich aufspüren und dir deine Flügel einzeln ausreißen …!«

Das irre Lachen, das seine Drohung begleitete, hallte noch lange in Virginias Ohren nach.

Als Lilith das Fenster zu ihrem Penthouse auf der Spitze des Schinrei-Buildings mit ihren Flügeln aufstieß, spürte sie sofort, dass etwas nicht in Ordnung war.

Mit ihren Fledermaussinnen erfasste sie das FREMDE, und ihr erster Impuls war, zu flüchten.

Aber dann hätte sie nicht erfahren, was ihren Warninstinkt derart in Alarmbereitschaft versetzt hatte.

Kann es sein, dass sie mich nun doch gefunden haben? Während ich vergeblich nach ihnen Ausschau hielt?

Ihr Zweifel währte nur Sekundenbruchteile, dann hatte sie sich gefangen. Sie war bereit, sich der Situation zu stellen. Und zu kämpfen, wenn es sich als nötig erweisen sollte.

Kaum hatte sie den Boden berührt, verwandelte sie sich in ihre menschliche Gestalt zurück. Die Transformation ging blitzschnell vonstatten. Der Symbiont floss über ihren Körper und nahm das Aussehen eines schwarzen, hautengen Catsuits an.

Ihre Augen durchkämmten die Finsternis. Die Hände waren krallenartig vorgestreckt. Ihre Nase sog witternd die Luft ein, während ihre Ohren nach allen Seiten hin sondierten. Auch der Symbiont war bereit.

Da nahm sie die Bewegung wahr. Ein Schatten in der Größe eines Menschen. Auf dem Teppich war er kaum auszumachen. Aber er bewegte sich. Zuckend.

Jetzt vernahm sie auch ein leises Stöhnen.

Wer oder was immer es war, es schien ihr Kommen nicht registriert zu haben. Schien sich auch jetzt nicht um sie zu kümmern.

Ihre Hand tastete zum Lichtschalter. Das Deckenlicht flammte auf.

Sie hatte alles erwartet, aber nicht das!

»Wer bist du?«, fragte sie.

Der Mann, der in verkrümmter Haltung auf dem Teppich lag, war völlig nackt. Als der Lichtschein in seine Augen drang, schrie er auf und hielt sich die Hände vors Gesicht.

Der Lichtschein schien ihn in Panik zu versetzen. Den Körper eng an den Boden gepresst, suchte er Schutz unter einem Tisch.

»Verdammt, wer bist du?«, zischte Lilith erneut. Vielleicht sollte sie sich einfach auf ihn stürzen und ihm das Genick brechen, anstatt es bei Fragen bewenden zu lassen …

Er war in *ihr* Penthouse eingedrungen. Bis heute Nacht hatte sie sich sicher darin gefühlt. So sicher, wie es in ihrer persönlichen Situation überhaupt möglich war.

Und jetzt befand sich dieser Fremde in ihren vier Wänden!

Er kauerte unter der Tischplatte, das Gesicht in den Händen vergraben, und gab unartikulierte Laute von sich.

Gab es noch weitere Eindringlinge? Diente er nur zur Ablenkung? Oder verstellte er sich?

Nach wie vor irritierte sie am meisten seine völlige Nacktheit. Wäre sie nicht gewesen, hätte es sich auch um einen gewöhnlichen Einbrecher handeln können. Obwohl sie mehr Vorkehrungen als gewöhnliche Menschen getroffen hatte, dass kein Unbefugter ihre Räume betreten konnte.

Nein – irgend etwas stimmte hier nicht. Stimmte ganz und gar nicht!

Während sie den Mann misstrauisch im Auge behielt, inspizierte sie das Penthouse. Nichts! Es gab nicht den geringsten Anhaltspunkt, dass sich sonst noch jemand darin aufhielt.

Er war allein.

Als sie den Privatlift überprüfte, schrillten ihre Alarmglocken ein weiteres Mal. Die Kabine war für Unbefugte gesperrt, immer noch, so wie Lilith sie beim Verlassen der Wohnung gesichert hinterlassen hatte.

Wie also war der Mann in ihre Wohnung gelangt?

Auf Flügeln – wie sie …?

Fauchend wandte sie um und widmete ihm ihre volle Aufmerksamkeit. Wenn er sie nur zum Narren halten wollte, würde seine Bestrafung jetzt auf den Fuß folgen!

Mit angespannten Sinnen und vorgestreckten Händen näherte sie sich ihm. Jederzeit den Angriff erwartend.

Wenn er nur simulierte, dann tat er es gut. Es gab keinen Hinweis darauf, dass er sie überhaupt wahrnahm. Noch immer hielt er das Gesicht in den Händen vergraben, während sein Körper wie von unsichtbaren Schlägen gepeitscht hin und her zuckte.

»Beruhige dich!«, fuhr sie ihn an. Sie bemühte sich, ihrer Stimme einen festen, nicht allzu mitleidigen Tonfall zu verleihen.

Der Mann wimmerte. Ihre Frage schien überhaupt nicht in sein Bewusstsein gelangt zu sein. Lilith war nun so nah bei ihm, dass sie nur die Hand ausstrecken musste, um ihn zu berühren.

Wie haben sie mich nur gefunden – falls *sie dahinterstecken?* Wieder und wieder stellte sie sich die Frage. *Und was ist mit diesem Kerl los?*

Zumindest war sie nun sicher, dass er kein Vampir war. Ihr natürlicher Instinkt hätte sie sonst stärker vor ihm gewarnt. Tatsächlich schien er ein ganz normaler Mensch zu sein. Sein Körper war – soweit sie das beurteilen konnte – sehr ansehnlich. Oder waren ihre Gegner so dumm, dass sie glaubten, ihre vampirische Gier würde sie auf diesen *Köder* in solcher Weise reagieren lassen, dass sie sich blindlings auf ihn stürzte?

Sie streckte den Arm aus und berührte ihn.

Sein Schrei war ohrenbetäubend. Was hatte er bloß mitgemacht, dass er so panisch auf Licht und ihre Berührung reagierte? Sein Körper wies nicht eine einzige Wunde auf.

Pfeif auf sein Geschrei!, dachte Lilith. Sie umschlang ihn mit beiden Armen, während sie gleichzeitig versuchte, in seinen Geist einzudringen und ihn zu beruhigen. Ihre Wohnung war zwar gut isoliert, dennoch war sie sich nicht sicher, ob nicht doch einer seiner Schreie bis ins darunterliegende Stockwerk dringen konnte.

Ihre Bemühungen zeigten Erfolg. Sein Schreien ging über in ein leises Wimmern. Sanft sprach Lilith weiter auf ihn ein. Gleichzeitig wurde ihr die Nähe seines nackten Körpers bewusst. Hätte sie nicht zuvor bereits ausgiebig ihren Gelüsten gefrönt, wäre sie wahrscheinlich in Versuchung gekommen …

»Ganz ruhig«, sagte sie. »Du bist in Sicherheit. Was immer man dir angetan hat, hier bist du in Sicherheit.«

In ihren Armen beruhigte der namenlose Fremde sich allmählich. Sein Schädel war fast kahlgeschoren, sein Körper jung und drahtig, aber ausgemergelt. So, als hätte er schon länger keine richtige Nahrung mehr zu sich genommen.

»Wer bist du?«, drängte sie. »Sag mir deinen Namen.«

Plötzlich öffnete sich sein Mund, und er brabbelte: »Hilf mir … bitte!«

Lilith starrte ihn an.

Deutsch.

Er hatte deutsch zu ihr gesprochen, nicht, wie erwartet, englisch!

In der gleichen Sprache gab sie zurück: »Wie heißt du?«

Zum ersten Mal hatte sie das Gefühl, dass ihre Worte tatsächlich sein Bewusstsein erreichten.

Sein Kopf zuckte hoch. Mit großen, irritierten Augen sah er sie an. Er hatte ein markantes, im klassischen Sinne schönes Gesicht – mit einem entscheidenden Makel: Auf seiner Stirn prangte ein münzgroßes Brandzeichen, das Lilith an einen

Drudenfuß erinnerte. Einen Fünfstern, wie er bereits in der Antike bei den Pythagoreern als magisches Zeichen gegolten hatte. Später war ihm in der Gnosis und den Zauberformeln des Mittelalters eine bedeutende Rolle zugekommen, und noch heute glaubten viele einfach gestrickte Naturen, dass dieses Symbol gegen Hexen und den bösen Blick wirkte.

Wer hatte dem Mann das Zeichen eingebrannt? Wer hatte ihn derart entstellt? Und – was steckte dahinter?

Der Mann schien nicht in der Lage, ihr diese Fragen zu beantworten. Noch immer schaute er sie aus großen, verständnislosen Augen an.

»Erinnere dich!«, sagte sie eindringlich. »Wer bist du?«

Als er sie nur weiterhin verständnislos anblickte, gab sie es auf.

»Also gut, keinen Namen. Aber kannst du mir wenigstens verraten, wie du hier herein gekommen bist?«

Der Mann in ihrem Arm überlegte ernsthaft. Er runzelte die Stirn. Sein Gesichtsausdruck wurde noch eine Spur gequälter.

»Ich ... kann mich nicht erinnern ...«

»*Versuch es!*«

»Da sind nur – Bilder. Verschwommene Bilder ...«

»Was für Bilder?«, ließ Lilith nicht locker.

»Nein!« Wieder vergrub der Mann sein Gesicht in den Händen. Lilith ließ ihn gewähren. Nach einer Weile fuhr er fort: »Ich weiß es nicht. Sie sind zu ... vage. Ich kann sie nicht beschreiben ...«

Er zitterte am ganzen Körper. Lilith ließ es gut sein. Es war offensichtlich, dass sie auf diese Weise nichts aus ihm herausbekommen würde. Er spielte ihr nichts vor.

»Komm«, sagte sie. »Ich werde dich wärmen.« Sie half ihm auf die Beine und führte ihn in ihr Schlafzimmer. Der Mann stützte sich auf sie. Er schien tatsächlich mit seinen

Kräften am Ende zu sein. Lilith beobachtete ihn aus den Augenwinkeln. Nicht nur die Nacktheit seines Körpers war es, die sie immer mehr für ihn einnahm. Er erinnerte sie auch an jemanden ...

Das ganz in Schwarz und Rot gehaltene Schlafzimmer wurde von einem riesigen Futonbett beherrscht. Eigentlich war es viel zu groß für Lilith. Aber seit sie wieder in Tokio war, hatte sie noch nicht den Wunsch verspürt, eine tiefere Bindung einzugehen, um es mit jemandem zu teilen. Was sie brauchte, holte sie sich draußen in den nächtlichen Straßen. Eine tiefe Freundschaft einzugehen bedeutete nach ihren leidvollen Erfahrungen auch, dem Menschen, dem sie ihre Zuneigung schenkte, Unglück bis hin zum Tod zu bringen. Freundschaft und Liebe hatten letztlich immer mit Trauer und Trennung geendet.

In dieser Hinsicht war sie ein gebranntes Kind. Erst jüngst hatte sie es wieder erlebt. Mit Paladan. Dem Venusianer ...!

Dennoch war es mehr als reines Mitleid, was sie diesem unverhofft hier aufgetauchten Fremden entgegenbrachte. Und mit jeder Sekunde wuchs die Überzeugung, sich zu ihm hingezogen zu fühlen ...

Das riesige Bett stand als Symbol ihrer überwiegenden Einsamkeit. Doch nun wollte sie es mit einem Mann fast ohne Erinnerung teilen.

Sie half ihm, sich hineinzulegen. Wie ein Säugling kauerte er sich zusammen. Wieder schienen ihn die vagen Bilder eines schrecklichen Erlebnisses zu überschwemmen. Sein Zittern verstärkte sich.

»Also gut, ich werde dich wärmen«, sagte Lilith. Ihre körperliche Berührung war offenbar wirklich das einzige Mittel, um ihn zu beruhigen. Sie schlüpfte zu ihm unter die Decke und presste sich an ihn. Sein Körper war kalt wie Eis.

Dafür spürte Lilith, wie die eigene Glut erwachte. Sie rieb ihren Körper an seinem, und die Hitze, die sie verströmte, griff endlich auch auf ihn über. Seine Körpertemperatur stieg merklich. Das Zittern war fast nicht mehr zu spüren.

Lilith zwang sich zur Beherrschung. Sie durfte ihn nur wärmen. Mehr nicht. Alles andere hätte ihn womöglich noch mehr geschwächt. Wenn nicht getötet ...

In ihrer Nähe schien es ihm rasch besser zu gehen. Es war unglaublich, welche Wirkung ihre körperliche Nähe auf ihn ausübte. Hatte sie zuvor noch gedacht, er würde ermattet in einen tiefen Schlaf fallen, so schien er nun zusehends an Kräften zu gewinnen.

Trotz aller Fürsorge blieb Lilith auf der Hut.

»Wo ... bin ich?«

Zum ersten Mal hatte er eine Frage gestellt.

»In Sicherheit«, antwortete Lilith. »Was immer du auch erlebt hast ...«

Er gab einen Seufzer von sich und kuschelte sich noch enger in ihre Arme. Sie hauchte ihm einen Kuss auf die Stirn. Ihre Lippen kamen dabei mit dem Brandmal in Berührung.

»Kannst du dich jetzt erinnern?«, fragte sie vorsichtig. »Wie du heißt? Was mit dir passiert ist? *Wie du hierher gekommen bist?*«

Ein heftiges, verzweifelt wirkendes Kopfschütteln war die einzige Antwort.

»Was hat das Mal auf deiner Stirn zu bedeuten?«

Vielleicht war das Stigma der Schlüssel zu seinen verschütteten Erinnerungen. Immerhin war es alles andere als alltäglich. Sein Einbrennen musste mit unerträglichem Schmerz verbunden gewesen sein ...

Die Verwirrung des Fremden hielt jedoch an.

»Welches ... Mal?«, fragte er stockend.

Die Decke über Liliths Bett war ein einziger Spiegel. Ihre beiden Gesichter waren gut darin zu erkennen.

»Schau es dir an!«, sagte sie und wies auf seine Stirn.

Er schrie auf. Brüllte seinen Schmerz hinaus.

Aber es war nicht der Schmerz der Erinnerung, sondern die Qual, sich *nicht* zu erinnern. Dennoch schien ihm ein unaussprechliches Gefühl, verbunden mit dem Stigma, Angst einzujagen.

Er versuchte, seine Gefühle in Worte zu fassen, aber Lilith unterbrach seinen stammelnden Redefluss. Es nahm ihn zu sehr mit. Sein Körper war nun mit kaltem Schweiß bedeckt.

»Versuch zu schlafen. Vielleicht kannst du dich morgen besser an alles erinnern!«, beruhigte sie ihn und begann wieder, sich an seinem Körper zu reiben.

Tatsächlich wurde er sofort wieder ruhiger.

In diesem Augenblick drang aus dem Nebenraum ein Geräusch, als würden sämtliche Fensterscheiben auf einmal bersten …

Lilith begriff augenblicklich.

Man hatte … sie gefunden!

3. Kapitel

Willkommen in der Stadt der Träume!

Als er an diesem stürmischen, regnerischen Tag in das alte Mietshaus am Stadtrand von Tokio zog, machte er sofort und auf eigentümliche Weise Bekanntschaft mit dem Friedhof, der seiner im ersten Stockwerk gelegenen Wohnung direkt vis-à-vis lag und der natürlich der eigentliche Grund war, weshalb er die vielen tausend Yen Miete, die er pro Monat hinzublättern hatte, bereitwillig in Kauf nahm – obwohl die eigentliche Wohnung den Preis nicht rechtfertigte, denn die Wände waren feucht, die alten, abgewetzten Teppiche, die er von seinem Vermieter übernommen hatte, wellig, und eine erste Küchenschabe war ihm bereits träge über den Weg gekrabbelt, als er den Verschlag unter dem fleckigen Waschbecken allzu schnell aufgerissen hatte, weil er glaubte, ein Geräusch darin vernommen zu haben, während er aus den Fenstern blickte und den Totengräbern bei ihrer Arbeit zusah, die sie mit routinierten Bewegungen ausführten, so als wären sie mechanisch angetriebene Roboter, die von dem ständigen Nieselregen schon ein wenig eingerostet waren, denn fast glaubte er, das Quietschen ihrer Gelenke zu vernehmen, als sie die Spaten in den aufgeweichten Boden stießen und lehmige Klumpen zu einem kleinen Hügel auftürmten, während sie immer tiefer und tiefer gruben und die Maden sich im fahlen Tageslicht ringelten, wie sterbende Tentakel eines Polypen, der aus seinem Tiefsee-Schlaf erwacht war und ihm nun zuzuwinken schien, vielmehr sich selbst zuzuwinken schien, wenn er es richtig interpretierte, und ihm fiel auf, wie abnorm groß diese Würmer sein mussten, wenn er sie selbst aus dieser Entfernung noch so deutlich erkennen konnte, als ringelten sie sich direkt vor ihm auf dem

Fensterbrett, so dass er das Fenster öffnete, damit er das Winken der Tentakelwürmer noch deutlicher wahrnehmen konnte, auf das Fensterbrett kletterte und dem Winken folgte, indem er hinaussprang, denn seine Wohnung lag, wie gesagt, ja nur im ersten Stock, so dass der tödliche Stoß ausblieb … ausblieb … ausblieb …, er weiter und weiter fiel, während die Fassade des alten Mietshauses, scheinbar bis ins Unendliche nach unten erweitert, an ihm vorbeihuschte und hinter den fast blinden Scheiben, die teilweise zersplittert waren, bleiche, ausdruckslose Gesichter, wie von Toten, seinem Sturz mit abwesenden Augen folgten und zu wissen schienen, dass er niemals unten ankommen würde, denn als er an diesem stürmischen, regnerischen Tag in das alte Mietshaus am Stadtrand von Tokio zog, machte er sofort und auf eigentümliche Weise Bekanntschaft mit dem Friedhof, der seiner im ersten Stockwerk gelegenen Wohnung direkt vis-à-vis lag…

(Okakura: Tokio Legends: Neverending Story)

Als Phil zu sich kam, erinnerte er sich im ersten Moment an nichts mehr. Er schaute sich um und versuchte sich zu orientieren. Soweit er es erkennen konnte, lag er auf dem kalten Steinboden eines Eingangs. Unrat türmte sich um ihn herum auf.

Eine nette Gegend, in die es ihn da verschlagen hatte …

Nach ein paar Sekunden kam die Erinnerung bruchstückhaft zurück. Virginia! Sie alle hatten dieser seltsamen Aufführung beigewohnt. Von Campen war dabei zu weit gegangen. Aber was war dann passiert? Warum hatte er Probleme mit seiner Erinnerung? Und wo befand sich Virginia? Oder war ihnen etwas ins Glas geschüttet worden, und er hatte alles nur phantasiert …?

Nein, dafür waren die Erinnerungen an das grausame Schauspiel schlichtweg zu stark. Außerdem versagte sein Gedächtnis erst ab einem gewissen Zeitpunkt.

Mühsam erhob er sich vom Boden. Seine Beine zitterten. Er fühlte sich völlig fertig. Am liebsten hätte er weitergeschlafen. Aber die Sorge um Virginia verlieh ihm ungeahntes Durchhaltevermögen.

Er hatte keine Ahnung, wo er sich befand. Nur soviel war sicher: noch immer im Hafenviertel. Wahrscheinlich nicht allzu weit von dem Gebäude entfernt, in das man sie geführt hatte.

Phil schaute auf die Leuchtziffern seiner Armbanduhr. Mitternacht war längst vorüber. Wie lange hatte er wohl hier gelegen?

Als nächstes tastete er nach seinem Portemonnaie und seinem Handy. Es war alles an seinem Platz. Zumindest hatte man ihn also nicht ausgeraubt. Ob er es wagen sollte, Virginias Nummer zu wählen? Noch auf dem Flug hatten sie alle ihre Handynummern ausgetauscht, falls sie sich in dem Großstadtdschungel verlieren sollten.

Mit zittrigen Händen wählte er die eingespeicherte Nummer. Das Rufzeichen ertönte, aber niemand nahm das Gespräch an.

Phils Sorge wuchs.

Auch mit den anderen Nummern hatte er kein Glück. Vielleicht hatte ja auch keiner von ihnen sein Handy mit dabei. Trotzdem gab ihm sein Handy genügend Zuversicht zurück, um nicht völlig durchzudrehen. Zur Not konnte er damit immer noch Hilfe herbeiholen. Und wenn es nur ein Taxi war, das ihn zurück ins Hotel brachte …

Die Gassen sahen hier alle gleich aus. Erst recht in dieser Dunkelheit. Die meisten Straßenlaternen waren defekt.

Hinter keinem Fenster brannte Licht. Der Mond war hinter schwarzen Wolken versteckt. Es blieb Phil nichts anderes übrig, als seinem Instinkt zu vertrauen.

Oder dem Zufall.

Plötzlich glaubte er am Ende der Gasse eine Bewegung in der Finsternis auszumachen. Eine Gestalt ...

Sofort drückte er sich enger in den Schatten. Er fühlte sich noch zu geschwächt, um sich in eine Auseinandersetzung verwickeln zu lassen. Selbst das Weglaufen würde ihm schwer fallen.

Seine Beine waren schwer wie aus Blei.

Alles, was er tun konnte, war, der Gestalt weiter zu folgen und selbst nicht entdeckt zu werden. Mit schweren Schritten setzte er seinen Entschluss in die Tat um. Tiefer und tiefer führte ihn die Verfolgung in das Labyrinth der Gassen. Ab und zu glaubte er, auf vertraute Dinge zu stoßen, aber er war sich nicht sicher.

Die Gestalt verschwand in einem seitlichen Eingang. Fast hätte Phil es nicht mitbekommen, so schnell und unverhofft geschah es.

Hatte sie ihn etwa bemerkt und versteckte sich jetzt vor ihm? Er konnte noch immer nicht sagen, ob es sich um einen Mann oder eine Frau handelte.

Er warf alle Vorsicht über Bord und lief ebenfalls zu dem Eingang. Er fürchtete, den Verfolgten aus den Augen zu verlieren.

Die Tür stand offen. Dahinter befand sich die gleiche Schwärze wie draußen. Phil versuchte, die Finsternis mit seinen Blicken zu durchdringen. Es war zwecklos.

Er musste es wagen. Einfach davon ausgehen, dass ihm hinter der Türschwelle niemand auflauerte. Zögernd trat er näher. Jeder Nerv seines Körpers war zum Zerreißen angespannt.

Er nahm seinen ganzen Mut zusammen und trat über die Schwelle.

Der Lichtschein traf ihn von einer Sekunde zur anderen. Geblendet schloss er die Augen. Gleichzeitig traf ihn etwas am Kopf. Schützend hob er die Hände. Ein zweiter Schlag traf seine Knöchel. Phil ging in die Knie und stöhnte.

»Aufhören!«, schrie er. Er war viel zu schwach, um sich zu wehren.

»Phil!«

Es war Virginia, die seinen Namen gerufen hatte. Er erwartete einen weiteren Schlag und öffnete die Augen. Virginia stand vor ihm. Sie hielt einen Knüppel schlagbereit in den Händen und hatte sich verändert. Ihr Kleid war zerrissen. Sie blutete aus zahlreichen Wunden. In ihrem Blick flackerte Panik.

»Mein Gott, du hättest mich fast erschlagen!«, stöhnte er und rieb sich den schmerzenden Schädel. Zum Glück hatte sie ihn nicht mit voller Wucht getroffen.

»Bist du es wirklich, Phil?«

Er breitete die Arme aus und schaute ihr beschwörend in die Augen.

»Wer sollte ich sonst sein?«

Sein Blick wanderte umher. Erst jetzt wurde ihm bewusst, wie deutlich er alles sehen konnte. Zumindest hier drinnen war es gleißend hell, obwohl er nirgendwo eine Lichtquelle ausmachen konnte. Das Licht schien direkt aus dem Nichts heraus zu entstehen.

»Warum ist es hier so hell?«, fragte er irritiert.

»Hast du es noch nicht bemerkt?«, fragte Virginia. Es beruhigte ihn, dass sie zumindest den Knüppel langsam sinken ließ.

»Was soll ich bemerkt haben?«

»Dieses Licht ist überall. Es folgt uns.« Panisch sah sie sich um.

Phil erhob sich und näherte sich ihr vorsichtig. Dann hatte er sie erreicht. Sie ließ zu, dass er sie in den Arm nahm.

»Hör zu, irgendetwas passiert hier. Wie wär's, wenn wir so schnell wie möglich von hier verschwinden würden?«

Virginia schüttelte den Kopf. Sie wirkte trotzig wie ein kleines Kind. »Sie lassen es nicht zu. Sie sind überall!«

»Ich habe niemanden gesehen. Wen meinst du?«

»Die Maskierten. Sie suchen überall.«

Phil wurde die Sache immer verrückter. Entweder hatte er wirklich eine ganze Menge verpasst, oder es war Virginia, die völlig übergeschnappt war. In kurzen Worten erzählte er ihr, woran er sich erinnerte. Es war nicht viel. Seine Erklärung endete damit, dass er draußen aufgewacht war.

Virginia hörte ihm zu.

»Das muss jetzt zwei Stunden her sein«, sagte sie. »Ich habe undeutlich mitbekommen, wie du aufgestanden bist. Danach warst du verschwunden. Von Campen hat es erwischt. Er wurde von der Frau regelrecht abgeschlachtet. Wir saßen ja nur zwei Meter entfernt. Sein Blut spritzte bis zu uns herunter ...«

Die Erinnerung daran ließ sie stocken. Phil ermunterte sie, fortzufahren. Er musste einfach wissen, was passiert war.

»... aber er starb nicht. Sie brachte ihm die abscheulichsten Wunden bei, aber er wollte einfach nicht sterben. Im Gegenteil, er schien es zu genießen. Das Publikum geriet völlig aus dem Häuschen. Das Schauspiel schien es regelrecht aufzustacheln. Dann explodierte alles in diesem merkwürdigen Licht ...«

Die Erinnerung schien schrecklich für sie. Abermals stockte sie. »Heiko Denner hat versucht, mich zu töten. Er ist übergeschnappt. Genau wie die meisten anderen ... Ich konnte flüchten.«

»Was war das für ein Licht, von dem du gesprochen hast?«

»Ich weiß es nicht. Weiß nicht, woher es kam. Ich habe so etwas noch nie vorher gesehen ...« Virginia wies hilflos auf ihre Umgebung. »Von einem Moment zum anderen war es fast taghell, ohne dass wir wussten, woher der Schein kam. Irgend etwas hat ihn ausgelöst. Wir gerieten in Panik. Wir stürmten alle hinaus, als würde die Erde beben.«

In diesem Augenblick bebte die Erde tatsächlich ein wenig. Phil spürte zunächst ein Grollen, das tief aus dem Boden zu kommen schien. Wie von einem riesigen unterirdischen Ungeheuer, das gerade in diesem Moment erwachte. Virginia presste sich an ihn.

»Keine Angst!«, beruhigte er sie. »Es ist gleich vorbei.«

Zumindest hoffte er das. Er war nicht das erste Mal in Tokio. In ganz Japan bebte die Erde jedes Jahr mindestens tausend Mal. Die Reiseführer rieten für solche Situationen, wie die einheimische Bevölkerung nicht in Panik zu verfallen und die Übersicht zu bewahren. Die Japaner hatten sich längst daran gewöhnt. Selbst wenn es richtig zu rütteln begann. Solange keine Häuser einstürzten, war es für sie die normalste Sache der Welt.

Das Erdbeben verebbte nach einigen Sekunden. Es war nur ein schwächeres gewesen. Phil schätzte, dass es noch nicht einmal die Stärke 3 auf der siebenteiligen japanischen Skala erreicht hatte. Dennoch war es nicht gerade dazu angetan, seine und Virginias Nerven zu beruhigen. Obwohl sie nichts mehr spürten, war das unterirdische Grollen noch immer leicht zu hören ...

»Was passierte dann?«, fragte Phil. »Was ist mit den anderen passiert?«

»Ich habe Christel wiedergefunden. Wir sind eine Zeitlang zusammen durch die Nacht gehetzt. Dann haben wir uns wieder verloren. Seitdem irre ich allein umher. Und das Licht scheint mir zu folgen. – Oh Phil, ich bin so froh, dass du wieder aufgetaucht bist!«

Phil drückte sie noch fester an sich. Er fühlte sich ausgelaugt und fertig. Aber Virginia weckte neue Kräfte in ihm. Er würde alles tun, um sie sicher ins Hotel zu bringen.

»Okay«, sagte er. »Wir können später noch über alles reden. Sehen wir zu, dass wir hier wegkommen.« Er griff nach seinem Handy.

»Wen rufst du an?«

»Ein Taxi«, sagte er. »Schließlich sind wir auch mit einem gekommen. Es wird uns schon finden.«

Der Ruf funktionierte, aber wie schon zuvor, ging am anderen Ende niemand dran. Phil fluchte. »Ich bin sicher, dass es die richtige Nummer ist.« Als nächstes wählte er die Nummer der internationalen Auskunft. »Ebenfalls Fehlanzeige. Vielleicht ist es auch irgendwie defekt. Ich habe vorher schon versucht, dich anzurufen ...«

»Ich habe kein Klingeln gehört.« Virginia griff nach ihrem Handy. »Seltsam, es scheint hier ebenfalls nicht zu funktionieren.«

»Verdammte Dinger. Wenn man sie wirklich braucht, steckt man in irgendeinem Funkloch. Gib mal her.«

Er wählte seine eigene Nummer. Wieder ging der Ruf anscheinend raus, aber sein eigenes Handy gab nicht einen Pieps von sich. Um so erstaunter war er, als am anderen Ende scheinbar doch abgehoben wurde.

»Hallo?«, fragte er. »Mit wem bin ich verbunden?« Vorsichtshalber formulierte er seine Frage auf Englisch.

Zunächst hörte er nur ein Rauschen. Eine Stimme, wie von sehr weit weg, war darin eingebettet.

»Hallo?« Er wiederholte seine Frage: »Wer ist dort?« Das Rauschen mit der an- und abschwellenden Stimme darin erinnerte ihn an ein Radio, bei dem man erst den Sender richtig einstellen musste.

»Tja, Pech gehabt, Junge!« Die Stimme war nun sehr nah, kam ihm auf eigenartige Weise vertraut vor und sprach Deutsch. »Jetzt sitzt du mittendrin im Schlamassel. Du weißt genau, dass du da nicht mehr rauskommst. Versuche es also gar nicht erst ...«

Phil war zu irritiert, um zu antworten. Wortlos reichte er Virginia das Handy.

»Was ist los?«, fragte sie ängstlich. Sie nahm das Handy und presste es sich ans Ohr. Der ungläubige Blick in ihren Augen bestätigte Phil, dass seine Vermutung richtig war. Es war seine *eigene* Stimme, die da durchs Handy mit ihm sprach. So, als würden seine innersten Befürchtungen zu ihm sprechen ...

Virginia hielt das Handy so, dass sie es beide hören konnten.

»Trau ihm nicht«, sagte die Stimme. »Vielleicht ist er gar nicht der, den du in ihm zu sehen glaubst.« Die Stimme ging in ein meckerndes Lachen über. »Nicht wahr, das fragst du dich jetzt, du kleine Schlampe: Wie kann ich an deiner Seite sein und gleichzeitig zu dir sprechen, nicht wahr? Und du, Phil? Traust du ihr? Bist du dir sicher, dass es die gute alte Virginia-Fotze ist, die dich da aus angsterfüllten Rehaugen anglotzt? Oder bindet sie dir nur einen Bären auf ...?«

»Es ist ein Trick!«, entfuhr es Phil. »Es muss irgendein fieser Trick dahinterstecken.«

»Aber was bezwecken sie damit, Phil. Und – wer?«

Sie sahen sich gehetzt um, so als würden sie von unsichtbaren Augen beobachtet. Doch die leere Halle, in der sie sich befanden, bot keinerlei Versteckmöglichkeit. Die gleißende Helligkeit ergoss sich in jeden Winkel.

»Keine Ahnung. Aber wir dürfen uns von diesem Unsinn nicht ins Bockshorn jagen lassen.«

Das Licht verlosch mit einem Flackern.

»Phil, was passiert hier nur ...?«

Er nahm das Handy und wollte es ausschalten. Eine flüsternde Stimme drang daraus hervor. Er kannte das Flüstern und auch den Wortlaut. Er hatte es erst vor kurzer Zeit gehört:

»Komogata. Die Nachtseite von Tokio. In den alten Riten werden die Toten solange am Leben gehalten, bis sie den Lebenden nichts – wirklich gar nichts mehr schenken können ...«

Es war von Campen. Also lebte er noch!?

»Wo sind Sie?«, rief Phil in das Handy.

Auch Virginia hatte die flüsternde Stimme von Campens vernommen.

»Das kann nicht sein, Phil«, flüsterte sie. »Es muss wieder ein Trick sein. Von Campen ist tot! Sie hat ihn regelrecht abgeschlachtet ...«

Als hätte es nur dieses Stichwortes bedurft, erklang aus dem Handy wieder das ätherische Rauschen, so, als würde ein neuer Sender eingestellt. Dann war die Stimme des japanischen Conférenciers zu vernehmen. Auch seine Worte hatten sie schon einmal gehört:

»Wir alle wissen, was Ayumi, die Frau mit den tausend Narben, bisher erlitten hat. Ausgespien aus der Stadt ohne Namen, wandelte sie auf Erden, um den ewigen Schlaf und Frieden zu suchen. Obschon sie viele Tode erlitt und ihre Schmerzen in ewiger Verdammnis und Qual andauern, so weilt sie noch immer unter den lebenden Toten. Wer von Euch möchte heute der Glückliche sein, der ihr ihren Wunsch, den Wunsch zu sterben, für immer und ewig, erfüllt?«

Entschlossen schaltete Phil das Handy ab. Eine Gänsehaut hatte seinen ganzen Körper überzogen. Hatte er gerade tatsächlich mit dem toten von Campen gesprochen? Gut, es konnte sich auch um eine simple Kassettenaufnahme handeln. Aber was hatte es mit seiner eigenen Stimme auf sich?

Gleichzeitig mit dem Verlöschen des seltsamen Lichtes schien sich der Raum mit wispernden Stimmen zu füllen. Es hörte sich an wie das Rascheln brüchiger Herbstblätter in einem sanften Wind.

Phil zog Virginia mit sich. Was immer es auch war, er fühlte sich draußen sicherer.

»Hast du denn eine Ahnung, wohin?«, fragte Virginia verzweifelt.

»Irgendwo werden wir schon rauskommen und auf Menschen treffen, die uns weiterhelfen …«

Mit beiden Fäusten trommelte sie auf seine Brust ein. »Begreifst du denn nicht, dass es keinen Ausweg mehr gibt?« Sie schien mit den Nerven tatsächlich am Ende. Die Stimmen aus dem Handy hatten ihr den Rest gegeben.

Phil zog sie einfach weiter mit sich. Es war ihre einzige Chance. Das seltsame Licht folgte ihnen. Er hatte keine Ahnung, was es damit auf sich hatte.

»Schneller!«, trieb er Virginia an, obwohl er selbst die Schwäche spürte.

Sie schlugen einige Haken, doch das Licht blieb ihnen beharrlich auf den Fersen. Es tauchte die Häuser hinter ihnen in einen gespenstischen Schein.

»Stopp!« Hastig zog Phil Virginia in den Schatten eines Treppenaufgangs. In letzter Sekunde hatte er die Gestalten gesehen, die ihnen vom anderen Ende der Gasse entgegenkamen.

Er traute seinen Augen nicht.

Das Licht zischte an Phil und Virginia vorbei und hüllte die näherkommenden Gestalten ein.

»Scheint so, als wären wir wieder komplett«, sagte Phil.

Vor ihnen in der Gasse kamen ihnen ihre Kollegen entgegen. Vorneweg ging Heiko Denner. Selbst aus der Entfernung sah sein Grinsen irgendwie unnatürlich aus. Er hatte die Zähne gebleckt wie ein Hund. Die Lippen waren fast völlig zurückgezogen, so dass man das pure Zahnfleisch sah. Er winkte in ihre Richtung. Hatte er sie bereits entdeckt? Phil zog sich und Virginia noch tiefer in den Schatten. Und gleichzeitig starrte er weiter wie gebannt auf die näherkommende Gruppe.

Das war nicht Heiko Denner! Zumindest nicht der gleiche Denner, mit dem er als Kollege zusammengearbeitet hatte. Der eigentlich harmlose, seinem Boss aber hündisch ergebene Denner ohne Rückgrat.

Dieser Heiko Denner wirkte eher wie ein Schakal. Ein *zu allem entschlossener* Schakal, der irgendeine Hinterlist im Sinn führte.

An seiner Seite ging seine Kollegin. Genau wie Heiko Denner wirkte auch Christel Zich völlig verändert. Die ältere Kollegin grinste nur nicht. Stattdessen war ihr Mund zu einem schmalen Strich zusammengepresst. Sie wirkte dadurch noch grotesker als Denner. Die Augen hatte sie weit aufgerissen. Ihre Pagenfrisur war völlig zerzaust. Die Haare standen wie unter einer elektrischen Entladung zu Berge und bewegten sich zu jedem ihrer Schritte wie wogende Grashalme.

Denner und Christel Zich traten beiseite und gaben den Blick auf die dritte Person frei: Curd von Campen.

Sein Gang ließ ihn wie eine groteske Karikatur seiner selbst erscheinen. Aber zum Lachen war es in keiner Sekunde. Er wirkte grauenerregend, knickte immer wieder ein. Sein ganzer Körper war eine einzige klaffende Wunde, genau wie sein Gesicht. Dennoch hielt ihn irgendeine irrwitzige Macht auf den Beinen und trieb ihn vorwärts.

Genau in ihre Richtung.

»Phil! Virginia, mein Mädchen!« Es war eindeutig von Campens dröhnendes Organ, das bis zu ihnen herüberdrang. Dennoch hätte Phil schwören können, dass der Mann seine Lippen nicht bewegt hatte. Soweit sie überhaupt noch vorhanden waren. Denn dort, wo sich sein Mund befunden hatte, klaffte ein schwarzes Loch.

Virginia hielt sich die Ohren zu. Als könne sie die Stimme dadurch abschalten und das Grauen ausblenden. Aber so einfach ging das nicht. Im Gegenteil. Unaufhaltsam kam es näher. Schritt für Schritt.

Phil beendete das Versteckspiel. »Bleib zurück!«, flüsterte er Virginia zu. »Vielleicht glauben sie dann, sie hätten es nur mit mir zu tun.«

»Bleib hier, Phil! Lass uns beide flüchten! Sie wissen, dass wir zu zweit sind. Er hat meinen Namen gerufen.«

Phil trat aus dem Schatten hinaus auf die Gasse.

Es war der richtige Weg. Er spürte, wie die Spannung ein wenig wich.

»Sucht ihr nach uns?«, fragte er.

Von Campen machte eine abfällige Handbewegung. »Nach euch oder auch nicht nach euch. Was macht das schon aus? Hey, Phil, du warst doch immer ein cleveres Bürschchen. Hast du einen Schimmer, was mit uns passiert ist?«

»Ebenso wenig wie ihr«, entgegnete Phil misstrauisch. Er glaubte nicht, dass von Campen und seine Mitstreiter mit ihm plaudern wollten.

»Laufen eine Menge merkwürdige Leute hier rum«, fuhr von Campen fort. Phil war sich nun sicher, dass von Campen den Mund beim Sprechen nicht bewegte. Die Stimme drang einfach aus seinem Schlund hervor. »Warum schließt ihr euch uns nicht an?«

Euch. Also wussten sie tatsächlich, dass Virginia bei ihm war. Offenbar hatten sie sie doch beide gesehen.

»Wir bleiben lieber unter uns!«, entgegnete Phil.

»Du willst doch nur alleine mit ihr vögeln!«, rief Heiko Denner. Noch immer stand dieses unnatürliche, zähnebleckende Grinsen auf seinem Gesicht.

»Aber nicht doch, Heiko, wir würden dich wirklich gern dabeihaben!«, gab Phil sarkastisch zurück.

Die Drei kamen näher. Und mit ihnen das Licht. Phil erkannte, dass es ein Fehler gewesen war, mit ihnen reden zu wollen. Was auch immer sie vorhatten, sie führten nichts Gutes im Schilde.

Langsam wich er zurück.

»Wir wären besser gleich davongelaufen!«, hört er Virginia flüstern. »Sie sind nicht mehr sie selbst. Es sind Bestien!«

»Laufen können wir immer noch!«, sagte Phil. »Von Campen sieht nicht so aus, als ob er mithalten könnte. Nicht in seinem Zustand. Komm!«

Er zog Virginia aus der Nische, und sie liefen los. Den gleichen Weg zurück, den sie gekommen waren. Phil sah sich gehetzt um. Das Trio hatte die Verfolgung aufgenommen. Christel Zich lief vorneweg, dahinter Denner.

Wie Phil vermutet hatte, würde es zumindest von Campen nicht schaffen. Er sackte immer wieder weg und kam kaum voran.

Mehrmals wechselten sie die Richtung. Phil spürte seinen rasenden Herzschlag. Sein Atem ging nur noch stoßweise. Er röchelte und hielt sich die stechende Seite. Nie zuvor hatte er solche Schwierigkeiten gehabt. Und ausgerechnet jetzt, wo es darauf ankam, machte sein Körper schlapp. Als hätte ihm irgendjemand seine Kräfte geraubt.

Gleichzeitig hatte er ein Bild vor Augen. Es währte nur einen Sekundenbruchteil. Es war die Vision einer wunderschönen, verführerischen Frau, die sich mit ihm in einem fast animalischen Liebesakt vereinigte.

Er wischte das Bild beiseite.

Laufen. Laufen. Keinen Gedanken verschwenden. Sich nur auf die Gegenwart konzentrieren. Nur so würden sie überhaupt eine Chance haben …

Plötzlich hatten sie das Ufer des Flusses erreicht. Schweratmend kamen sie zum Stehen. Sie lauschten beide angestrengt in die Nacht. Von ihren Verfolgern war nichts zu hören. Nur ihrer beider rasselnder Atem.

»Haben wir sie abgehängt, Phil?«

»Ich weiß es nicht. Ich kann es mir nicht vorstellen.« Er hatte das unbehagliche Gefühl, dass sie ihn beobachteten. Wie Geier, die auf ihre Chance warteten.

Phil hatte sich nicht getäuscht. Das seltsame Licht war wieder zu sehen. Langsam schob es sich näher, und mit ihm kamen Denner und Christel Zich.

Sie waren nur noch knapp zwanzig Meter entfernt.

»Was habt ihr gegen uns?«, rief Denner. »Zusammen werden wir eine Menge Spaß haben …« Virginia lief es eiskalt über den Rücken. Sie wusste, dass Denner schon immer begehrliche Blicke auf sie geworfen hatte. Aber es waren schüchterne, heimliche Blicke gewesen. Niemals hätte er es gewagt, sie so offen zu begehren. Auch seine Wortwahl passte nicht zu ihm. Sie war so unecht wie alles andere an ihm – und den anderen.

»Zum Glück haben wir es nur noch mit Zweien von ihnen zu tun«, sagte Phil.

»Ich habe Angst, Phil. Sie sind nicht das, was sie zu sein scheinen.«

»Und welche Chance haben wir sonst?«, fragte er.

»Lieber springe ich ins Wasser, als darauf zu warten, dass sie uns erreichen!«, sagte Virginia. Sie meinte es ernst.

Phil warf einen zweifelnden Blick in die schwarzen Fluten. Das Wasser des Flusses wirkte auf ihn wie zähflüssiges Öl. Instinktiv schreckte er davor zurück. Selbst wenn sie diesen Weg wählten, wusste er nicht, wohin sie hätten schwimmen sollen. Es war so dunkel, dass das andere Ufer nicht zu sehen war.

Denner und Christel Zich waren nur noch zehn Meter entfernt.

Ein Blick in ihre Augen verriet ihm, dass sie kaum mehr etwas Menschliches hatten. Er glaubte, tief in den Pupillen das gleiche Licht scheinen zu sehen, das sie die ganze Zeit über begleitete und ebenfalls näher und näher kam.

»Überredet«, sagte er.

Er nahm Anlauf und sprang ins Wasser. Vorher atmete er noch einmal tief ein und hielt dann den Atem an. Die schwarze, ölige Flut schwappte über ihm zusammen. Phil sank tiefer und tiefer. Noch unter Wasser befreite er sich von seinen Schuhen und seinem Sakko. Mit kräftigen Stößen versuchte er so weit wie möglich vom Ufer wegzukommen.

Während des Sprungs hatte er aus den Augenwinkeln mitbekommen, dass Virginia es ihm gleich getan hatte. Auch sie war gesprungen.

Jeden Moment erwartete er, dass er das Platschen weiterer Körper hören würde. Aber er vernahm nichts. Er hatte keine Ahnung, ob er es überhaupt unter Wasser hören würde.

Sein Kopf pochte. In seiner Brust machte sich die Atemnot schmerzhaft bemerkbar. Lange würde er es nicht mehr aushalten. Er öffnete die Augen unter Wasser. Um ihn herum herrschte undurchdringliche Finsternis. Für einen Moment verlor er die Orientierung, wusste nicht mehr, wo oben und unten war. Aber wie von selbst trieb er hinauf zur Wasseroberfläche. Sein Kopf durchstieß die Oberfläche. Japsend schnappte er nach Luft.

Er war weiter vom Ufer entfernt, als er vermutet hatte. Heiko Denner und Christel Zich standen noch immer dort. Während sie wie erstarrt wirkten, zuckte das Licht, das sie umgab, unaufhörlich hin und her. Einige Lichtzungen leckten kurz über das Wasser, zogen sich jedoch sofort wieder zurück.

Wo war Virginia? Phil sah sich besorgt um. Da endlich erschien auch ihr Kopf über der Wasseroberfläche. Sie atmete genauso schwer wie er.

»Wir haben es geschafft!«, rief er ihr zu. »Sie stehen dort am Ufer!«

Er wollte noch mehr sagen, aber er merkte, dass er mit seinen Kräften haushalten musste. Die Kälte des Wassers laugte ihn noch weiter aus.

Aber zum Teufel, sie hatten es geschafft.

Sie mussten nur noch das andere Ufer erreichen, dann waren sie in Sicherheit.

Wo auch immer das andere Ufer liegen mochte …

4. Kapitel

Nächtliche Gegner

Mit einer geschmeidigen Bewegung rollte sich Lilith vom Bett.
Eine Falle!

Also war der nackte Mann in ihrem Penthouse doch nur ein Ablenkungsmanöver gewesen! Sie würde ihm das Genick dafür brechen. Später.

Er spielte noch immer seine Rolle. Zitterte unter der Bettdecke. Oh ja, sie würde diesen Schwächling für seine Heimtücke büßen lassen ...

Ihr vampirischer Instinkt erwachte. Automatisch verformten sich ihre Augzähne zu nadelspitzen Dolchen, schoben sich innerhalb von Sekundenbruchteilen über ihre Lippen.

Ihre sonst jadegrünen Augen funkelten rot, als würden sie von einem inneren Höllenfeuer illuminiert. Die Finger wurden zu tödlichen Klauen. Die unheimliche Macht, die sich in ihr manifestierte, ließ ihre Muskeln bedrohlich anschwellen. Aus ihrer Kehle drangen angesichts der Metamorphose knurrende Laute. Dann ein Fauchen.

Sie spürte die Anwesenheit von Kelchvampiren!

Weitere Fensterscheiben gingen zu Bruch. Dann flatterten sie herein. Auf ledernen, todbringenden Schwingen.

Lilith zählte sechs Gegner.

Sie mussten den Angriff genau geplant haben. Drei von ihnen gingen in eine Metamorphose über und verwandelten sich in Menschengestalt. Die anderen drei behielten ihre Fledermauskörper und schossen wie Pfeile an ihr vorbei – wollten sich auf den nackten Mann stürzen.

In Lilith erwachte abermals der Beschützerinstinkt. Sie würde nicht zulassen, dass sie ihm etwas antaten. Wenn er schuldig war, so war es allein seine Sache, an ihm Rache zu üben.

Sie fuhr herum, während der Symbiont sich um die Gegner in ihrem Rücken kümmerte. Bereit, seine tödlichen Medusenfäden abzusondern.

Lilith konzentrierte sich nur auf die drei Fledermäuse. Sie hatten den Mann auf dem Bett fast erreicht. Mit vor Schreck geweiteten Augen schaute er ihnen entgegen. Aber er machte nicht die geringsten Anstalten zu fliehen.

»Unter die Decke!«, rief Lilith.

Er reagierte noch immer nicht.

Im nächsten Moment würden sie ihn erreicht haben. Ihn zerfleischen. Da geschah das Unglaubliche: sie stoppten mitten im Fluge. So als wären sie gegen eine unsichtbare Mauer geprallt.

Aber es war keine Mauer. Es war ihr ureigener Instinkt, der sie den Angriff abbrechen und zu Boden taumeln ließ. Panisch versuchten sie, der Aura des Mannes zu entkommen.

Was war an ihm, dass sie derart außer Kontrolle gerieten? Lilith hatte nichts dergleichen an ihm bemerkt, obwohl auch sie vampirisches Blut in den Adern hatte. Sie hätte zumindest etwas spüren müssen, wenn es irgend etwas an ihm gab, was die Vampire erschreckte.

Sie hatte keine Zeit, sich großartig Gedanken darüber zu machen. Sie nutzte die Verwirrung der drei Fledermäuse aus. Mit einem Hechtsprung war sie bei ihnen. Der Ersten drehte sie einfach den Hals um. Befriedigt nahm sie das Knacken des Genicks zur Kenntnis.

Die zwei anderen hatten länger Zeit zu reagieren.

Die zweite Fledermaus suchte ihr Heil in der Flucht. Sie segelte zur Decke hinauf. Die Dritte verwandelte sich in ihre menschliche Gestalt zurück.

Es handelte sich um einen männlichen Vampir mit einem gewaltigen Genital. Er grinste, als er ihren Blick bemerkte. Seine hauerähnlichen Zähne wurden sichtbar.

»Ja, schau ihn dir an! Du wirst ihn in dir spüren!«

Beide sprangen sie gleichzeitig. Mit voller Wucht prallten ihre Körper aufeinander. Blut strömte aus ersten Wunden, als lange spitze Klauen sich in Fleisch bohrten. Rotes und schwarzes Blut, das sich miteinander vermischte. Wie erste Pinselstriche zu einem gewaltigen Schlachtengemälde.

Hinter sich hörte Lilith schrille Schreie. Sie war zuversichtlich, dass der Symbiont mit den anderen fertig wurde.

Doch plötzlich landete ein weiterer Gegner in ihren Haaren. Die Fledermaus, die zunächst geflüchtet war, hatte sich von oben einfach auf sie herabfallen lassen. Die ledrigen Schwingen verdeckten Liliths Augen. Das kleine Maul biss sich in ihre Kopfhaut. Lilith schrie auf.

Wild schüttelte sie den Kopf hin und her. Es lag eine solche Kraft darin, dass die Fledermaus gegen die Wand geschleudert wurde. Die Kreatur gab ein wütendes Kreischen von sich. Ein Flügel war gebrochen. Sie kam nicht mehr hoch.

Lilith wandte sich wieder ihrem Hauptgegner zu. Er hatte die Gelegenheit genutzt, ihr seine Klaue schmerzhaft in die Seite zu schlagen. Rasiermesserscharfe Krallen bohrten sich tiefer ins Fleisch.

Lilith sah direkt in sein Gesicht. Nur noch Todesgier lag darin. Und ihr Gegner kannte keinen Schmerz. Seine stechenden Augen blitzten sie an, von Wut und Gier erfüllt. Ein verzerrtes Maul, in dem die todbringenden Zähne nur Zentimeter entfernt von ihrem eigenen Gesicht drohten.

Sie hatte sich überschätzt. Vielleicht auch zu sehr ablenken lassen. Es war nur noch eine Frage der Zeit, bis sie spüren würde, wie sich diese Zähne in ihre Adern senkten ...

Mit aller Kraft versuchte sie, seine Krallen aus ihrem Körper zu ziehen. Es war vergeblich. Wie stählerne Klammern hielten die Klauen sie fest.

»Duncan!« Sie schrie den Namen geradezu heraus. Und meinte damit den Mann auf dem Bett. Er war ihre einzige Hoffnung. Die Fledermäuse waren vor ihm geflüchtet. Er musste ihr helfen.

Ihr Gegner fletschte die Zähne in Erwartung des blutigen Mahls. Und dessen, was er ihr noch angedroht hatte. Sie spürte, wie sein Geschlechtsteil anschwoll und pochend gegen ihren Schenkel drückte.

Sie schrie auf vor Wut und Abscheu.

Und abermals kam dieser Name über ihre Lippen. Wie von selbst:

»Duncan …!«

Aber er reagierte nicht.

Sie spürte bereits die Zähne ihres Gegners am Hals. Da bekam sie Hilfe von anderer Seite.

Der Vampir gab einen grauenvollen Schrei von sich. Seine Klauen zuckten zurück und fassten an seinen eigenen Hals. Mit beiden Händen umschlang er seine Kehle, als wollte er sich selbst zerfleischen.

Lilith sah den dünnen, schwarzen Tentakel, der über ihre Schulter hinweggeschnellt und sich um den Vampir gewickelt hatte.

Es wurde eine tödliche Umarmung. Er hatte nicht den Hauch einer Chance.

Das Gesicht des Vampirs verfärbte sich rot. Die Zunge schwoll an und bahnte sich wie eine dicke Schnecke ihren Weg über die Lippen. Dann war es vorbei.

Der Tentakel zuckte wieder zurück. Er wirkte wie ein langer, schwarzer Wurm.

Lilith brauchte ihrem Gegner nur noch einen Stoß zu versetzen. Der tote Körper des Vampirs sackte schwer zu Boden und zerfiel zu Asche.

Lilith warf sich herum. Zwei waren erledigt. Einen weiteren hatte der Symbiont vernichtet.

Ein vierter hatte die Gunst des Augenblicks genutzt: Während der Symbiont damit beschäftigt gewesen war, Lilith zu helfen, hatte er sich wieder in seine Fledermausgestalt zurückverwandelt. Lilith sah gerade noch, wie er aus dem Fenster jagte und das Weite suchte.

Um mit Verstärkung zurückzukehren?

Blieben noch die verletzte Fledermaus und ein weiterer Vampir übrig …

Ein kurzer, hastiger Blick genügte. Die Fledermaus versuchte noch immer, davonzuflattern, was mit dem verletzten Flügel unmöglich war.

Lilith lächelte unbarmherzig. Um diesen »Vogel« würde sie sich später kümmern. Und sie würde sich alle Zeit der Welt nehmen, ihm seinen heimtückischen Angriff heimzuzahlen.

Sie befahl dem Symbionten, sich zurückzuhalten. Sein Tentakel zuckte zurück, verschmolz wieder mit dem Catsuit.

Der Vampir schien dies falsch zu deuten. Ein siegessicheres Grinsen ließ seine Züge fast wölfisch wirken. Mit Lilith würde er schon fertig werden. Er war kampferprobt genug, um die Situation richtig einzuschätzen.

Glaubte er.

»Warum willst du mich töten?«, fragte sie.

»Nicht nur dich … auch ihn!«, verriet der Vampir, wobei er auf den nackten Mann deutete. »Und ich werde reich dafür belohnt werden.«

»Was wollt ihr von ihm?«, fragte Lilith. »Er ist harmlos.«

»Was weißt du schon!«

Er war bereit zum Sprung.

Lilith machte es Vergnügen, mit ihm zu spielen. Er war zwar ebenso ein Hüne wie die anderen Angreifer, aber offensichtlich besaß er wenig Verstand. Vielleicht würde er sich noch mehr verplappern, wenn sie es geschickt genug anstellte.

»Also gut, du hast uns in der Hand«, sagte sie. »Aber welche Belohnung wäre reizvoller als die, die ich dir geben kann?«

Ein unhörbarer Befehl an den Symbionten öffnete ihr Mimikrykleid an den entscheidenden Stellen. Der Vampir schluckte merklich. Sein Blick wanderte zwischen ihren Brüsten und dem verlockenden Schamdreieck auf und ab. Offensichtlich konnte er sich nicht entscheiden, was ihn mehr erregte.

Lilith half noch ein wenig nach. Sie begann, ihre Brustwarzen sanft mit den Fingern zu massieren, während sie mit dem Becken kreisende Bewegungen vollführte.

»Ich hab es nötig!«, stöhnte sie. »Leider konnte mir dieser Kerl dort auf meinem Bett nicht geben, was ich wirklich brauche. Steht dir nicht auch der Sinn nach etwas Unterhaltung?«

Es war keine Frage, was sie mit Unterhaltung meinte.

»Hexe!«, schnappte der Vampir. »Die kannst du haben!«

Der freie Blick auf ihren entblößten Schoß machte ihn regelrecht kirre. Also gut, er würde ihr geben, wonach sie verlangte. Und *danach* würde er seinen Auftrag ausführen und sie für den Tod seiner Kameraden büßen lassen.

Warum sollte er nicht zwei Belohnungen kassieren? Er musste nur auf der Hut sein …

Lilith konnte ihm allzu deutlich ansehen, womit sich seine Gedanken beschäftigten. Ihr Gegner trat tatsächlich näher.

Ihr Blick fixierte die Stelle, an der sich seine Männlichkeit aufrichtete.

»Worauf stehst du? Ich kann dir alles geben, wonach du verlangst? Ich besorg es dir richtig.«

»Ja, ich brauche jemanden, der mich mal wieder so richtig ran nimmt. Du wirst es nicht bereuen. Ich bin genauso geil und verdorben wie du.«

Ihre Worte fanden fruchtbaren Boden.

Gierig griff er nach ihren Brüsten. Lilith glitt mit einer katzenhaften Bewegung zur Seite.

»Halt, mein Lieber! Erst erzählst du mir, wer dich geschickt hat. Wie habt ihr mich gefunden?«

Der Vampir gab ein enttäuschtes Grunzen von sich.
»Wenn du glaubst, du kannst mich zum Narren halten, hast du dich getäuscht!«

»Du machst dich selbst zum Narren!«, entgegnete Lilith kalt.

»Na schön. Es geht auch anders«, geiferte der Vampir. »Erst die Arbeit, dann das Vergnügen. Allerdings bleibt dann der Spaß auf mich allein beschränkt …«

»Glaubst du, du kannst deinen Prügel noch in meine feuchte Grotte schieben, wenn du mich vorher tötest, du Idiot!«

Der Spaß hatte lange genug gedauert. Sie konnte ihn nicht mehr länger hinhalten. Und so wie es aussah, war er zwar nicht besonders intelligent, aber auch nicht blöd genug, um in ihre Falle zu tappen und bereitwillig ihre Fragen zu beantworten.

Mit einem Fauchen warf sie sich ihm entgegen. Den Kopf gesenkt und auf seinen Unterleib zielend. Der Stoß traf ihn an seiner empfindlichsten Stelle.

Er heulte auf.

Lilith setzte nach und versuchte, ihre Krallen in ihn zu schlagen. Aber er war zäher, als sie geglaubt hatte, rollte sich zur Seite und sie stieß ins Leere.

Abermals sprang sie. Doch diesmal war er gewarnt. In letzter Sekunde machte er einen Sidestep. Lilith taumelte an ihm vorbei. Ihr Körper prallte gegen die Wand. Unbändiger Schmerz durchzuckte ihre linke Schulter. Sie rang ihn nieder. Wenn sie jetzt ihre Schwäche nicht unter Kontrolle bekam, war sie verloren.

Mit einem heiseren Schrei schnellte sie wieder auf die Beine. Jegliches Taktieren war vergessen. Sie nahm ihren Gegner wie hinter einem blutroten Nebel war. Ihre Kampflust war geweckt.

Diesmal zielte sie auf seine Augen. Ein furchtbarer Hieb ihrer Krallen machte ihn blind und wehrlos.

Er schrie, torkelte hilflos umher.

Lilith gab ihm keine zweite Chance. Mit Wucht trat sie ihm in den Unterleib. Der nächste Tritt traf sein Kinn und brach ihm den Unterkiefer.

Der Vampir ging zu Boden. Er war so schwer angeschlagen, dass der Rest nur noch Formsache war. Kurz überlegte Lilith, ob sie den Symbionten noch einmal füttern sollte. Doch sie war egoistisch genug, sich diesen letzten Triumph selbst zu gönnen. Sie trat zu ihrem Gegner, packte seinen Kopf und brach ihm in einer einzigen, wie spielerisch wirkenden Bewegung das Genick.

Auf einen *Todesimpuls* mehr oder weniger kam es nun auch nicht mehr an. Wer immer ihn und die anderen geschickt hatte, wusste nun, dass sie den Kürzeren gezogen hatten.

Sie wandte sich dem letzten der sechs Eindringlinge zu.

»Nun zu dir!«

Der Vampir gab eine jämmerliche Figur ab. Irgendetwas schien ihn zu hindern, in seine Originalgestalt zu transformieren. *Vielleicht Duncans Aura?*, dachte Lilith. Und wusste nicht einmal, was sie getrieben hatte, den Fremden ohne

Erinnerung mit dem Namen eines lange toten Freundes zu bedenken.

Die Fledermaus lag auf dem Boden und flatterte mit dem verletzten Flügel. Verzweifelt mobilisierte sie noch einmal alle Kräfte, und es gelang ihr, wenigstens *zur Hälfte* zu seiner menschliche Gestalt zurückzukehren. Das Zwitterwesen, in das der Vampir sich verwandelte, war halb Fledermaus, halb Mensch …

Er wimmerte: »Verschone mich! Du wirst es nicht bereuen.«

»Wie habt ihr mich gefunden?«, fragte sie.

»Zufall. Wir sind halbverhungert. Wir haben das Licht gesehen und sind hier eingebrochen. Wir konnten ja nicht ahnen, dass wir auf eine von uns treffen …«

Er log. Lilith beschloss, das Spiel abzukürzen. Immerhin war einer von ihnen geflüchtet. Sie wusste nicht, wie viel Zeit ihr noch bleiben würde.

Zu gern hätte sie ihre hypnotischen Kräfte entfaltet. Aber sie funktionierten bei Vampiren nicht. Also ließ sie den Symbionten aktiv werden.

Der Vampir schrie wie am Spieß, als die hauchdünnen Medusenfäden auf ihn zukamen. Er ahnte, was ihm blühte.

Die Fäden bohrten sich in seine Augen und drangen bis ins Gehirn vor.

»Tut mir leid, mein Freund, dass ich dich diesem Spezialverhör unterziehen muss, aber du hast es nicht anders gewollt. Und nun beantworte meine Fragen: Wie habt ihr mich gefunden?«

»Die magische Entladung hat uns hierher gelockt«, antwortete der Vampir roboterhaft. Lilith wusste, dass er die Wahrheit sagte. In diesem Zustand hatte er keine Möglichkeit zu lügen.

»Welche magische Entladung?« Sofort dachte sie an »Duncan«, den sie in ihrer Wohnung aufgefunden hatte.

Hatte er etwas damit zu tun? Sie sah zu ihm hin. Er lag noch immer zusammengekrümmt auf dem Bett. Das ganze Geschehen hatte er aus schreckgeweiteten Augen verfolgt. Auch jetzt starrte er verstört herüber. Was er mitangesehen hatte, musste ihn völlig verwirrt und verängstigt haben.

Sie würde sich später um ihn kümmern. Zunächst konzentrierte sie sich wieder auf ihren Gegner.

»Die magische Entladung war vergleichbar mit einem Todesimpuls«, sagte er.

Der Todesimpuls wurde freigesetzt, wann immer ein Kelchvampir oder dessen Dienerkreatur getötet wurden. Der magische Impuls war wie ein Fingerabdruck. Er wurde vom Oberhaupt einer Sippe und allen Angehörigen aufgefangen. Diese konnten ihn bis zum Ort seines Ursprungs zurückverfolgen und wussten sofort, wer aus ihrer Sippe ihn im Moment seines Todes abgestrahlt hatte.

»Seltsam«, murmelte Lilith. Mehr denn je hatten sie den Verdacht, dass der Mann auf dem Bett damit zu tun hatte. Welches Geheimnis rankte sich um ihn?

Um … *Duncan* …

»Fahre fort!«, befahl sie dem Vampir.

»Wir folgten der magischen Entladung. Sie führte uns hierher. Ich spreche die Wahrheit.«

»Natürlich tust du das. Weil du keine andere Chance hast«, sagte sie kalt. »Sieh dir diesen Mann an: Hast du ihn schon einmal gesehen?«

»Nein.«

»Hast du eine Ahnung, wer er ist?«

»Nein.«

»Weißt du, was das Brandmal auf seiner Stirn für eine Bedeutung hat?«

»Nein.«

»Steht euer Überfall in irgendeinem Zusammenhang mit ihm?«

Der Vampir zögerte.

»Rede!«

»Es könnte sein ... Vielleicht löste er die magische Entladung aus ...«

»Aber du weißt es nicht mit Sicherheit?«

»Nein.«

Lilith stieß einen Fluch aus. Dieser Vampir wusste weniger, als sie sich erhofft hatte. Es war zwecklos, sich weiter mit ihm abzugeben.

Nur eines musste sie noch wissen:

»Was kannst du mir über Landru sagen?«

Der Vampir begann zu zittern, aber die Fäden in seinem Gehirn brachten ihn zur Räson.

»Landru hat unsere Sippe ... gleich nach der Taufe ... wieder verlassen.«

»Und das soll ich dir glauben? Er hat euch nicht zufällig den Auftrag gegeben, sich um mich zu kümmern?«, hakte Lilith nach.

»Landru trug uns auf, dieses Gebäude im Auge zu behalten. Aber wir sollten abwarten. Uns erst in Tokio etablieren und Erfahrung sammeln. Er befahl uns, so wenig Aufsehen wie möglich zu erregen ...«

»Also habt ihr mich schon seit Monaten ausgespäht ...«, folgerte Lilith.

»Wir haben dich beobachtet, wie der Hüter es uns auftrug.«

»Und doch habt ihr euch nicht an seinen Auftrag gehalten. Ihr habt den Angriff auf mich auf eigene Faust gestartet ...«

Der Vampir nickte.

»Wer ist das Oberhaupt eurer Sippe?«

»Tokra.«

»Wo finde ich ihn?«

Der Vampir nannte ihr den Unterschlupf seiner Sippe.

»Wie ist dein Name?«

»Takkanaka«

»Takkanaka«, sagte Lilith mit Eiseskälte in der Stimme. »Ich danke dir für deine Auskünfte. Sie werden mir hoffentlich hilfreich sein.«

Lilith befahl dem Symbionten, sein begonnenes Werk zu vollenden.

5. Kapitel

Erwachen

Koichi und seine Frau Ayano wohnten seit zwei Wochen in dem schäbigen alten Mietshaus, als sich Ayano merkwürdig zu benehmen begann. Vielleicht, so dachte Koichi, war der Entschluss, vom Land in die Stadt zu ziehen, nicht der weiseste gewesen. Koichi war Professor für deutsche Sprache. Er hatte zwei Jahre in Deutschland studiert, war später aufs Land gezogen, um dort sein bekanntes Buch über deutsche Märchen zu Papier zu bringen, das nicht nur unter Gelehrten Anklang fand. Nun aber lehrte er wieder in Tokio.

Das Haus lag mitten in einem Industriegebiet mit halb verfallenen Fabriken, eingestürzten Schloten und verödeten Flächen, auf denen bereits das Unkraut wuchs. Ayano schaute immer öfter aus dem nach Norden gehenden Küchenfenster. Wenn man sich hinauslehnte, sah man auf das einzige Fleckchen Grün im ganzen Umkreis. Es war ein winziger, überwucherter Garten mit einer verwilderten Wiese und zwei uralten Bäumen. Nach Westen und Osten war der Garten begrenzt von einem schmiedeeisernen, rostigen Gitterzaun mit spitz zulaufenden Enden. Nach Norden stieß der Garten auf den Backsteinturm. Koichi hatte ihn zuerst für einen Schornstein gehalten, aber dann hatte er hoch oben ein Fenster gesehen. Außerdem war er nicht so hoch wie ein Schornstein, hatte aber dafür einen größeren Durchmesser.

Von seinem Fenster aus konnte Koichi nirgendwo einen Eingang sehen, und er hatte sich überzeugt, dass sich auch auf der anderen Seite keiner befand. Natürlich fragte er sich, was es für eine Bewandtnis mit dem Turm haben mochte. Jedenfalls stahl er der Küche das letzte, wenige Licht, so dass sie auch tagsüber die Deckenleuchte einschalten mussten.

Eines Abends, er hatte sich gerade eine Flasche Sake aus der Vorratskammer in der Küche holen wollen, sah er zufällig aus dem Fenster und gewahrte einen Lichtschein. Er kam aus dem Turmfenster hoch oben. Es war ein flackerndes Licht, wie von einer Kerze. Er beobachtete das Phänomen die ganzen nächsten Abende ohne hinter das Geheimnis zu kommen. Wohnte etwa jemand in dem Turm? Aber wie kam man hinein, wenn es keinen Eingang gab? Dann fiel ihm auf, dass auch Ayano immer öfter aus dem Küchenfenster blickte. Aber sie schien mehr der Garten zu interessieren als der Turm, der Koichi beschäftigte.

»Wie kommt man wohl in den Garten hinein?«, fragte sie.

»Keine Ahnung«, antwortete er. *Von ihrem Haus führte jedenfalls kein Weg hinein.* »Wahrscheinlich muss man über den Zaun klettern.«

»Würdest du das für mich tun?«, fragte sie.

Koichi schaute sie wie eine Verrückte an. Sie waren seit fünf Jahren liiert, und für derartige Liebesbeweise war eigentlich kein Anlass.

»Soll ich dir einen Strauß Unkraut pflücken?«, fragte er.

»Nein, einen Kopf Salat dort aus dem Beet.«

Das Beet hatte er bisher nie wahrgenommen, aber als Ayano ihn nun darauf aufmerksam machte, fiel es auch ihm auf. Es schien das einzige Fleckchen in dem Garten zu sein, das bewusst angelegt worden war. Trotzdem hatte er noch nie eine Menschenseele dort gesehen.

Auf dem Land hatten sie selbst ihr Gemüse und Obst angebaut. Vielleicht wurde Ayano angesichts dieses Salatbeetes nun von rührseligen Erinnerungen übermannt.

»Na schön«, sagte er. »Heute Abend gibt es Salat zum Essen.« *Er hätte natürlich auch sofort hinuntergehen können, aber er wollte zumindest die Dämmerung abwarten. Zwar gab es so gut wie keine Passanten, die sich über ihn hätten wundern können, aber da waren* ja auch noch die anderen Mieter. Sie hatten bisher noch keinen von ihnen kennen gelernt und auch keine Lust gehabt, sich irgendwo vorzustellen. Sie waren das Einsiedlerdasein gewöhnt und wollten nur ihre Ruhe haben. Jedenfalls hatte er keine Lust, von irgend jemandem begafft zu werden, wenn er über den Zaun stieg.

Es war ein regnerischer, trüber Abend, als er den Zaun überkletterte. Schwarze Wolken verdeckten den Mond. Niemand war auf den Straßen zu sehen. Die schmiedeeisernen Spitzen waren scharf wie Rasierklingen. Eine unachtsame Bewegung, und schon hatte er sich sein Hosenbein zerrissen. Er spürte, wie die Spitze sogar seine Haut ritzte. Er sprang hinab in den Garten und rutschte auf dem matschigen Untergrund aus. Das hatte er sich leichter vorgestellt. Zudem war es tatsächlich stockdunkel, so dass er kaum die Hand vor Augen sehen konnte.

Er tappte wie ein Blinder auf gut Glück in die Richtung, in der er das Salatbeet vermutete. Plötzlich war oben im Turmfenster wieder der Lichtschein zu sehen. Als hätte es dieses Signals bedurft, gingen plötzlich auch hinter den Fenstern des Hauses, in dem er wohnte, etliche Lichter an. Zum ersten Mal bekam Koichi seine Nachbarn zu Gesicht:

Er sah ein Mädchen mit rußgeschwärztem Gesicht, das einen seltsamen Kontrast zu den goldenen Haaren bildete. Deutlich sah er den merkwürdigen Mantel, den es trug und der aus lauter Fellfetzen zusammengenäht zu sein schien.

Er sah ein anderes Mädchen mit schneeweißem Teint, knallroten Lippen und pechschwarzen Haaren.

Er sah einen schrecklichen wolfartigen Schäferhund.

Er sah die lächelnden Liliputaner.

Warum hatte er bisher nie etwas bemerkt? Eigentlich war es unmöglich ... Er schaute zu seinem Küchenfenster. Dort stand Ayano.

Sie alle starrten zum Turmfenster hinüber. Oder in den Garten? Zu ihm herab? So unwahrscheinlich es war, dass sie ihn aus ihren *erleuchteten Zimmern in dem nachtschwarzen Garten erkennen konnten, so unwohl war ihm in seiner Haut.*

Er stand nun direkt vor dem Salatbeet. Rasch zog er die mitgebrachte Harke aus seiner Jacke und grub einen Salatkopf aus. Es war rasch geschehen, aber fast hätte er ihn fallengelassen, weil sich plötzlich etwas Schleimiges um seinen Finger kringelte. Es war ein Regenwurm, so fett und riesig, dass er fast wie eine Blindschleiche wirkte. Dann sah Koichi, dass der ganze Salatkopf von diesen Regenwürmern befallen war. Angeekelt steckte er den Salat in die mitgebrachte Tüte. Ayano hatte diesen Salat gewollt. Sie würde ihn bekommen.

Da legte sich ihm plötzlich eine Hand auf die Schulter. Er fuhr herum und sah sich einer merkwürdigen Gestalt gegenüber. Sie wirkte wie eine Zauberfrau aus einem japanischen Märchen.

»Was hast du in meinem Garten verloren?«, keifte die Alte.

»Ich habe nicht gewusst, dass der Garten jemandem gehört«, verteidigte er sich.

»Du hast mich bestohlen, dafür verdienst du eine Bestrafung!«, ließ die Alte nicht locker. »Du bist nicht der Erste, dem ich beibringen muss, dass man sich nicht an fremdem Eigentum vergreift!«

Etwas an der Alten ließ Koichi frösteln. Er stieß sie beiseite und sah zu, dass er fortkam. Gehetzt kletterte er über den schmiedeeisernen Zaun. Diesmal war es ihm egal, dass er sich weitere Kleidungsstücke dabei einriss. Als er noch einmal zurückschaute, war die Alte verschwunden. Dafür sah er, wie sich oben aus dem Turmfenster etwas Helles, Schlangenartiges herauswand, das verflucht einem blonden Haarzopf ähnlich sah.

Er lief zum Haus, riss die Tür zum Flur auf und schlug sie erleichtert hinter sich zu. Vorsichtshalber schloss er sie ab.

Ihm wurde bewusst, dass er noch immer die Tüte mit dem Salatkopf an sich gepresst hielt. Sie wirkte irgendwie lebendig. Wahrscheinlich waren es die Würmer, die sich da kringelten. Er ging an den Parterrewohnungen vorbei. Zufällig fiel sein Blick auf das erste

Namensschild: Allerleihrauh, las er die geschnörkelten Buchstaben. Es stand dort auf Deutsch, und sofort musste er an die Frau mit dem geschwärzten Gesicht und dem seltsamen Fellmantel denken. Das Türschild war bislang nicht da gewesen.

Er schaute auf das Schild an der gegenüberliegenden Parterre-Tür: Schneewittchen, stand dort. Und als er an der Tür hinabschaute, sah er unten ein weiteres kleines Törchen. Er beugte sich hinab und las auf dem winzigen Namensschild daneben: Die 7 Zwerge.

Was sollte der Unsinn? Hatte er sich die Gestalten an den erleuchteten Fenstern nicht nur eingebildet? Oder war er schlichtweg verrückt geworden, und hatte der Wahnsinn Methode?

Er sprang die Treppe hinauf in die erste Etage: Hier wohnten, glaubte man den Namensschildern, der Wolf und gleich gegenüber die sieben Geißlein. Was für ein Schabernack!

In der zweiten Etage wohnten Ayano und er. Aber dort, wo zuvor ihr Familienname gestanden hatte, prangte nun ein ganz anderes Schild. Er las: Der Froschkönig.

Die Tür wurde geöffnet. Ayano erwartete ihn schon.

»Hast du den Salat?« fragte sie gierig. Er nickte erschöpft.

Sie riss die Tüte an sich, holte den Salat heraus, auf dessen Blättern sich Dutzende dieser ekelhaften Würmer ringelten, und biss herzhaft hinein. Angeekelt sah Koichi mit an, wie sie den Salat samt der Würmer hinunterschlang.

»Jetzt hast du dir deine Belohnung verdient«, sagte sie verheißungsvoll und zog ihn auf den Futon. Er war noch immer wie betäubt.

»Wir sind in einen Albtraum geraten«, stammelte er. »Ich weiß jetzt, wer in dem Turm wohnt: Rapunzel. Und der alten Hexe, Frau Gotel, gehört der Garten. Sie verhext alle, die ihren Salat stehlen, verstehst du?«

»Du mit deinen deutschen Märchen!«, sagte sie. Dabei riss sie ihm die Kleider vom Leib und rieb begierig ihren Körper an seinen. Der Salat schien es wirklich in sich gehabt zu haben!

Da plötzlich veränderte sich ihr Blick. Der lüsterne Ausdruck ging in Staunen und Unglaube über.

»Nein!«, schrie sie. »Nein!« Sie stieß ihn vom Futon, so dass er schmerzhaft zu Boden fiel.

Er spürte, wie er schrumpfte, und sah, dass seine blasse, weiße Haut merklich grüner wurde. Gleichzeitig nahm sein Verstand das Absurde als Normalität hin. Und ebenso erwachte seine Lust auf ihren schönen, alabasterfarbenen Menschenkörper.

»Lass mich in dein Bettchen«, verlangte er.

Ayano schrie noch immer.

(Okakura: Tokio Legends: Das Grimmige Haus)

Der heiße Duschstrahl ließ die Kälte vergessen, die seinen Körper fast gelähmt hatte. Das Wasser spülte zwar nicht die Erinnerungen an die letzten Stunden fort, wohl aber die körperlichen Entbehrungen. Das Wichtigste jedoch war, dass Virginia ebenfalls hier mit ihm stand. Sie pressten und rieben ihre nackten Körper wie zwei Ertrinkende aneinander, schenkten sich dabei gegenseitig weitere wärmende Schauer. Sie seiften sich gegenseitig ein und wuschen sich den Odem des schwarzen, stinkenden Flusses, den sie durchschwommen hatten, von der Haut.

Es war fast eine Art Exorzismus.

Und er wirkte.

Sie verbrachten zwanzig Minuten unter der Dusche, dann traten sie aus der engen Kabine und trockneten sich ab.

Phil hatte zwar nur ein Einzelzimmer, aber das Bett war groß genug, dass sie beide hineinpassten. Sie kuschelten sich unter der Decke zusammen. Die Wärme durchpulste sie. Aber sie waren zu müde, um miteinander zu schlafen. Zu müde und mit den Gedanken bei ganz anderen Dingen. Für diese Nacht waren sie glücklich, einfach nur zusammen zu sein. Es hätte nicht schöner sein können.

Trotzdem konnten sie nicht gleich schlafen. Sie hatten bisher nicht darüber gesprochen, aber nun drängte es sich an die Oberfläche:

»Glaubst du, dass wir das alles wirklich erlebt haben, Phil?«

»Ich glaube nicht, dass wir es nur geträumt haben. Tut mir leid, denn ich wollte, es *wäre* nur ein Traum gewesen.«

Virginia legte die Stirn in Falten. Sie erinnerte ihn in diesem Moment wieder sehr an die analytisch denkende, kühle Kollegin, als die er sie früher immer gesehen hatte.

»Dennoch finde ich einiges seltsam, Phil. Von Campens Stimme aus dem Handy zum Beispiel. Es war, als würden sich unsere schlimmsten Albträume erfüllen. Und dann der Zufall, dass wir den Dreien über den Weg liefen ...«

»Du meinst, irgendetwas kramt in unserem Gehirn und manifestiert unsere schlimmsten Ängste?«

Sie nickte eifrig. »Ich weiß, es klingt verrückt. Und trotzdem wäre es eine Erklärung.«

»Also Hypnose?« Phil war nachdenklich geworden. »Genau wie dieses grässliche Schauspiel mit der Frau und alles Nachfolgende, das wir erlebt haben? Ich kann nur noch einmal sagen: Es war alles so verdammt real!«

»In dem Moment, in dem du das Handy ausprobiertest, hatte ich plötzlich eine schreckliche Angst davor, von Campen oder Heiko Denner würden sich melden. Und prompt geschah es. Und als ich mir vorstellte, was wir machen würden, wenn sie uns über den Weg liefen, da stießen wir tatsächlich auf sie ...«

Phil drückte sie enger an sich.

»Wovor hast du jetzt Angst?«, fragte er zärtlich.

Sie entspannte sich sichtlich. »Vor nichts«, antwortete sie.
Virginia hauchte Phil einen Kuss auf die Wange. Die heiße Dusche tat nun ihre Wirkung. Innerhalb weniger Augenblicke war sie eingeschlafen. Zumindest hatte er den Eindruck.

Phil schloss ebenfalls die Augen. Doch mit der Dunkelheit kamen die Erinnerungen stärker denn je an die Oberfläche. Er hielt es nur fünf Minuten im Bett aus.

Schlafen war zwecklos.

Er stand auf und ging zur Minibar. Er und Virginia hatten sich schon zuvor an einigen Whiskyfläschchen bedient. Phil griff nach weiteren Spirituosen und flößte sie sich ein.

Es half wenig. Wahrscheinlich würde die Wirkung erst später einsetzen. Oder überhaupt nicht.

Er betrachtete sich im Spiegel. Die Strapazen waren seinem übernächtigten Gesicht noch immer anzusehen. Er fragte sich, was wohl der Portier gedacht haben mochte, als sie beide wortlos an ihm vorbeigeeilt waren und das Zimmer aufgesucht hatten.

Nachdem sie es ans andere Ufer geschafft hatten, hatten sie feststellen müssen, dass ihre Handys nicht mehr funktionierten, um ein Taxi herbeizurufen. Ihr gesamter Yen-Vorrat an Scheinen war im Wasser völlig aufgeweicht. Sie schafften es irgendwie bis zur nächsten U-Bahn-Station, schmuggelten sich hinein und fuhren schwarz. Die Blicke der anderen Gäste störten sie wenig. Schließlich erreichten sie zu Fuß das Hotel …

Er trat zu dem riesigen Panoramafenster und blickte hinaus in die Nacht. Sein Zimmer lag im fünfzehnten Stockwerk, so dass er einen atemberaubenden Ausblick hatte. Tokios Nachtleben war berühmt-berüchtigt. Auch jetzt hatte es den Anschein, als dächte niemand daran zu schlafen. Das gleißende Blitzen der zahllosen Lichtreklamen von Bars, Restaurants und sonstigen Vergnügungsetablissements sprach Bände.

Phil genoss das Spiel der Farben. Der *realen* Farben. Sie verscheuchten den seltsamen Lichtschein, der sie lange begleitet hatte, aus seinem Hirn. Wenigstens oberflächlich. Und nichts deutete darauf hin, dass das abnorme Licht ihnen bis hierher gefolgt war.

Phil kam es noch immer wie ein Albtraum vor. Vor allem, wenn er an von Campen und die anderen dachte. Sie hatten sich in wahre Zombies verwandelt.

Plötzlich durchfuhr es ihn siedend heiß. Wer sagte ihm eigentlich, dass sie nicht ebenso wie er und Virginia wieder zum Hotel zurückfinden würden? Außerdem konnten sie sich denken, dass sie hier steckten. Die drei Gestalten würden mit ihrem jetzigen Aussehen zwar einiges Aufsehen erregen, aber andererseits würde sich auch niemand direkt mit ihnen anlegen wollen …

Vielleicht waren sie ja schon hier.

Phil war kein Draufgänger. Aber er war auch niemand, der eine Gefahr einfach verdrängte. Wenn er sich nun neben Virginia legte und einschlief, wachten sie beide vielleicht nie wieder auf.

Er musste sich Gewissheit verschaffen. Außerdem war es an der Zeit, sich eine Rückendeckung zu verschaffen. Er zog sich an und vergewisserte sich, dass Virginia noch immer schlief. Ihr schönes Gesicht wirkte wunderbar entspannt.

Leise verließ er das Zimmer und schloss hinter sich ab. Er würde nicht allzu lange wegbleiben. Unwahrscheinlich, dass sie in dieser Zeit aufwachte und sich ängstigte.

Der lange Korridor lag schwach erleuchtet vor ihm. Rechts und links die Türen der anderen Zimmer, aufgereiht wie an einer langen doppelreihigen Kette. Der weiche Teppichboden schluckte jedes Schrittgeräusch.

Er hatte keine Ahnung, wo sich von Campens Zimmer befand. Oder das eines der anderen. Aber er würde es herausfinden. Der Portier würde es ihm verraten.

Phil erreichte die Aufzüge. Er drückte den Knopf nach unten und hörte, wie der Aufzug mit einem leichten Sirren nach oben geschossen kam. Die Leuchtanzeige blinkte Stockwerk um Stockwerk auf.

Plötzlich glaubte er, ein weiteres Geräusch zu hören. Er spähte den Gang zurück, den er gekommen war, konnte aber nichts erkennen. Trotzdem glaubte er Schritte gehört zu haben. Und ein leises Kichern.

Wahrscheinlich nur andere Gäste, die noch wach sind, beruhigte er sich.

Während er den Gang weiter im Auge behielt, sehnte er den Aufzug herbei. Mit jeder Sekunde, die er hier stand, wuchs seine unnatürliche Furcht. Sie ließ ihn wieder an von Campen und die anderen denken. War es möglich, dass sie ihnen bereits zuvorgekommen waren. Dass sie hier oben herumschlichen und nur darauf warteten, sie in ihre Fänge zu bekommen?

Das Licht im Gang schien plötzlich noch eine Nuance schwächer zu werden. *Als hätte jemand einen versteckten Dimmer betätigt.*

Vielleicht waren es aber auch nur seine Augen, die ihm einen Streich spielten.

Endlich war der Lift da. Die Türen öffneten sich fast lautlos. Das verspiegelte Innere zeigte Phil sein eigenes, angstverzerrtes Gesicht. Mit einem Schritt war er in der Kabine und drückte den Knopf für das Erdgeschoss.

Lautlos schlossen sich die Türen wieder.

Er atmete auf. Bis zum letzten Augenblick hatte er die widernatürliche Angst gehabt, von Campen und die anderen würden plötzlich um die Ecke kommen und sich auf ihn stürzen.

Mit einem Ruck setzte sich der Aufzug in Bewegung.

Aber er fuhr aufwärts!

Von Panik übermannt, hieb Phil auf den Knopf für das Erdgeschoss. Immer und immer wieder. Es half nichts.

Unverändert setzte der Aufzug den Weg nach oben fort ...

Von einem Moment zum anderen war wieder Stille eingetreten in dem Penthouse. Eine Stille, die fast beängstigend war.

Der Angriff war zurückgeschlagen worden. Aber um welchen Preis! Der Todesimpuls der Vampire ließ sich bis in ihr Penthouse zurückverfolgen. Außerdem war einem von ihnen die Flucht gelungen. Lilith konnte nicht darauf hoffen, allzu lange unbehelligt zu bleiben.

Und dann war da immer noch der fremde Mann in ihrem Bett. Er war völlig verstört. Kein Wunder, hatte er doch alles mitbekommen. Mit weit geöffneten Augen.

Alles. Auch ihre eigene Raserei, die sie angesichts der verhassten Vampire erfasst hatte.

»Hab keine Angst mehr«, sagte sie. »Es ist vorbei.« Sie wusste nicht, ob Worte allein etwas bewirkten. Vielleicht hatte er sogar vor ihr ähnliche Angst wie vor ihren Gegnern.

Sie trat auf ihn zu. Verängstigt kauerte er sich noch mehr zusammen, ließ aber zu, dass sie ihn berührte.

»Ich erinnere mich«, sagte er unvermutet.

Hatte er tatsächlich sein Gedächtnis durch den Schock des Angriffs zurückerlangt?

»Du hast mich Duncan gerufen. Warum Duncan?«

Seine Frage versetzte ihr einen Stich. War das schon alles, was in seinem Gedächtnis haften geblieben war? Wahrscheinlich hatte er das Kampfgeschehen von einer ganz anderen Ebene aus verfolgt. Er schien es bereits jetzt wieder verdrängt zu haben. Aber es gab noch einen anderen Grund, warum ihr seine Frage derartige Schmerzen bereitete.

Die Erinnerung an ihn – den echten Duncan.

»Ich kannte mal jemanden, der so hieß,« antwortete sie lapidar. Sie wollte nicht darüber reden. Nicht mit ihm.

»Und ich sehe ihm ähnlich?«

»Du erinnerst mich an ihn, ja.«

»Ich habe nichts dagegen, wenn du mich Duncan nennst«, sagte er. »Es ist besser, irgendeinen Namen zu haben als keinen.«

»Gut, Duncan. Du solltest jetzt versuchen zu schlafen. Ich werde hier ein wenig Ordnung schaffen. Und morgen früh sehen wir weiter ...«

Sie war erschöpft. Der Kampf hatte sie mehr mitgenommen, als sie es gedacht hätte. In ihrer Raserei musste sie ihre letzten Kraftreserven mobilisiert haben.

Sie schaute sich das Tohuwabohu in ihrem Penthouse an. Während des Kampfes war eine ganze Menge zu Bruch gegangen. Nun, es würde sich alles wieder richten lassen. Sie hing nicht an *Dingen*. Alles hier war nur Teil der Fassade, die ihr ein möglichst unauffälliges Leben inmitten Millionen anderer Menschen garantieren sollte.

Das zersplitterte Fenster bereitete ihr am meisten Sorgen. Es wirkte wie ein Ausguck in die Nacht. Die funkelnden Sterne wie glühende Nadelspitzen.

Von dort war der Angriff erfolgt. Von dort würden sie es wieder versuchen. Sie ertrug den Anblick nicht länger und spannte ein Tuch davor. Es würde zwar keinen weiteren Angriff abwehren, aber andererseits konnten die Vampire nicht völlig lautlos hereinsegeln.

Liliths scharfes Gehör würde darauf anspringen, wenn sie das Tuch zerrissen. Sie nahm sich vor, gleich am nächsten Morgen einen Glaser zu bestellen. Kugelsicheres Glas würde auch ihren Gegnern Schwierigkeiten bereiten. Sie würde jedes Fenster entsprechend austauschen lassen.

Die einzige Alternative wäre es gewesen wegzulaufen. Tokio augenblicklich zu verlassen. Zu hoffen, dass die Vampirsippe, die für den Angriff verantwortlich war, es nicht mitbekam. Aber zu flüchten und sich woanders zu verstecken, war kein Allheilmittel. Bislang hatte man sie noch überall aufgespürt.

Dieser nächtliche Angriff hatte wieder einmal die Realität aufgezeigt. Sie würde den Kampf annehmen. Sie musste nur diese eine Nacht überstehen ...

Da vernahm sie das Klingelsignal des Lifts.

Sie eilte zur Sprechanlage. »Ja?«

»Polizei!«

Sie zwang sich wieder zu rationalen Entscheidungen. Nein, sie konnte nicht einfach flüchten. Zu flüchten hieß, Duncan einem ungewissen Schicksal zu überlassen.

War es wirklich nur die Polizei? Oder war es ein Trick?

Sie musste mit allem rechnen ...

Die Wohnung sah verheerend aus. Kein Polizist würde ihr glauben, dass sie nur eine Party gefeiert hatte ...

Das Summen wiederholte sich. Ungeduldiger.

»Geben Sie den Aufzug frei, oder wir verschaffen uns gewaltsam Zutritt!«

Sie entschloss sich, zu handeln.

»Verhalte dich ruhig!«, zischte sie Duncan zu.

Sie schloss die Zimmertür hinter sich und kehrte mit raschen Schritten zum Lift zurück, der ausschließlich zum Penthouse führte.

»Einen Augenblick!«, rief sie in die Gegensprechanlage. »Ich muss mir nur etwas überziehen.«

Im Gehen veranlasste sie den Symbionten, sich in ein durchsichtiges Nachthemd mit einem ebenso transparenten Überwurf zu verwandeln. Ein kurzer Blick in den Spiegel gab ihr die nötige Sicherheit zurück.

Für den Augenblick musste es genügen. Vielleicht gelang es ihr ja, die Polizisten auf diese Weise abzulenken.

Sie gab die Liftkabine frei. Wenig später öffneten sich die Flügel des Aufzugs.

Vor ihr standen zwei Polizisten. Misstrauisch sahen sie ihr entgegen. Ihre Waffen steckten schussbereit in den Holstern, aber sie hatten sie nicht gezogen.

»Warum haben Sie nicht sofort reagiert?« fragte der Wortführer. Es war ein älterer Polizist mit angegrauten Schläfen. Der nächtliche Streifendienst hatte ihn frühzeitig alt werden lassen.

Aber nicht zu alt, um sich nicht von ihrem durchscheinenden Outfit ablenken zu lassen.

Seinem jüngeren Kollegen schienen ohnehin fast die Augen aus dem Kopf zu fallen. Mit ihm würde sie leichtes Spiel haben.

»Nun, würden Sie mitten in der Nacht splitternackt die Tür öffnen?«, fragte sie.

Der ältere Polizist fixierte sie scharf.

»Sie sehen nicht aus, als hätten sie geschlafen«, sagte er.

»Ist das ein Verhör?« fragte Lilith.

»Wenn Sie so wollen, ja. Wir sind alarmiert worden, weil die Mieter unter ihnen Schreie und Lärm gehört haben wollen.«

»Vielleicht haben sie ja geträumt«, sagte Lilith.

»Dürfen wir uns umsehen und davon überzeugen, dass alles in Ordnung ist?«

Lilith zögerte nicht länger. Sie hatte gehofft, auch ohne Hypnose mit ihnen fertig zu werden. Denn sie war am Ende ihrer Kräfte. Jeder Aufwand würde sie noch mehr schwächen. Aber es blieb ihr keine Wahl.

»Ihr werdet mich jetzt in Ruhe lassen. Kehrt um und beruhigt die Nachbarn. Sagt von mir aus, dass ich nur vergessen hatte, meinen Fernseher auszustellen. Aber ihr habt nichts Verdächtiges vorgefunden. Ihr werdet euch mit allen in Verbindung setzen, die Verdacht geschöpft haben. Dann werdet ihr Meldung machen und versichern, dass alles nur blinder Alarm war. Bis Morgen früh werdet ihr alle Aufzeichnungen und Protokolle, die es von diesem Vorfall gibt, vernichten. Danach werdet ihr euch an nichts mehr erinnern. – Habt ihr das verstanden?«

Ihre Gedanken setzten sich in den Köpfen der beiden Polizisten fest. Mit glasigen Augen nickten sie.

Dann zogen sie ab.

Aufatmend lauschte Lilith dem abwärts gleitenden Lift. Mit letzter Kraft schleppte sie sich zurück aufs Bett. Kuschelte sich an Duncan.

Sie wehrte sich nicht länger, einzuschlafen. Es war ein leichter Schlaf, in den sie augenblicklich fiel. Ihre Instinkte waren in Alarmbereitschaft versetzt. Mit ihren schwachen magischen Fähigkeiten schirmte sie das Penthouse ab.

Würde die Sippe noch einmal einen Angriff starten, würde die Herrin des Hauses binnen Sekundenbruchteilen zum Kampf bereit sein!

Der Raum war erfüllt von einem hämmernden Soundtrack. Das TOKIO CAVE war ein Rockschuppen, wie er im Buche stand. Allerdings ein ganz spezieller.

Die Lichter zuckten im Rhythmus der Beats. Der Tresen war belagert. Dicht an dicht standen die Gäste und tranken Sake, *mizuwari*, einen verwässerten Whisky, oder hochprozentigen amerikanischen Whisky.

Das ganz Spezielle am TOKIO CAVE war die Bedienung. Nicht nur, dass sie ausnahmslos weiblich war, die Kellnerinnen in feuchten T-Shirts herumliefen, so dass sie an jedem Wet-T-Shirt-Contest hätten teilnehmen können. Nein, der eigentliche Clou war, dass sie keine Höschen trugen.

Zugegeben, die Idee war nicht neu. Aber sie funktionierte. Das TOKIO CAVE war Abend für Abend überfüllt. Es hatte sich schnell als Geheimtipp etabliert. Vor allem die Einheimischen schätzten es als Ort der Zerstreuung. Büroangestellte wie Geschäftsleute steuerten es nach Feierabend an. Nicht zu vergessen die zahlreichen Hauptstadt-Yuppies, die sich hier von der Musik volldröhnen ließen.

Aber das Lokal lebte nicht nur von seinen männlichen Gästen. Es war der beliebteste Treffpunkt der zahlreichen Office Ladies, die hier einen Großteil ihres Nightlifes verbrachten. Sei es, um sich einen vermögenden Geschäftsmann für den Rest der Nacht zu angeln, sei es, um einfach hemmungslos abzutanzen.

Zumindest in dieser Hinsicht konnte Tokra zufrieden mit seiner Arbeit sein. Es hatte Fantasie, Beziehungen und ein halbes Vermögen gekostet, um das TC innerhalb so kurzer Zeit in die Gewinnzone zu puschen.

Landru hatte die entscheidenden Weichen gestellt. Er war daran interessiert, sich in Tokio eine starke Position zu sichern. Ein Stützpunkt wie das TC bot dazu die besten Voraussetzungen …

Die Gäste kamen von selbst. Manchmal verglich sich Tokra mit einer Spinne, die nur darauf wartete, dass ihre

Opfer sich in ihrem Netz verfingen. Gelegenheiten dazu gab es genug. Das TC bot ausreichende Verlockungen für jeden Geschmack. Wer sich nicht nur mit dem Anblick der Kellnerinnen begnügen wollte, konnte sich in einem der weiteren Räume noch mehr Appetit holen.

Der normale Eintrittspreis war mit 3000 Yen nicht gerade hoch. Wer jedoch mehr Geld auf den Tisch legte, der bekam Entsprechendes serviert: Sex, Drogen ... es gab nichts, was Tokra nicht beschaffen konnte. Und schon hatten sich diejenigen, die danach verlangten, in seinem Netz verfangen. Erpressung hieß das Stichwort. Und dass immer wieder auch Leute verschwanden, war nicht weiter auffällig. In einem Großstadtdschungel wie Tokio zählte ein einzelnes Leben nicht viel.

An diesem Abend war Tokra jedoch nervöser als sonst. Immer wieder fuhr er sich durch sein kurz geschorenes, blond gefärbtes Haar. Er liebte dieses Punk-Outfit. Auch seine sonstige Kleidung war danach ausgewählt. Mit japanischen Traditionen hatte er nichts am Hut.

Außerdem vermutete niemand, dass er hier der Boss war. Dem Aussehen nach war er nur ein weiterer der zahlreichen jungen Besucher.

Bisher hatte er sich an die Anweisungen Landrus gehalten und Lilith Eden im Auge behalten, ohne dass sie etwas davon ahnte. Heute jedoch war etwas Außergewöhnliches geschehen. Sie alle hatten die magische Entladung gespürt. Sie war vom Schinrei-Building ausgegangen. Irgend etwas musste dort vorgefallen sein.

In seiner Angst, die Halbvampirin könnte sich auf magischem Weg aus dem Staub gemacht haben, hatte er zum Angriff geblasen und Sippenangehörige losgeschickt.

Er selbst hatte es für besser gehalten, sich nicht direkt einzumischen. Doch nun war er besorgter denn je. Er hatte die Todesimpulse gespürt. Fünf seiner Sippe waren verloschen. Noch wusste er nicht, was mit ihnen geschehen war.

Ein Wink ließ ihn sich in einen der hinteren Räume zurückziehen. Es war einer seiner Stellvertreter, Tosolo, der ihm das Zeichen gegeben hatte.

»Trykjf ist zurückgekehrt«, stammelte er. Es klang alles andere als zuversichtlich. Sie alle waren in höchster Alarmbereitschaft.

»Wo steckt er?«, schnappte Tokra.

»Nebenan«, sagte Tosolo. »Wir kriegen nicht viel aus ihm raus. Er ist völlig außer sich.«

Tokra fluchte. Er stieß die Tür zum Nebenzimmer auf. Trykjf lag auf einer Liege und starrte ihm entgegen. Er wusste, dass er versagt hatte. Tokra würde es ihm nicht verzeihen.

»Was ist passiert?«, fragte das Sippenoberhaupt.

»Es war nicht unsere Schuld«, jammerte Trykjf. »Wir haben getan, was du uns aufgetragen hast. Wir sind in ihr Penthouse eingedrungen. Aber wir wussten nicht, wie stark sie wirklich ist. Niemand hat uns gesagt, mit was für Gegnern wir es zu tun haben würden …«

Tokra brachte ihn mit einer Handbewegung zum Schweigen. »Willst du damit andeuten, ich hätte euch ins Verderben geschickt?«

Trykjf wimmerte. »Nein, niemand konnte wissen, wie stark sie ist. Sie hat unsere Brüder auf dem Gewissen. Ich war der Einzige, der flüchten konnte …«

»Weil du wahrscheinlich zu feige warst, dich dem Kampf zu stellen.« Er trat zu Trykjf und schlug ihm mit voller Wucht ins Gesicht.

»Vergib mir!«, flehte Trykjf.

Mir bleibt ja nichts anderes übrig, dachte Tokra. Er hatte in dieser Nacht bereits fünf Leute verloren. Und es waren nicht die schlechtesten gewesen. Auch auf Trykjf war normalerweise Verlass.

»Also noch mal«, sagte er. »Was genau ist passiert? Erinnere dich an jede Kleinigkeit!«

Mit stockenden Worten berichtete Trykjf, was vorgefallen war. Die Erinnerung daran war schmerzhaft. Sie war mit seiner feigen Flucht verbunden. Aber er war sich sicher, dass er nichts hätte ausrichten können.

Nachdem er geendet hatte, herrschte Schweigen. Nur die hämmernden Bässe aus der Bar drangen an ihre Ohren. Die Gedanken rotierten in Tokras Kopf. Landru würde alles andere als zufrieden mit ihm sein.

Landru hatte sie erschaffen. Bei der Kelchtaufe hatte Tokra Landrus Blut aus dem von Purpurmagie durchstrahlten Lilienkelch empfangen. Das Ergebnis war gewesen, dass seine menschliche Hülle – die eines fünfjährigen Kindes – den Tod erlitten hatte und kurze Zeit später als Vampir wiederauferstanden war. Er selbst hatte alle Erinnerung an sein Vorleben verloren. Seit der Taufe waren einige Monate vergangen, aber sein Körper schien der eines ausgewachsenen Mannes zu sein.

»Schafft ihn weg«, befahl er. »Aber lasst ihn am Leben.«

Seine Männer gehorchten. Trykjf atmete spürbar auf.

»Danke!«, winselte er. »Ich werde mein Versagen wieder gutmachen. Ich schwöre es!«

Sein Gewimmer widerte Tokra an. Trykjf wurde hinausgeführt. Alle verließen sie den Raum. Nur Tosolo blieb. Im Gegensatz zu seinem Oberhaupt war sein Outfit geradezu klassisch. Er bevorzugte feinsten italienischen Zwirn, den er sich von einem berühmten japanischen Modeschöpfer maßschneidern ließ. Seine pomadige Frisur trug er streng gescheitelt. Er wirkte wie ein erfolgreicher Businessman. Nach außen hin führte er das TC.

»Was meinst du, hat er die Wahrheit gesprochen?«, fragte Tokra.

»Ich fürchte, ja. Natürlich wird er übertrieben haben, was Liliths Stärke anbelangt, um seine eigene feige Flucht nicht allzu peinlich wirken zu lassen.«

»Wir haben es nicht nur mit Lilith Eden zu tun«, sagte Tokra, »sondern auch mit diesem Mann, den Trykjf seltsam beschrieben hat: mit einem Brandzeichen auf der Stirn ...«

»Vielleicht sollten wir ihr einen weiteren Besuch abstatten«, schlug Tosolo vor. »Ich kann etliche Dienerkreaturen zusammentrommeln ...«

Tokra schüttelte den Kopf. »Nein, ich kann mir nicht erlauben, weitere Kräfte in einer Nacht zu verlieren. Wenn sie nur halb so mächtig ist, wie Trykjf behauptet, sollten wir behutsamer vorgehen ...«

Er musste seinen Fehler wiedergutmachen. Noch wusste Landru nicht, was vorgefallen war. Um nicht den Zorn des Hüters zu wecken, gab es nur eine Möglichkeit: Die Sippe musste Lilith zur Strecke bringen. Nur dieser Triumph würde selbst hohe Verluste rechtfertigen. Und diesmal würden sie gewarnt sein, anders auftreten. Ein weiterer blinder Totalangriff auf das Schinrei kam nicht in Betracht.

Er beschloss, eine Falle zu stellen.

»Ich habe eine Idee«, sagte er.

Während der Aufzug in die Höhe fuhr, musste Phil wieder an Virginias Worte denken. Hatten erst ihre Befürchtungen von Campen und die anderen auf ihre Fährte gelockt?

Wenn ja, was fürchtete er selbst am meisten? Er musste nur an eben denken, als er vor dem Aufzug gestanden und sich vorgestellt hatte, von Campen würde plötzlich vor ihm auftauchen.

War es seine Furcht, die das Unglaubliche heraufbeschwor? Wenn er ehrlich in sich hineinhorchte, so war da die Angst. Die Angst, dass sich die Aufzugtüren öffnen und von Campen oder Heiko Denner plötzlich vor ihm stehen könnten …

Er konzentrierte seine Gedanken auf sein ursprüngliches Vorhaben: Er hatte mit dem Aufzug ins Erdgeschoss fahren wollen.

Der Aufzug wurde wie von Geisterhand gebremst langsamer. Phil atmete tief durch. Schweißperlen traten auf seine Stirn, so sehr konzentrierte er sich. Er sah das Bild förmlich vor sich, wie er im Erdgeschoss aus der Kabine stieg und mit dem Portier sprach.

Zentimeter um Zentimeter setzten die Gegenkräfte ein. Der Aufzug begann sich nach unten zu bewegen. Zunächst langsam, dann immer schneller werdend.

Phil konnte es selbst nicht glauben. Mit seiner puren Gedankenkraft hatte er den Aufzug bewegt! Was passierte mit ihm?

Kurz glaubte er, dass die Kabine in der Etage, in der er eingestiegen war, wieder anhalten würde, doch er sank tiefer und tiefer. Endlich erreichte er das Erdgeschoss. Noch einmal rief sich Phil ins Gedächtnis zurück, weshalb er sein Zimmer verlassen hatte.

Abermals öffneten sich die Aufzugtüren. Er hatte es geschafft. Vor ihm lag die geräumige Empfangshalle. Selbst zu dieser Stunde herrschte hier noch Betrieb. Einige Müßiggänger hatten es sich im angrenzenden Barbereich bequem gemacht.

Phil verließ den Aufzug. Niemand beachtete ihn. Zielstrebig ging er auf die Portierloge zu.

Der Portier sah von seiner Zeitung auf und Phil mit einem servilen Lächeln an. Es war der gleiche Portier, der sehr wohl gesehen hatte, dass sie völlig durchnässt an ihm vorbei geschlichen waren.

Aber der Gäste Wille war hier erstes Gebot. Er hatte kein Recht, Fragen zu stellen. Und auch keine Veranlassung. Ein guter Portier sah und schwieg.

»Was kann ich für Sie tun?«, fragte er höflich.

»Wir waren ein paar Stunden außer Haus. Ich wüsste gern, ob mein Chef inzwischen wieder ins Hotel gekommen ist. Ich mache mir Sorgen um ihn.«

»Wie lautet sein Name?« Der Portier schöpfte keinen Verdacht.

»Curd von Campen«, sagte Phil.

Der Portier sah nach der Zimmernummer und dem Schlüssel. »Der Schlüssel hängt nicht hier, und wir spionieren unseren Gästen natürlich nicht nach«, sagte er.

Es kann ebenso gut sein, dass er wie ich den Zimmerschlüssel einfach mitgenommen hat, als er das Hotel verließ, oder dass er jetzt auf seinem Zimmer ist ...

Er fragte auch noch nach Heiko Denner und Christel Zich. Auch deren Schlüssel hingen nicht an ihren Haken.

»Gibt es nun eine Möglichkeit herauszufinden, ob sie auf ihren Zimmern sind oder nicht?«, blieb Phil beharrlich.

»Leider nein. Ich bin nicht befugt, unsere Gäste im Schlaf zu stören.«

»Natürlich, ich verstehe«, sagte Phil. »Aber ich mache mir *ernsthafte* Sorgen.« Er schob einen Geldschein über den Tresen, den der Portier unauffällig in die Tasche seiner Livree beförderte.

»Aber es wäre etwas anderes, wenn Sie anrufen würden«, antwortete der Portier. »Ich könnte Ihnen die Nummern geben ...«

Genau daran hatte Phil auch gedacht. Der Portier schrieb ihm die Nummern auf einen kleinen Zettel. Phil bedankte sich und schlenderte davon. Er überlegte, ob er von seinem Zimmer aus anrufen sollte. Aber das würde bedeuten, dass er Virginia in ihrem Schlaf störte.

Er entschied sich für die Telefonkabine, die sich direkt neben dem Barbereich befand. Mit einem Wink gab er dem Portier zu verstehen, dass dieser die Telefonkosten anschreiben sollte.

Er nahm den Hörer ab und wählte die erste Nummer. Leider wusste er nicht, ob es von Campens oder die der anderen war. Der Portier hatte alle untereinander auf einen Zettel geschrieben, ohne sie mit den zugehörigen Namen zu versehen.

Der Ruf ging durch, ohne dass abgehoben wurde.

Phil wählte die zweite Nummer. Auch diesmal hatte er kein Glück.

Erst als er die dritte Nummer gewählt hatte, begann plötzlich der Albtraum von Neuem. Zu spät erkannte er seinen Fehler. Wenn es stimmte, was Virginia vermutet hatte, dann hatte er die Verfolger soeben wieder auf seine Fährte gelockt …

Am anderen Ende wurde abgehoben. Gleichzeitig spürte er wieder den Boden erzittern. Es war wie zuvor im Hafenviertel. Er sah, wie sich die anderen Gäste zu Boden warfen. Die Erschütterung ließ das ganze Gebäude erbeben. Im nächsten Moment schloss er geblendet die Augen.

Das Licht war wieder da. Dieses unwirkliche Licht, das in einem nicht existenten Farbspektrum erstrahlte.

Das Licht brachte das Grauen erneut zurück. Von Campen stapfte durch den Eingang. Er sah noch grässlicher aus als zuvor. Die Verwesung seines Körpers schien schneller voranzuschreiten als bei einem gewöhnlichen Toten.

Phil duckte sich. Vielleicht war er noch nicht gesehen worden.

Aber zielstrebig blickte von Campen in seine Richtung. Die entstellten, zu einer grauenhaften Fratze erstarrten Gesichtszüge wurden zur Karikatur eines Grinsens.

Auch die anderen Gäste schauten zu Phil. Tumult entstand. Und noch immer bebte leicht die Erde.

Von Campen begann, auf Phil zuzustapfen. Der zögerte nicht länger. Er stürmte aus der Telefonzelle.

»Helft mir!«, schrie er. »Er will mich töten.«

Aber von niemandem war Hilfe zu erwarten. Sie alle wälzten sich auf dem Boden und schrieen, als hätten sie dem Terror direkt ins Auge geblickt. Auch von dem Portier war nichts mehr zu sehen.

Phil sprintete los. Er wusste von seiner letzten Begegnung mit von Campen, dass er schneller war. Er durfte sich nur nicht wieder in eine Falle locken lassen.

Wo waren die anderen? Denner und Christel Zich. Suchend ließ er seine Blicke durch die Halle und zum Eingang schweifen. Keine Spur von ihnen …

Also hatte er es nur mit von Campen zu tun. Vorerst.

Er zwang sich zur Ruhe. Es gab immer noch mehrere Auswege. Er konnte es sogar bis zum Ausgang schaffen. Aber das hieße, Virginia hier zurückzulassen.

Er lief zu den Aufzügen. Sie waren inzwischen längst wieder oben. Im Laufen hämmerte er auf den Knopf, der sie wieder nach unten bringen würde. Für alle Fälle.

Plötzlich flackerte das Licht. Dann verlosch es ganz. Nur eine Notbeleuchtung spendete noch etwas Licht. Ein weiteres grollendes Beben war zu spüren.

In dem roten, pulsierenden Schein konnte Phil von Campen nur schemenhaft erkennen. Der hünenhafte Körper kam torkelnd näher. Der unwirkliche Lichtschein umgab ihn wie ein hauchdünner Kokon.

Phil lief weiter. Er stolperte über einen Stuhl, fiel hin. Rappelte sich wieder auf. Endlich erreichte er die Bar.

»Warum gibst du nicht endlich auf?«, hörte er von Campen rufen. Es war eindeutig seine Stimme, aber sie klang wie aus einer defekten Membran.

Vielleicht war es auch nur noch die Illusion seiner Stimme. Genau wie sein Körper schien sie nun rapide zu verfallen.

Phil griff sich mit jeder Hand eine Flasche. Er zielte kurz. Schleuderte sie dann in Richtung seines Gegners. Eine Flasche Glenfiddich traf ihn direkt am Schädel und zerplatzte. Von Campen wischte die Splitter weg wie einen lästigen Schwarm Fliegen.

Trotzdem war er für einen Moment abgelenkt. Abgelenkt genug, dass Phil abermals zu den Aufzügen spurten konnte. Mittlerweile war einer der Aufzüge wieder im Parterre angekommen.

Seine Türen wirkten wie eine Einladung.

Phil hatte gar keine Zeit, seine Chancen abzuwägen. Er handelte instinktiv. Während er von Campen mit weiteren gezielten Flaschenwürfen eindeckte, lief er zum Lift.

Er erreichte ihn, ohne dass von Campen überhaupt reagiert hätte. Seine Finger huschten über die Bedienungsleiste. Er drückte den Knopf der Etage, auf der sein Zimmer lag.

Es schien eine Ewigkeit zu dauern. Die Türen schlossen sich nicht. Von Campen kam unaufhaltsam näher. Noch zwei, drei Schritte, und er hatte ihn erreicht.

Ein siegessicheres Grinsen verzerrte sein Gesicht zu einer Fratze.

Geht zu! Geht endlich zu!

Phil sandte ein Stoßgebet zum Himmel. Er wurde erhört. Mit unendlicher Langsamkeit – *viel, viel zu langsam* – begannen sich die Aufzugtüren zu schließen. Es war, als stemmten sich unsichtbare Kräfte dagegen. Phil kam es wie Zeitlupe vor.

Von Campen war heran. Mit vorgestreckten Armen versuchte er nach ihm zu greifen.

Phil wich zurück und presste sich an die Kabinenwand. Und dann geschah das Unmögliche:

Mit einem satten Schmatzen schlossen sich die Türen. Von Campens Hände blieben zwischen ihnen stecken. Der Aufzug setzte sich nach oben in Bewegung.

Es war insofern unmöglich, als dass die Lichtbarriere hätte verhindern müssen, dass sich die Aufzugtüren schlossen, solange sich noch jemand dazwischen befand. Vielleicht lag es an dem Stromausfall. Vielleicht funktionierten auch die Aufzüge nur noch bedingt.

Phil verschwendete keinen weiteren Gedanken daran. Wichtiger war, dass er es geschafft hatte. Er hörte von Campen schreien. Die Hände ballten sich zu Fäusten. Als von Campen mit in die Höhe gezogen wurde, ging ein Ruck durch den Aufzug.

Die Hände fielen plumpsend auf den Kabinenboden. Der Teppich dämpfte den Laut, während sich der Aufzug weiter nach oben bewegte.

Phil registrierte mit einer ihm selbst fremden Genugtuung, was geschehen war. Von Campen waren die Hände abgerissen worden.

Im Aufzug brannte nur eine schwache Notbeleuchtung. Die Schatten gaukelten Phil vor, dass sich die Hände leicht bewegten. Es war nur Einbildung.

Nur Einbildung! trichterte sich Phil selbst ein. Er durfte jetzt nicht wieder anfangen, herumzuspinnen. Er durfte nicht seinen Albträumen nachhängen – damit diese nicht Wirklichkeit wurden!

Er musste sich auf die Hände konzentrieren. Schon allein deswegen, weil er es nicht ausgehalten hätte, ihnen den Rücken zu kehren. Die Furcht, sie könnten sich von hinten an ihn heranrobben, ihn anspringen und sich in seiner Kehle verkrallen, hätte dann den Sieg davongetragen

Er zwang sich zu einer kühlen, rationalen Betrachtungsweise. Wie ein Arzt. Oder ein Leichenbestatter. Die Beleuchtung reichte aus, dass er die grauenvollen Hände in aller Deutlichkeit erkennen konnte. Die gezackten Ränder bluteten leicht. Adern hingen lose heraus. Aber insgesamt wirkten sie seltsam blutleer.

Jedenfalls waren sie leblos. Keine Gefahr würde mehr von ihnen ausgehen.

Trotzdem atmete er auf, als der Aufzug schließlich in der gewünschten Etage stoppte. Die Türen öffneten sich. Vor ihm lag der Korridor. Auch er war nur noch von einer Notbeleuchtung schwach erhellt.

Phil zögerte. Er konnte geradezu spüren, dass hier etwas nicht stimmte. Aber er würde keine zweite Chance bekommen, Virginia aufzuwecken und zu versuchen, mit ihr zu entkommen. Sie waren Narren gewesen, dass sie geglaubt hatten, diesem Albtraum so einfach entkommen zu können.

Es gab nur eine Chance: Wenn sie erst einmal aus dem Hotel waren, würde ihn nichts mehr hier halten. Er würde versuchen, so schnell wie möglich zum Flughafen zu gelangen und einen Flieger nehmen.

Hauptsache weg von Tokio!

Der Gedanke daran gab ihm neuen Mut. Er setzte einen Fuß aus dem Aufzug. Und einen weiteren ...

Sein Blick fiel auf eine chinesische Kommode, die neben dem Aufzug stand. Wahrscheinlich befanden sich darin Staubtücher und dergleichen für das Reinigungspersonal. Es war ihm egal. Für sein Vorhaben war es unerheblich.

So schnell er konnte, schob er den Schrank bis zum Aufzug und verkeilte damit die Türen. Er ächzte unter der Kraftanstrengung.

Aber es hatte sich gelohnt. Er war gerade damit fertig, als sich die Türen schließen wollten. Sie krachten gegen den Schrank. Öffneten sich erneut. Und prallten wieder dagegen. Das Holz knirschte. Einem Moment lang sah es so aus, als würde es splittern.

Aber es hielt stand.

Phil klopfte sich in Gedanken selbst auf die Schultern. Wenigstens von dieser Seite aus würde ihm keine Gefahr mehr drohen. Wer auch immer ihm hinauffolgte, würde die Treppe nehmen müssen.

Kein leichtes Unterfangen.

Im Dämmerlicht fiel ihm die Orientierung schwerer als zuvor. Der Gang dehnte sich endlos. Alle Türen sahen gleich aus. Endlich erblickte er seine Zimmertür.

Er lauschte angespannt. Außer dem Auf- und Zuschnappen der weit entfernten Aufzugstüren war nichts zu hören. Vielleicht verschluckte der Lärm aber auch andere Geräusche …

Er presste das Ohr gegen die Zimmertür, während er gleichzeitig den Gang im Auge behielt.

Es schien alles in Ordnung. Er schloss die Tür auf. Trat mit einer raschen, fließenden Bewegung ein.

Drinnen war es dunkler als im Korridor. Die einzige Beleuchtung stammte von den Lichtreklamen draußen.

Also ist nur im Hotel selbst der Strom ausgefallen, schoss es Phil durch den Kopf. Es war ein beruhigender Gedanke. So, als würde der Krieg nur hier drinnen stattfinden und zwischen ihnen und der Sicherheit nur dünne Mauern liegen.

Angestrengt versuchte er, die von der Lichtreklame gesprenkelte Dunkelheit zu durchdringen. Das Flackern schuf eine fast bizarre, surreale Szenerie. Er ließ sich davon nicht verunsichern. Wichtig war allein, dass er sich nicht von seinem Weg abbringen ließ. Dass seine Gedanken nicht abschweiften.

Ich werde meine Angst nicht die Oberhand gewinnen lassen...

Es war leichter gedacht als getan. Auch jetzt gaukelten ihm die Schatten die abstrusesten Bilder vor. Er konzentrierte seine ganze Aufmerksamkeit auf das Bett. Virginias Körper hob sich als dunkler Schattenriss vom Bettlaken ab.

Aber was ist, wenn es nicht Virginia ist? Wenn stattdessen Heiko ihre Stelle eingenommen hat. Oder Christel Zich. Vielleicht warten sie nur darauf, dass ich in ihre Falle laufe. Warte, warte, nur ein Weilchen ... Vielleicht auch jemand, den ich noch gar nicht kenne.

Wenn sich Virginias Befürchtung als Wahrheit herausstellte, konnte es auch irgendeine andere Albtraumgestalt sein. Er schob den Gedanken beiseite. Aber er wusste, es würde ihm immer schwerer fallen. Lange würde er nicht mehr durchhalten.

Und dann stand vielleicht wieder von Campen vor ihm.

Diesmal ohne Hände.

Entschlossen trat er auf das Bett zu.

»Virginia!« Er hatte ihren Namen nur flüstern wollen, aber es wurde ein heiseres Krächzen daraus.

»Phil!«

Sie saß kerzengerade im Bett. »Oh Phil, ich habe so eine Angst gehabt! Und gleichzeitig wusste ich, dass ich gar keine Angst haben *durfte*. Weil sie dann meine Ängste ausgenutzt hätten! Warum bist du nur raus gegangen!«

Er nahm sie kurz in den Arm. Es tat gut, ihre Wärme zu spüren. Sie war es, und kein Phantom. Sie war Wirklichkeit.

»Spielt jetzt keine Rolle«, sagte er. »Ich dachte, du schläfst ...«

»Ich konnte gar nicht schlafen... Ich habe es versucht, aber ich konnte es nicht. Und dann hörte ich, wie du das Zimmer verlassen hast. Irgendwann fiel der Strom aus, das Hotel bebte. Und seitdem sterbe ich hier tausend Tode.«

»Wir müssen verschwinden. Die anderen sind uns auf den Fersen.«

Er konnte in der Dunkelheit ihren irritierten Blick geradezu körperlich spüren.

Mit knappen Worten fasste er zusammen, was er erlebt hatte.

»Phil, Sie werden uns aufspüren. Wo auch immer wir uns verstecken!«

»Wenn wir es bis zum Flughafen schaffen und erst in irgendeinem Flieger sitzen, haben sie keine Chance mehr.«

»Aber was wollen Sie von uns, Phil? Wieso passiert dies alles gerade uns?«

»Irgendwann werden wir vielleicht eine Antwort darauf erhalten«, beruhigte sie Phil. »Aber jetzt müssen wir erst einmal unsere Haut retten.«

Er führte sie ans Fenster.

»Das ist nicht dein Ernst«, rebellierte sie.

Vom fünfzehnten Stock aus sah das nächtliche Tokio wie ein funkelndes Raumschiff aus, das man von der Erde aus betrachtete. Autos fuhren auf schnurgeraden Straßen wie Roboter dahin. Die Leuchtreklamen zuckten in fremden, kaleidoskopartigen Reflexen. Die Ampeln arbeiteten in mechanischer Sturheit. Kein einziges menschliches Wesen war von hier oben aus zu erblicken.

»Wir haben keine andere Wahl«, sagte Phil. Er wollte sie nicht noch einmal daran erinnern, dass unten in der Empfangshalle von Campen mit Armstümpfen auf sie wartete.

Vielleicht hatte er ja auch längst die Verfolgung aufgenommen und benutzte die Treppen. Ganz zu schweigen von den anderen beiden, die sich bisher noch nicht hatten blicken lassen ...

»Aber das Fenster lässt sich doch noch nicht einmal öffnen!«, gab Virginia zu bedenken.

»In Notfällen schon«, widersprach Phil. Er wies auf den kleinen Hammer, der neben dem Fenster hing. »Steht sogar ausdrücklich dran!«

Wie alle Räume war auch sein Zimmer vollklimatisiert. Die Fenster ließen sich tatsächlich nicht öffnen. Aber für den Notfall hing in jedem Zimmer ein Hammer bereit.

Phil riss das Werkzeug aus der Verankerung. Der Hammer war furchterregend winzig. Aber er erfüllte seinen Zweck. Mit dem ersten Schlag zeigten sich bereits Risse im Fensterglas. Mit dem zweiten Schlag zersplitterte es. Und mit dem dritten flogen die Scherben nach draußen. Sie rieselten fast fünfzig Meter in die Tiefe.

Direkt am Fenster führte die Feuerleiter entlang.

»Ich steig da nicht rauf!«, schrie Virginia.

»Was heißt rauf! Du sollst *runter* steigen!«, sagte Phil.

Er ging voran. Das Metall der Treppe war kalt wie Eis. Ein böiger Wind erfasste ihn.

»Komm!«, sagte er.

Zögernd folgte ihm Virginia. Gemeinsam stiegen sie hinab. Er zwang sich, nicht nach unten zu sehen. Aber er zählte jede Sprosse mit. Irgendwann würden sie es geschafft haben ...

6. Kapitel

Der Preis der Nacht

Als Lilith ihr Penthouse betrat, war Duncan bereits aufgestanden und schaute fern. Lilith lächelte. Das sah ganz so aus, als sei er auf dem besten Weg der Besserung.

Als sie das Penthouse verlassen hatte, war er noch am Schlafen gewesen. Ihr war bewusst geworden, dass sie nicht einen Krümel zu essen im Hause hatte. Als Halbvampirin konnte sie nur eine Nahrung zu sich nehmen: Blut. Sie nahm nicht an, dass Duncan darauf stehen würde.

Also war sie erst einmal in den nächsten Supermarkt gehuscht und hatte Suppen, Eier, Reis, Salzfisch und eingelegtes Gemüse gekauft. Alles Dinge, die sie sich zutraute, notfalls zubereiten zu können.

Außerdem hatte sie noch Toast, Cornflakes und einige weitere eher westlich angehauchte Lebensmittel erstanden. Immerhin sprach Duncan Deutsch. Es war anzunehmen, dass er nicht nur auf japanische Hausmannskost Appetit haben würde.

Sie hatte erwartet, ihn immer noch im Bett anzutreffen. Er musste jedoch schon länger aufgestanden sein, denn er war bereits angezogen. Er trug einen der Gästebademäntel, die er in ihrem Schrank gefunden haben musste. Auch in dieser Hinsicht hatte Lilith dafür gesorgt, dass ihre Tarnung glaubwürdig genug war. Meist verzichtete sie auf normale Kleidung. Der Symbiont, der sie umgab, bildete je nach ihrer Lust und Laune täuschend echt das passende Outfit. Dennoch hatte sie sich eine umfassende Garderobe zugelegt, falls eines Tages irgend jemand in ihren Kleiderschrank schauen würde.

Duncan sah gut aus an diesem Morgen. Sein Zwei-Tage-Bart verlieh ihm etwas Verwegenes.

»Hallo!«, begrüßte sie ihn. »Wie ich sehe, hast du es dir schon bequem gemacht.«

Er wirkte nicht mehr so verängstigt wie in der Nacht. Selbstbewusster.

»Hallo«, sagte er. »Oder guten Morgen. Wie ich sehe, habe ich das alles nicht nur geträumt. Dich gibt es wirklich.«

Lilith setzte den Korb mit den Lebensmitteln ab.

»Zum Glück bin ich alles andere als ein Phantom«, sagte sie. »Wie geht es dir?«

»Das habe ich mich auch schon gefragt«, antwortete Duncan. »Eigentlich fehlt mir nichts. Ich bin in Ordnung. Wenn man davon absieht, dass ich mich an nichts mehr erinnere ...«

»An gar nichts?« Lilith fragte sich, was er von der vergangenen Nacht noch im Gedächtnis behalten hatte. Vielleicht, so hoffte sie, hatte der Schock ihn zumindest den Vampirangriff vergessen lassen. Natürlich war ihr auch heute Morgen wieder der Gedanke gekommen, ihn zu hypnotisieren und ein wenig nachzuhelfen. Ihre Kräfte waren zurückgekehrt. Aber sie hatte Angst, damit bei Duncan mehr Schaden anzurichten als Gutes zu tun. Er sollte zunächst einmal sein Gedächtnis wiederfinden.

»Nur an letzte Nacht«, sagte er. Ein Schatten des Zweifels kehrte in seinen Blick zurück. »Und ich habe es wirklich nicht geträumt. Diese schrecklichen Wesen *haben* dich angegriffen. Und du hast dich in etwas ebenso Unglaubliches verwandelt ...«

»Sie hätten mich sonst getötet. Und dich gleich mit. Es waren Vampire. Du hast es nicht geträumt!«

»Vampire ...« Er schien in seinen Erinnerungen zu kramen. »Ja, ich kenne den Begriff. Aber ich verbinde damit nichts Reales. Genau wie mit Seeschlangen, Geistern, Alraunen ... Ich habe das Gefühl, erst kürzlich darüber gelesen zu haben, aber ich erinnere mich nicht an das Buch.«

»Sie sind real. Genau wie die Menschen. Sie existieren in unserer Welt.«

Er sah sie nachdenklich an. »Und was bist du?«, fragte er. »Auch ein – Vampir?«

Offensichtlich hatte er zwar seine Erinnerung, nicht aber seinen Scharfsinn verloren. Lilith dachte jedoch nicht daran, ihm darauf eine verbindliche Antwort zu geben. Sie führte das Verhör, nicht er. Ihr Misstrauen erwachte wieder. Was war, wenn er doch nur ein Lockvogel war? Jemand, der ihr nur vorspielte, sein Gedächtnis verloren zu haben ...

»Ich mache dir jetzt erst einmal Frühstück«, sagte sie knapp angebunden. »Du siehst aus, als könntest du es gebrauchen.«

Der Bademantel, den Duncan trug, wirkte mindestens um eine Nummer zu groß. Der Frotteestoff schlotterte um seinen fast ausgemergelten Körper.

Lilith ging in die Küche, die mit allem Komfort ausgestattet war. Ein völlig überflüssiger Luxus, der jedoch nicht unwesentlich zu ihrer Mimikry beitrug. Immerhin gehörte zu jeder Wohnung auch eine Küche. Außerdem hatte sie sie fix und fertig so übernommen.

Sie bereitete grünen Tee und deckte den Tisch mit Toast, Marmelade, Milch und weiteren Zutaten. Duncan hatte sich wieder dem Fernseher zugewandt. Er schien davon fasziniert zu sein. Besonders von der Fernbedienung. Er zappte sich durch die Programme.

»Eine merkwürdige Welt«, hörte sie ihn einmal murmeln. Irgend etwas an seinem Tonfall ließ sie aufhorchen. Sie trat zu ihm und legte ihm von hinten den Arm auf die Schulter. Er fühlte sich knochig an. Aber zugleich spürte sie wieder die Anziehungskraft, die von ihm ausging, wenn sie ihn berührte. Automatisch dachte sie an die Nacht zurück, in der sie eng aneinandergekuschelt in einem Bett gelegen hatten.

»Was ist daran so merkwürdig?«, fragte sie. Sie schaute über seine Schulter hinweg auf den Bildschirm. TOKIO TV brachte gerade eine Sondersendung.

Ein aufgeregter Reporter sprach auf Japanisch ins Mikrofon. Es ging um seltsame Vorfälle in der vergangenen Nacht.

»Verstehst du Japanisch?«, fragte Lilith.

Duncan schüttelt den Kopf. »Nicht ein Wort. Aber die Bilder sind so merkwürdig.«

Der Reporter sprach von einer ungewöhnlich hohen Vermisstenzahl. Außerdem sei an mehreren Orten Tokios ein eigentümliches Licht beobachtet worden. Mehrere besorgte Anrufe hätte es gegeben, weil sich Bürger von »Lebenden Toten« bedroht gefühlt hätten. In einem Hotel hätte es deswegen sogar eine Massenpanik gegeben. Die Kameras zeigten die verwüstete Empfangshalle.

Ein weiterer Reporter sprach mit einem der Augenzeugen. Der Mann war anscheinend noch immer verwirrt. Er schwor Mark und Bein, sein verstorbener Schwager hätte die Halle betreten und sich auf einen der Gäste gestürzt. Ein weiterer Gast drängte sich ins Bild. Er beschuldigte den ersten Interviewpartner der Lüge und behauptete, es wäre sein seit langem vermisster Urgroßvater, der plötzlich aufgetaucht sei. Die beiden gerieten sich in die Haare.

Der Reporter drängte sie aus dem Bild und sprach wieder in die Kamera. »Wie es aussieht, hat jeder der rund ein Dutzend Hotelgäste hier etwas anderes gesehen. Sicher scheint, dass nach Mitternacht eine Person diese Halle betreten und diese Panik verursacht hat. Diejenigen der Gäste, die sich dazu äußern wollten, schwören, dass es sich dabei um einen ihrer engeren – in der Regel bereits verstorbenen – Angehörigen handelte. Ein ungewöhnlicher Fall von Massenpsychose.«

Dann wurde ein Film eingespielt. Er zeigte die unscharfen, verwackelten Bilder einer Videokamera. Offensichtlich waren sie versteckt aufgenommen worden.

Lilith stockte der Atmen, als sie sah, was sich abspielte. Auf einer Art Bühne stach eine maskierte Frau auf einen ebenfalls maskierten Mann ein.

Sie kannte die Szene!

Es war das Theater, in dem sie sich vergangenen Abend Phil aus der Zuschauermenge herausgepickt und zur Ader gelassen hatte. Einer der Zuschauer musste das abartige Schauspiel heimlich gefilmt haben.

Dann jedoch geschah etwas Unvorhergesehenes: Ein Lichtblitz überstrahlte das ganze Bild. Die Kamera gab nur noch eine weiße Fläche wieder. Der Blitz musste die Sensoren völlig zerstört haben. Nur das Mikrofon funktionierte noch. Tumultartiger Lärm war zu hören, dann brach auch das ab.

Zumindest davon hatte Lilith nichts mehr mitbekommen. Sie hatte sich mit Phil in einem ganz anderen Trakt zurückgezogen. Vielleicht hatten sie deshalb nichts gehört. Oder der seltsame Blitz war zu einem Zeitpunkt erfolgt, da sie bereits wieder unterwegs gewesen war. Es war die wahrscheinlichere Möglichkeit.

Sie konzentrierte sich wieder auf den Reporter.

»... merkwürdig widersprüchliche Aussagen. Mehreren Vermisstenanzeigen wird bis zur Stunde nachgegangen ...«

Dann wechselten die Bilder erneut. Es ging um weitere Nachrichten, in denen Verstorbene gesichtet worden sein sollen.

Schließlich gab es noch eine Meldung über eine ungewöhnlich hohe Rate von Menschen, die in der vergangenen Nacht keinen Schlaf gefunden hätten. Die Notdienststellen und Apotheken, in denen nach Schlafmitteln verlangt worden war, waren dem Run nicht mehr gewachsen gewesen.

Ein Kommentator versuchte, einen Zusammenhang zwischen den Schlafsuchenden und den seltsamen Sichtungen herzustellen. »Vielleicht war es bei einigen der fehlende Schlaf, der ihnen etwas vorgegaukelt hat.«

Ein Arzt und Wunderheiler brachte alte Legenden ins Spiel, nach denen Tokio auf riesigen, sich überkreuzenden, unterirdischen Wasseradern gebaut sei. Diese würden den Menschen den Schlaf rauben …

Obwohl Duncan keine Ahnung hatte, worüber da gesprochen wurde, schaute er mit Faszination auf die Bilder. Lilith war weniger fasziniert als beunruhigt. Die Menschen konnten nicht plötzlich alle spinnen. Es musste irgendeinen Auslöser geben, der dafür verantwortlich war. Die Meldungen über lebende Tote waren alles andere als beruhigend. Sie glaubte nicht, dass damit Vampire gemeint waren.

Zumindest einen positiven Aspekt hatten jedoch die Ereignisse: Der Angriff auf ihr Penthouse würde nur als Marginalie in die Geschichte dieser Nacht eingehen.

»Wie wär's jetzt mit dem Frühstück?«, schlug sie Duncan vor. Er sollte von den Bildern nicht noch mehr verwirrt werden, als er es ohnehin schon war.

»Ich habe einen Bärenhunger«, gestand er. »Als hätte ich seit einer Ewigkeit nichts mehr gegessen.«

»So siehst du auch aus«, sagte Lilith. Sie führte ihn in die Küche. Duncan setzte sich und betrachtete fast gierig den gedeckten Tisch.

»Was ist das?«, fragte er misstrauisch und schnüffelte an der Tasse.

»Grüner Tee«, klärte Lilith ihn auf.

Duncan führte die Tasse an den Mund und nahm einen vorsichtigen Schluck.

»Nun?«

»Schmeckt gut«, sagte er schließlich. »Ich kann mich nicht erinnern, so etwas schon einmal getrunken zu haben ... Aber ich erinnere mich ja ohnehin an *nichts*.«

»Dann kannst du mir auch nicht sagen, ob du Kaffee kennst?«

Duncan überlegte. »Ich weiß, was Kaffee *ist*, aber ich erinnere mich nicht an den Geschmack.«

»Leider habe ich keine Kaffeemaschine, sonst würde ich dir welchen zubereiten. Allein um zu testen, ob er verschüttete Erinnerungen in dir freisetzt.«

Duncan betrachtete die Speisen auf dem Tisch. Zu Salzfisch und eingelegtem Gemüse rümpfte er die Nase. Stattdessen griff er nach Toast, Butter und Marmelade.

Lilith betrachtete es als Studie. »Interessant«, sagte sie. »Mit den traditionellen japanischen Frühstücksgenüssen kannst du offensichtlich nichts anfangen. Ich glaube nicht, dass du schon lange hier in Tokio bist. Sonst hättest du dich daran gewöhnt.«

»Wie kommst du darauf?«

»Einfach nur eine Vermutung.«

Sie sah Duncan weiter beim Essen zu. Er aß mit sichtlicher Begeisterung. Und auch an dem grünen Tee fand er zunehmend Gefallen.

Plötzlich stutzte er.

»Warum isst du denn nichts?«

»Ich habe schon«, log sie.

Er gab sich mit der Antwort zufrieden und aß weiter. Schließlich lehnte er sich gesättigt zurück.

»Ich fühle mich wie ein neuer Mensch«, sagte er. Er betrachtete Lilith. Sie trug heute morgen eine hauchdünne Seidenbluse und einen kurzen Rock.

Sie lächelte, als sie seinen bewundernden Blick bemerkte. Offensichtlich erwachten nach und nach auch seine anderen Lebensinstinkte wieder.

»Wie wäre es jetzt mit einem Bad?«, schlug sie vor.

»Nachdem das Frühstück derart gemundet hat, begebe ich mich ganz in deine Hände«, sagte er leichthin. »Du scheinst es gut mit mir zu meinen.«

»Oh, vielen Dank für das Kompliment«, sagte Lilith.

Sie erhob sich und ging voraus ins Bad. Wie in den meisten japanischen Wohnungen war auch hier sehr viel Sorgfalt auf die Einrichtung verwandt worden. Japaner betrachteten ihr Bad als privates Heiligtum. Seife beispielsweise war jedoch verpönt. Die Badewanne galt als Entspannungs- und Massagezone. Man betrat sie paradoxerweise nur, wenn man sich vorher gereinigt hatte.

Ganz so puristisch war Lilith nicht veranlagt. Sie war keine Japanerin. Sie hatte ebenso Vergnügen an duftenden Seifen und Ölen inmitten eines schäumenden Bades wie andere von westlicher Kultur geprägten Frauen.

Das Badezimmer war ganz in den klassischen Farben Schwarz und Rot gehalten. Es gab Massage- und Ruhebänke. Den größten Teil des Raumes nahm jedoch die quadratische, äußerst geräumige Badewanne in Anspruch.

Lilith ließ Wasser ein und goss aus einer funkelnden Karaffe etwas Schaumbad hinzu.

»Du kannst kommen!«, rief sie zu Duncan hinüber.

Duncan trat ein. Offensichtlich war er beeindruckt von dem prunkvollen Bad. Er ging zur Wanne und tauchte einen Arm hinein. Zog ihn aber augenblicklich zurück.

»Heiß!«, schrie er.

Lilith erklärte ihm, wie er den Regler zu bedienen hatte.

»Ich glaube, ich darf dich nicht einen Moment aus den Augen lassen«, sagte sie.

Er zögerte, sich auszuziehen.

»Sag nicht, dir ist es peinlich, wenn ich zusehe. Immerhin habe ich dich die ganze Zeit nackt gesehen. Außerdem bist du nicht der erste Mann, der so vor mir steht.«

»Ich ... ich schäme mich trotzdem.«

Lilith überlegte, wie weit sie gehen konnte. Nicht zu weit. Sie durfte Duncan nicht einfach überrumpeln. Dazu war die Sympathie, die sie für ihn empfand, bereits zu stark.

»Also gut, ich will dich nicht in Verlegenheit bringen. Entspanne dich einfach.«

Mit einem Lächeln verließ sie das Badezimmer. Sie ging in die Küche und räumte die Sachen weg. Es war eine völlig neue Erfahrung, für jemanden in dieser Weise zu sorgen. Duncan aß wie ein Scheunendrescher. Spätestens morgen würde sie neu einkaufen müssen. Außerdem musste sie ihm etwas zum Anziehen besorgen. Aus dem Supermarkt hatte sie ihm Unterwäsche, ein Paar Socken, Jeans und ein T-Shirt besorgt. Für einen ersten Ausgang mochte es genügen, für mehr aber auch nicht.

Am leichtesten wäre es, wenn sich Duncan wenigstens schwach an etwas erinnern könnte. Irgendwo musste er doch eine Bleibe gehabt haben. Dort würde sich auch seine Kleidung befinden. Und vielleicht andere Dinge, die das Mysterium seiner Herkunft entschlüsseln würden.

Im Vorbeigehen warf sie noch einen Blick auf das Geschehen im Fernsehen. Dort lief inzwischen eine Manga-Zeichentrickserie für Kinder. Am unteren Bildrand tickerten weitere Meldungen über die Vorkommnisse der vergangenen Nacht, um die Zuschauer auf dem Laufenden zu halten.

Lilith schob die Nachrichten beiseite. Sie hatte ihr eigenes Problem zu lösen. Und das hieß Duncan. Und schließlich waren da noch die Vampire. Dass in der vergangenen Nacht kein weiterer Angriff mehr erfolgt war, hatte nichts zu bedeuten. Es verschaffte ihr zwar eine Galgenfrist, aber sie würden wiederkehren, dessen war sie sicher.

Seltsam, dass sie vor Duncan zurückgewichen waren. Seltsam, aber zugleich auch beruhigend. Zumindest in dieser Hinsicht brauchte sie für Duncan nicht die Aufpasserin zu spielen. Ansonsten hätte sie ihn auch nicht heute morgen so einfach allein gelassen, um einzukaufen. Sie war sich ziemlich sicher, dass die Vampire ihm nichts anhaben konnten.

Umso mysteriöser blieb das Geheimnis seiner Herkunft.

Sie holte die Anziehsachen, die sie für Duncan gekauft hatte und klopfte an die Badezimmertür.

»Darf ich eintreten?«, fragte sie brav.

Duncan murmelte eine Zustimmung.

Er saß in der schaumgefüllten Badewanne und sah ihr entgegen.

»Nun, wie fühlst du dich?«, fragte Lilith.

»Schon viel besser«, erwiderte Duncan. »Nicht, dass ich mich erinnern kann, aber ich kann mir nicht vorstellen, schon einmal so verwöhnt worden zu sein ...«

Wenn du möchtest, kann ich dich sogar noch mehr verwöhnen, dachte Lilith. Aber noch immer hielt sie sich zurück. Sie wollte ihm Zeit geben.

Um den verlegenen Moment, der zwischen ihnen entstanden war, zu überspielen, zeigte sie ihm, was sie eingekauft hatte. »Nichts Besonderes«, sagte sie. »Hauptsache, es passt dir. Wir können immer noch sehen, dass wir dir etwas Anständiges dazu kaufen.«

»Warum tust du das alles für mich?«, fragte er. »Ich meine, wir sind uns doch völlig fremd. Warum wirfst du mich nicht einfach raus? Ich bin tief in deiner Schuld. Ich kann nicht verlangen, dass du weiter für mich aufkommst ...«

»Du bist mir sympathisch«, sagte Lilith. »Das sollte Grund genug sein, dass ich mich um dich kümmere. Du brauchst dich nicht in meiner Schuld zu fühlen. Die Sachen hier haben nicht gerade ein Vermögen gekostet. Geld bedeutet mir ohnehin nichts.«

»Ich werde dir alles zurückzahlen. «

»Dazu musst du dich erst einmal erinnern«, lachte Lilith. »Ich habe darüber nachgedacht. Vielleicht hattest du hier in Tokio eine Bleibe. Selbst wenn du nur als Tourist hier warst, so musst du in einem Hotel gewohnt haben. Versuche dich zu erinnern. Jede Kleinigkeit hilft uns vielleicht weiter.«

»Ich bemühe mich ja schon die ganze Zeit«, sagte er. »Aber in meinem Kopf ist nicht eine einzige noch so vage Erinnerung an früher ...«

»Ich werde dir helfen, dich ein wenig zu entspannen«, sagte Lilith. »Vielleicht schaffst du es dann.«

Trotz ihrer guten Vorsätze konnte sie nicht ganz aus ihrer Haut heraus. Bei aller Sympathie. Sie begehrte Duncan auch körperlich. Mehr denn je.

Sie verließ kurz das Zimmer und befahl dem Symbionten, sich zu einem schmalen, gürtelartigen Etwas zurückzubilden. So kehrte sie zu Duncan zurück. Er blickte fasziniert auf ihren perfekten Körper, den sie ihm so gut wie nackt präsentierte.

Mit einer schnellen, gleitenden Bewegung stieg sie zu ihm in die Wanne. Sie nahm hinter seinem Rücken Platz und schlang von hinten ihre langen Beine um ihn. Er lehnte sich zurück. Mit ihren Händen hielt sie seinen Kopf und massierte sanft seine Schläfen.

»Erinnere dich!«, ermahnte sie ihn zärtlich. Zugleich tastete sie nach seinen Gedanken. Behutsam und vorsichtig, damit er nichts davon mitbekam. Mit Hilfe ihrer schwach ausgeprägten magischen Fähigkeiten versuchte sie eine Art Bewusstseinsverschmelzung.

Sie tastete sich weiter vorwärts. Die Realität um sie herum begann sich zu verzerren ...

Sie dachte daran, dass sie nun völlig wehrlos war. Wenn der Angriff ihrer Gegner in diesem Augenblick erfolgte, war sie völlig hilflos. Aber der Gedanke an den Symbionten beruhigte sie. Er war ein Garant für Schutz auch bei eigener geistiger Abwesenheit.

Sie drang tiefer in Duncans Bewusstsein, suchte nach der Blockade in seinem Kopf. Die Blockade, die verhinderte, dass er sich an seine Identität und sein Vorleben erinnerte.

Sie ging mit äußerster Behutsamkeit vor. Eine kleine Unachtsamkeit, ein zu forsches Vorgehen, irgendein zu schneller Gedankenimpuls, und Duncans Geist konnte irreparable Schäden davontragen.

Duncan stöhnte wohlig unter der Massage, die sie ihm angedeihen ließ. Zugleich verströmte ihr Geist beruhigende Impulse. Er fühlte sich wie im Paradies. Er gab sich dem völlig hin, wehrte sich nicht. Ihre tastenden Gedanken hatten leichtes Spiel.

Zugleich wuchs Liliths Besorgnis. Sie fand nichts in seinem Bewusstsein, was ihr hätte weiterhelfen können. Buchstäblich nichts. Sein Geist glich dem eines Neugeborenen.

Sie fand keine Schranke, die sie hätte durchbrechen können. Keinen dunklen Schacht, an dessen Grund Erinnerungen hätten liegen können. Keine wie auch immer geartete Barriere, die seine Erinnerungen davon abhielten, an die Oberfläche zu dringen.

Sein Gedächtnis schien buchstäblich ausradiert. Es existierten keine Eintragungen auf der Landkarte seines Gehirns ...

Einzig eine Art Elementarwissen schien ihm geblieben zu sein. Es half ihm, sich überhaupt zurechtzufinden. Es ließ ihn Nahrung zu sich nehmen, ihn sich in seiner erlernten Sprache verständigen und auch sonst alltägliche Routinehandlungen vollführen. Ansonsten wäre er ein hoffnungsloser Fall gewesen. Sie stellte sich vor, Duncan als völlig hilfloses Bündel in ihrer Wohnung vorgefunden zu haben. Es wäre ihr nichts anderes übrig geblieben, als ihn in eine Pflegeanstalt einweisen zu lassen. Niemand hätte je das Geheimnis seiner Herkunft erfahren.

Hatten seine Gegner das gewollt? Wer immer ihn mit dem Brandzeichen entstellt hatte, er hatte ihm auch andere Wunden zugefügt ...

Sie suchte erneut nach einer Blockade, um völlig sicher zu gehen. Aber wiederum blieb ihre Suche erfolglos.

Zumindest konnte sie nun sicher sein, dass ihre Feinde Duncan nicht geschickt hatten, um ihr eine Falle zu stellen. Sein Kopf war ebenso leer wie seine Gedanken rein waren.

Ebenso behutsam wie sie eingedrungen war zog sie sich wieder aus seinem Bewusstsein zurück.

Duncan gab ein enttäuschtes Knurren von sich, als sie die Kopfmassage einstellte.

»Es tut so gut«, seufzte er. »Du bist phantastisch.«

Lilith lächelte. Er hatte keine Ahnung, wie phantastisch sie sein konnte. Angesichts seiner Nacktheit und seiner offensichtlichen Wonne, fiel es ihr schwer, sich zu beherrschen. Ein wenig mehr Zuspruch, redete sie sich ein, konnte nicht schaden …

Ihre Hände wanderten wie von selbst seinen Körper hinab. Sie umschlang seine Brust von hinten und massierte seine Brustwarzen. Dann tasteten sie tiefer.

Mit einem wohligen Stöhnen gab er zu verstehen, was er davon hielt. Ihre Finger umfassten sein Glied. Es pulsierte und war bereits zur vollen Größe angeschwollen. Im Gegensatz zu Duncans ausgemergeltem Körper war es erstaunlich entwickelt.

Lilith fiel es immer schwerer, sich zu beherrschen. Obwohl sie ihren Hunger in der Nacht davor bereits in jeder Hinsicht gestillt zu haben dachte …

Sie liebkoste ihn an seiner empfindlichsten Stelle. Duncan stöhnte. Er wollte sich umdrehen, aber Lilith zwang ihn sanft, aber mit Nachdruck, einfach stillzuhalten.

»Lass dich einfach verwöhnen«, sagte sie. »Genieße es. Du wirst noch Gelegenheit genug bekommen, dich zu revanchieren.«

Ihre Handbewegungen wurden schneller. Duncan konnte sich kaum mehr zurückhalten. Nach weniger als einer Minute war es bei ihm bereits so weit. Er verströmte seinen Samen mit einem lauten Schrei.

Später duschte Lilith sich und Duncan ab und half ihm beim Abtrocknen. Dann hüllten sie sich in ihre Kleidung – wobei Lilith wieder kurz den Raum verließ.

Der Fernseher lief noch immer. TOKIO TV zeigte infantile Reklamesendungen. Duncan reagierte fasziniert wie ein Kind darauf, als er dazukam.

»Ist das alles Wirklichkeit?«, fragte er.

Lilith schüttelte den Kopf. »Eher eine Scheinwirklichkeit«,

versuchte sie zu erklären. »Sie möchten, dass du die Produkte kaufst, die sie anpreisen.«

»Ich verstehe es zwar nicht richtig, aber es klingt trotzdem gut.« Dann fiel ihm etwas ein. »Du sagtest, dass wir uns in Tokio befinden, nicht wahr?«

»Ja, es ist eine große Stadt. Die Hauptstadt von Japan. Es leben hier über acht Millionen Einwohner …«

»Tut mir leid«, sagte Duncan. »Das alles sagt mir nicht viel. Aber ich würde dieses Tokio gern etwas besser kennen lernen.«

Lilith überlegte, ob dies jetzt schon sinnvoll war. Aber warum eigentlich nicht? In ihrer Wohnung fühlte sie sich ohnehin nicht mehr sicher genug. Außerdem musste sie noch einige Instandsetzungsarbeiten erledigen lassen.

»Einverstanden«, sagte sie. »Dann kaufen wir dir auch gleich ein paar weitere Sachen zum Anziehen.«

Darüber hinaus war ihr noch ein Gedanke gekommen, was sie in der Stadt erledigen konnte …

Zunächst jedoch setzte sie sich telefonisch mit der Hausverwaltung in Verbindung, damit man ihr eine Putzfrau schickte. Sie hatte zwar das größte Chaos halbwegs beseitigen können, aber die Wohnung bedurfte einer grundlegenden Reinigung. Erstaunlicherweise waren die Ascheflocken, die von den vernichteten Vampiren übriggeblieben waren, wie von selbst verschwunden …

»Warst du das?«, fragte sie Duncan.

»Was?«

Sie erklärte es ihm. Er verneinte.

»Seltsam …«

Als nächstes beauftragte sie ein Unternehmen damit, neue, diesmal bruch- und kugelsichere Fenster aus Panzerglas zu liefern und schnellstens einzubauen. Sie ließ ihren ganzen Charme spielen, damit man ihren Auftrag vorzog. Ihr Gesprächspartner versprach, sich so schnell wie möglich persönlich um die Erledigung zu kümmern.

Lilith lächelte. Manchmal machte es ihr regelrecht Spaß, einfach nur mit den Waffen der Frau Erfolg zu haben. Ganz ohne Hypnose und Magie.

Sowohl die Putzfrau als auch der Glaser würden in der nächsten Stunde kommen. Danach würde sie Duncan durch Tokio führen.

Sie sagte ihm, dass sie sich noch etwas in Geduld üben müssten.

»Lass uns solange fernsehen«, sagte er.

Sie lachte. »Ganz wie du möchtest.«

Vielleicht gab es inzwischen neue Nachrichten, was die Ereignisse der letzten Nacht betraf …

7. Kapitel

Die Quelle der Furcht

Hagiwara hatte nie vom Fischland gehört, bis zu dem Tage, als er es zum ersten und bisher einzigen Male sah. Er war auf der Flucht, aber er hätte sie nie als solche bezeichnet.

Noch immer rasten die Ereignisse der letzten Stunden durch seinen Kopf, als wäre alles erst vor Sekunden passiert. Die Aufführung war aus dem Ruder geraten. Dieser merkwürdige Blitz hatte alles verändert. Er hatte sich selbst dabei ertappt, wie er zusammen mit den Zuschauern die Flucht ergriffen hatte.

Die Furcht, die der Blitz in ihm erzeugt hatte, war fast unnatürlich gewesen. Die Farben, die keine Farben waren, hatten eine tief verborgene Urangst in ihm geweckt. Er hatte gespürt, dass sich mit der Entladung etwas Ungewöhnliches ereignet hatte. Nur war es so wenig greifbar gewesen. So wenig greifbar wie Nebelschwaden. Aber es existierte.

Nachdem er seine erste Panikattacke unbeschadet überstanden hatte, siegte sein Sinn für Profit. Ajumi war, geschäftlich gesehen, die beste Investition, die er je getätigt hatte. Er war seit über zehn Jahren im Schaustellergeschäft tätig und dabei immer mehr abgerutscht. Seine Geschäfte hatten sich mehr und mehr um die abartigsten Dinge gedreht, ohne dass ein Erfolg sichtbar wurde.

Schließlich hatte er Ajumi kennen gelernt. Sie gehörte damals einem Zuhälter, der ihr wahres Potential nicht erkannt hatte.

Hagiwara hingegen kannte die alte Legende von der unaussprechlichen Stadt, deren Bewohner ihren Schlaf verloren hatten. Wo selbst der Tod keine Macht hatte, so dass die Menschen als lebende Tote umherwanderten.

Immer wieder kam es vor, dass die Bewohner die Stadt verließen, um anderswo nach Erlösung durch Schlaf zu suchen. Die Legenden boten genügend Beispiele. Ajumi war nur eines davon.

In den seltenen Momenten, in denen sie bei klarem Verstand war, konnte man fast normal mit ihr sprechen. Hagiwara hatte ihr klar gemacht, was er von ihr verlangte. Als Gegenleistung hatte er ihr die Hoffnung eingeflößt, die Chancen stünden gut, dass sie sich eines Tages nicht mehr von ihren Wunden erholen würde.

Die allabendliche Aufführung in der ehemaligen Fabrik im Hafenviertel war eine lukrative Einnahmequelle gewesen. Und Hagiwara hatte feststellen müssen, dass Ajumi wirklich eine lebende Tote war. Die meisten ihrer Wunden verheilten über Nacht. Sie wurde immer ungeduldiger. Er wusste, dass er sie nicht mehr lange würde hinhalten können. Mehr denn je ersehnte sie den Tod, während er allabendlich seine Ansprache hielt:

»Wir alle wissen, was Ayumi, die Frau mit den tausend Narben bisher erlitten hat. Ausgespien aus der Stadt ohne Namen, wandelt sie auf Erden, um den ewigen Schlaf und Frieden zu suchen. Obschon sie viele Tode erlitt und ihre Schmerzen in ewiger Verdammnis und Qual andauern, so weilt sie noch immer unter den lebenden Toten. Wer von Euch möchte heute der Glückliche sein, der ihr ihren Wunsch, den Wunsch zu sterben, für immer und ewig, erfüllt?«

Also war er zurückgelaufen. Ajumi hatte noch immer auf der winzigen Bühne ausgeharrt. Mit ausdruckslosem Gesicht. Er hatte sie mit sich gezogen und in ihre gemeinsame Wohnung gebracht.

Es war vorbei!

Hagiwara war Profi genug, um zu erkennen, wann es an der Zeit war, von einem lahmen Gaul abzulassen und sein Glück mit einem frischen Pferd zu versuchen.

An diesem Abend war zu viel passiert, als dass er einfach so hätte weitermachen können. Die Panik ließ sich nicht herunterspielen. Es hatte Verletzte, vielleicht sogar Tote gegeben. Es gab nicht wenige höhere Beamte und Prominente, die mindestens einmal die Woche zu seinem Schauspiel kamen. Man würde Nachforschungen anstellen. Und niemandem würde er begreiflich machen können, dass Ajumi dies alles freiwillig tat. Dass sie sich freiwillig Abend für Abend niederstechen ließ. Ganz zu schweigen von den anderen Dingen, die er im »Spezialprogramm« zeigte. Außerdem hatte er sein Gewerbe offiziell nicht angemeldet. Vor den Steuerbehörden hatte er den meisten Respekt.

Nein, es war an der Zeit, zu verschwinden. Zusammen mit Ajumi. Erst einmal weg aus Tokio. Der Rest würde sich ergeben. Vielleicht konnte er ja sogar in Europa oder den USA etwas Ähnliches auf die Beine stellen.

Vom Fischland hörte er erst am Fahrkartenschalter des Bahnhofs. Er hatte eigentlich mit dem Zug in die nächste Hafenstadt reisen wollen. Genau wie der Mann vor ihm in der Reihe. Er bekam mit, wie sich dieser über den hohen Fahrpreis beschwerte. Der untersetzte, pfiffig dreinschauende Beamte, dessen Sprache ihn als Ortsfremden auswies, schien Verständnis für Sparsamkeit aufzubringen und machte einen anderen Vorschlag:

»Sie könnten natürlich auch den alten Bus nehmen«, sagte er zögernd, »aber die Leute hier halten nicht viel davon. Er fährt übers Fischland – vielleicht haben Sie schon davon gehört –, und deswegen mögen ihn die Leute hier nicht. Der Besitzer ist einer von dort, Haiashi ist sein Name, aber ich glaube nicht, dass schon mal jemand von hier mitgefahren ist. Ein Wunder, dass er überhaupt noch herkommt. Wahrscheinlich ist er ziemlich billig, aber ich hab' noch nie mehr als zwei oder drei Leute darin gesehen. Alle vom Fischland. Wahrscheinlich gehen sie hier tagsüber ihren krummen Geschäften nach. Abfahrt am Stadtplatz, vor dem Hotel Shibuya, um sechs und abends um sieben, wenn's sich nicht in letzter Zeit geändert hat. Ist eine furchtbare Klapperkiste – bin nie mitgefahren …«

Das also war das erste Mal, dass er von Fischland hörte. Und wenn er selbst es nicht kannte, war die Wahrscheinlichkeit umso größer, dass ihn dort auch niemand vermutete. Vielleicht würde es reichen, sich ein paar Tage oder Wochen zu verkriechen …

Später wunderte er sich, dass sein Wunsch, diesen Bus zu nehmen, von einem Moment zum anderen entstanden war. Als hätte ihm jemand diesen Gedanken eingeflüstert.

Er redete sich ein, dass es nicht unwesentlich der Name selbst war, der seine Phantasie geschürt hatte: *Fischland*. Als Schausteller hielt er sich für einen kreativen Menschen. Der Name reizte ihn.

Wäre mehr Zeit gewesen, so hätte er sich bei dem Schalterbeamten noch eingehender erkundigt. Aber Zeit war das Letzte, worüber er in genügendem Maße verfügte. Er schaute auf die Uhr. Es war halb sechs Uhr morgens. Der Bus würde in einer halben Stunde abfahren.

Er zog Ajumi mit sich. Sie ließ es widerstandslos geschehen. Wie sie überhaupt seltsam lethargisch wirkte. Noch mehr als sonst. Weder sprach sie noch schien sie ihn zu hören.

Zum Glück machte sie keine Schwierigkeiten. Sie reagierte auf ihn wie ein Automat.

Sie waren die einzigen Fahrgäste, die an der Haltestelle warteten. Immer wieder schaute Hagiwara ungeduldig auf seine Uhr. Nicht mehr lange, und die Morgendämmerung würde die Schatten der Nacht vollends vertrieben haben. Spätestens dann musste er Tokio verlassen haben.

Endlich kündigte ein tuckerndes Motorengeräusch am Ende der Straße das Näherkommen des Busses an. Im nächsten Moment war er auch schon zu sehen.

Er war uralt. Mit seiner grauen, abblätternden Farbe und seinen Rostbeulen wirkte er wie ein vorsintflutliches Ungeheuer. Eine Wolke schwarzen Auspuffqualms zog er wie einen stinkenden Raketenschweif hinter sich her.

Knatternd kam das Ungetüm direkt vor ihnen zum Halten. Hagiwara versuchte zu erkennen, ob sich zu dieser frühen Stunde bereits weitere Fahrgäste (*Zeugen*) im Innern aufhielten, aber die vor Dreck – teilweise war es sogar getrockneter Schlamm – starrenden Scheiben verwehrten ihm jeden Einblick.

Unbewusst umfasste er den Griff seines Koffers fester und zog Ajumi mit sich. Er atmete tief durch, während er darauf wartete, dass sich die Türen öffneten.

Zischend wie die eingefallenen Lippenhälften einer alten Frau falteten sie sich auseinander.

Der Fahrer sah ihm entgegen. Vom ersten Moment an war er Hagiwara unsympathisch. Sein Äußeres glich dem des Busses: Es war ungepflegt und wie von einer imaginären grauen Staubschicht überzogen.

Hagiwara stellte sich den Körper des Chauffeurs vor und hatte die Vision von rostigen Beulen, die ihn wie Krebsgeschwüre übersäten. Der Fahrer trug einen bunten Polyester-Jogginganzug, der seinen schwammigen, aufgedunsenen Körper kaum aufnehmen konnte. Seine Augen waren wässrig wie die eines Fisches und leicht gerötet.

»Ist das der Bus nach Fischland?«, fragte Hagiwara. Sicher war sicher.

»Wohin sonst? Haben Sie die Schilder nicht gesehen?« Er nuschelte. War kaum zu verstehen.

Ohne Hagiwara weiter zu beachten, stieg er aus und ging an ihm vorbei. Unwillkürlich hielt Hagiwara den Atem an. Irrte er sich oder zog der Fahrer tatsächlich einen schwachen Fischgeruch hinter sich her?

»Steigen Sie schon mal ein!« rief er Hagiwara zu. Auch diesmal war seine Stimme kaum verständlich. Dann verschwand seine aufgedunsene Gestalt, die Hagiwara an einen überdimensionalen Frosch erinnerte, in der gegenüberliegenden Bar.

Offensichtlich musste sich der Fahrer selbst noch Mut antrinken, um diese Schrottkarre überhaupt zu lenken.

Hagiwara zuckte die Schultern und erklomm die Stufen ins Innere des Busses.

Letztlich hatte er nicht erwartet, noch weitere Fahrgäste vorzufinden. Nun musste er feststellen, dass dies doch der Fall war. Auf der Rückbank saßen drei zusammengesunkene Gestalten. Sie schienen zu schlafen, und er beachtete sie nicht weiter.

Er wählte für sich und Ajumi Plätze in der Mitte des Busses. Am liebsten hätte er sich natürlich auch nach ganz hinten gesetzt, aber die Rückbank war ja nun bereits besetzt. Instinktiv hatte er eine Aversion davor, fremde Menschen in seinem Rücken sitzen zu haben.

Seinen kleinen Koffer, in dem sich nur das Nötigste befand, hievte er in das Gepäcknetz.

Der Motor des Busses blubberte im Leerlauf vor sich hin. Hagiwara hatte das unangenehme Gefühl, dass er mit jeder Sekunde lauter wurde. Was für eine Umweltverschmutzung!

Aber wahrscheinlich verschwendete der Fahrer nicht einen einzigen Gedanken daran.

Endlich kam er aus der Bar gewatschelt. Er schien dabei leicht zu torkeln. Wahrscheinlich hatte er sich wirklich ein paar Gläschen genehmigt.

Nachdem er hinter dem Steuer Platz genommen hatte, stand Hagiwara auf und ging zu ihm nach vorne.

»Ich möchte zwei Karten lösen«, sagte er, aber ein verständnisloser Blick aus glasigen Augen ließ ihn verstummen.

Mein Gott, dieser Mensch schien sich tatsächlich von einem Moment zum anderen sturzbetrunken zu haben!

Neben dem fischigen Geruch, der nun ganz unzweifelhaft von ihm ausging, lag darüber die Fahne von billigen Fusel. Nach ein paar Sekunden kehrte jedoch so etwas wie verspätete Erkenntnis in seinen Blick ein.

»Später«, lallte er.

Zögernd ging Hagiwara an seinen Platz zurück. Der Fahrkartenverkäufer am Bahnhof hatte den Fahrer als seltsamen Menschen geschildert. Jetzt stellte sich heraus, dass er wohl schlicht und einfach öfter einen über den Durst trank. Dabei war er vorhin noch zwar unfreundlich, aber völlig nüchtern erschienen ...

Vielleicht ist ihm nur vorübergehend der ›Sprit‹ ausgegangen, dachte Hagiwara.

Noch war Zeit genug, den Koffer zu schnappen und mit Ajumi wieder auszusteigen. Vielleicht war es weniger gefährlich, den Zug zu nehmen, als sich einem angetrunkenen Busfahrer anzuvertrauen.

Doch er blieb sitzen. Auch die anderen Fahrgäste machten keine Anstalten, aufzustehen. Wahrscheinlich hatten sie gar nicht mitbekommen, dass der Fahrer sich ein paar Gläschen genehmigt hatte. Oder sie waren daran gewöhnt – was auch gut sein konnte.

Bevor Hagiwara weitere Überlegungen anstellen konnte, schloss sich die vordere Eingangstür mit einem lauten Zischen, und der Bus setzte sich in Bewegung.

Hagiwara wischte mit der Hand die staubige Schicht von der Scheibe, so dass er besser hinausschauen konnte. Das eintönige Bahnhofsviertel lag grau in grau vor ihm. Nur wenige Passanten waren zu dieser frühen Stunde unterwegs. Niemand schien großartig mitbekommen zu haben, dass er und Ajumi diesen Bus genommen hatten.

Gut so! Es lief alles bestens.

Der Fahrer gab Gas, und bereits nach wenigen Minuten hatten sie die Schnellstraße erreicht, die aus Tokio hinausführte. Ziemlich bald jedoch wählte er eine Ausfahrt, die auf eine schmale Landstraße führte.

Hagiwara wunderte sich. Seitlich erstreckte sich die Bucht. Sie erinnerte an diesem Morgen an ein fahlgraues Leichentuch. Hagiwara starrte hinaus, in der Hoffnung, irgendein Zeichen von Farbe in diesem Grau zu entdecken, ein Segel oder eine Boje, aber er konnte nichts finden.

Einzig einige schwarze Punkte waren zu erkennen. Sie schwankten mit den kaum wahrnehmbaren Wellen auf und ab.

Seehunde? Er wusste nicht, ob es hier überhaupt welche gab. Aber für Wale waren sie viel zu nah an der Küste. Er wusste selbst nicht zu sagen, was ihn daran so faszinierte. Ihre länglichen, zigarrenförmigen Körper, die dort auf den grauen Fluten trieben, übten eine seltsame Anziehungskraft auf ihn aus.

Gleichzeitig verschärfte sich sein Blick auf eigentümliche Weise. Er hatte das Gefühl, als würden sich seine Augen in die verschmutzten Okulare eines Fernglases verwandeln. So konnte er die Körper zwar immer noch nicht richtig erkennen, aber sie schienen nun viel näher.

Er hatte tatsächlich den Eindruck, dass sie auf dem Wasser trieben. Er konnte nicht sehen, dass sie paddelnde oder sonstige Bewegungen vollführten, die ihrer Fortbewegung dienten.

Hagiwara war nicht leicht zu beeindrucken. Aber er war abergläubisch. Und von diesen schwarzen Körpern ging etwas aus, was ihn beunruhigte, je länger er sie betrachtete.

Eine weitere Assoziation schoss durch seinen Kopf: *Auf dem Rücken liegende, tote Wale, die an die Küste geschwemmt werden.* Irgendwie hatten Wale ihm schon immer eine unbestimmbare Furcht eingeflößt.

In der nächsten Sekunde hatte er keine Gelegenheit mehr, diesen beunruhigenden Gedanken zu vertiefen. Der Busfahrer beschleunigte, und die Bucht verschwand hinter der waldreichen Landschaft. Sie passierten zahlreiche kleinere Ortschaften.

Hagiwara war todmüde. Aber immer, wenn er in den ersehnten Schlaf fallen wollte, schreckte er wieder hoch. Mit schläfrigem Blick sah er auf die immer gleiche Landschaft, die draußen vorüber zu rollen schien.

Schließlich war auch die Bucht wieder zu sehen. Der Fahrer bog scharf nach links ab und verließ die mit Schlaglöchern übersäte Landstraße zu Gunsten einer Nebenstrecke. Als Straße mochte Hagiwara sie nicht bezeichnen. Vielmehr handelte es sich um einen kaum befestigten, staubigen Pfad. Der altersschwache Bus wurde hin und her geschüttelt. Doch der Fahrer dachte nicht daran, vom Gas zu gehen. Im Gegenteil.

Entlang des Pfades erstreckten sich große, lang gestreckte Tümpel. Fast befürchtete Hagiwara, dass plötzlich wieder die schwarzen Gebilde daraus auftauchen würden,

Als er seinen Blick vom Fenster abwandte, stellte er fest, dass zwei weitere Fahrgäste im Bus waren. Entweder war er tatsächlich eingenickt oder er hatte sie zuvor nicht bemerkt. Die zweite Möglichkeit erschien ihm als die unwahrscheinlichere.

Es handelte sich um einen Mann und eine Frau. Sie saßen vier Reihen vor ihm und kamen ihm irgendwie bekannt vor.

Der Gedanke, dass er eingeschlafen war, behagte ihm ebenso wenig. Er hatte etwas zutiefst Beunruhigendes. Selbst wenn er nur oberflächlich eingenickt war, so hatte er davon nichts mitbekommen. Ihm fehlte einfach ein Stück Zeit. Oder Erinnerung.

Sein nächster Blick führte unwillkürlich zu der Ablage über seinem Kopf. Gott sei Dank, der Koffer war noch dort, wo er ihn deponiert hatte. Es befanden sich nicht nur Kleidungsstücke darin, sondern auch ein kleines Vermögen an Bargeld. Er war immer darauf vorbereitet gewesen, einen Tag wie diesen erleben zu müssen.

Der Koffer war also noch da. Sicherlich hätte es auch Ajumi gemerkt, wenn ihn irgendjemand hätte stehlen wollen. Trotz ihrer nach wie vor lethargischen Stimmung.

Aber etwas anderes stimmte nicht. Der fischige Geruch, der ihm bereits aufgefallen war, als der Busfahrer an ihm vorbei in die Bar geeilt war, legte sich jetzt wie ein Wolke über ihn. Ein penetranter Gestank, der mit jeder Sekunde unerträglicher wurde.

Er versuchte, das Fenster zu öffnen, aber die Verankerung war eingerostet und ließ sich keinen Millimeter bewegen. Mit einem Mal hatte er eine Eingebung, woher der Gestank stammen musste.

Der Busfahrer war es nicht, aber was war mit den drei Gestalten, die von Anfang an auf der Rückbank gesessen hatten?

Hagiwara warf den Kopf herum und sah nach hinten. Die drei saßen noch immer zusammengesunken dort. Nach wie vor schienen sie zu schlafen.

Er betrachtete sie genauer. Doch irgendwie gelang es ihm nicht, sie zu einem scharfen Bild zusammenzufügen. Sah er den einen an, wurden die anderen unscharf. Fixierte er die anderen, verschwamm der dritte.

Alle drei trugen ölig wirkende, schwarze Regenmäntel, die im Stehen wahrscheinlich bis zum Boden reichten. Ihre Schuhe waren selbst im Sitzen darunter verborgen. Wie im übrigen auch ihre Hände in den tiefen Taschen oder den überlangen Ärmeln verschwanden. Die Gesichter lagen im Schatten breitkrempiger Hüte, die entfernt an Südwester erinnerten.

Und dann sah Hagiwara die Lachen, die sich unter ihren Bänken ausgebreitet hatten. Es konnte kein Regen sein, denn draußen war es trocken. Die Flüssigkeit musste von den drei Fahrgästen selbst stammen.

Es sind Fischer, mutmaßte er. *Wahrscheinlich waren sie heute morgen schon auf dem Meer und sind noch immer völlig durchnässt.*

Aber warum nahmen sie dann den Bus, anstatt mit ihren Booten in ihre Heimathäfen zu fahren?

Hagiwara folgte einem Rinnsal mit seinem Blick. Es endete direkt vor seinem Platz. Fast automatisch bückte er sich und tauchte einen Finger hinein.

Jetzt wusste er, woher der Gestank stammte. Es handelte sich nicht um Wasser, sondern um eine tranige Flüssigkeit von öliger Konsistenz.

Sardinenöl, Verfallsdatum zehn Jahre überschritten!

Während sich seine Gedanken überschlugen, wurde der Bus langsamer. Ein verwittertes Ortsschild tauchte auf. Er konnte nicht erkennen, was darauf stand. Darunter hatte jemand ein Graffito gesprüht. Es stellte eine Art Fisch dar.

Fischland ...

Der Bus stoppte.

Wie hypnotisiert starrte er die drei Gestalten an. So etwas wie Bewegung machte sich unter den Regenmänteln bemerkbar. Eine fließende, schlangenartige Bewegung.

»Wurde auch Zeit«, vernahm er die Stimme des Busfahrers. »Sie trocknen sonst noch ganz aus, die werten Herren ...«

Hagiwara hörte nicht weiter zu, denn –

– das war für den Rest seiner Tage auf der Oberfläche dieses Planeten das Ende jeglichen Seelenfriedens, das Ende seines Vertrauens in die Integrität der Natur und des menschlichen Geistes.

Er wehrte sich dagegen. Die Worte waren in seinem Hirn. Er hatte sie schon einmal irgendwo gehört oder gelesen. Und dann fiel es ihm ein: Vor zwanzig oder mehr Jahren hatte er die Geschichte gelesen. Sie war bei ihm auf fruchtbaren Boden gefallen und hatte ihm nächtelang Albträume bereitet. Seit damals beschlich ihn ein mulmiges Gefühl, wann immer er in Meeresnähe war. Sogar wenn er Fisch aß.

Und jetzt war er mitten in diesem Albtraum gefangen.

Ajumi!

Ein kurzer Blick verriet ihm, dass von ihr keine Hilfe zu erwarten war. Sie lächelte apathisch. Ihr Blick war leer.

Die drei Gestalten hatten sich von der Rückbank erhoben und watschelten an ihm vorbei. Wortlos. Regungslos vor Grauen sah er, wie sie den Bus verließen. Aber kaum hatten sie den Boden von Fischland betreten, wurde das, was er für Regenmäntel gehalten hatte, zu einer transparenten, quallenartigen Substanz, die seinem noch immer fassungslosen Verstand offenbarte, um was für Wesen es sich handelte:

Er glaubte, ihre vorherrschende Farbe sei graugrün, doch die Bäuche waren weiß. Sie waren überwiegend glänzend und schuppig, ihre Gestalt erinnerte entfernt an menschliche Wesen, doch ihre Köpfe waren die von Fischen, mit grotesk glotzenden, lidlosen Augen. Am Hals hatten sie an beiden Seiten pochende Kiemen, und ihre langen Klauen hatten Schwimmhäute. Sie hopsten unregelmäßig, manchmal auf zwei Beinen und manchmal auf allen vieren ...

Hagiwara war froh, als sie ohne innezuhalten in Richtung der Tümpel hüpften und darin eintauchten. Von einer Sekunde zur anderen war nichts mehr von ihnen zu sehen. Das graue, trübe Wasser hatte sich über ihnen geschlossen und sie verschluckt.

»Na, Junge, möchtest du noch immer dieses Fischland kennen lernen?«

Die Stimme riss ihn aus seinen Betrachtungen. Er blinzelte. Vor ihm standen der Mann und die Frau aus dem vorderen Teil des Busses. Sie standen vor ihm und lächelten. Das Seltsame an ihnen war das Fehlen jeglicher Farbigkeit. Alles an ihnen war schwarz und weiß. Es waren seine Eltern.

»Mutter! Vater!«

In diesem Moment dachte er nicht daran, dass sie schon lange tot waren. Es war gleichgültig. Aber er wusste plötzlich, warum er sie nur schwarz-weiß sah: Weil sie exakt der vergilbten Schwarz-Weiß-Photographie glichen, die er von ihnen als einziges Bild aufbewahrt hatte.

Er streckte die Arme nach ihnen aus und wollte sie umarmen. Zuerst seine Mutter.

Ihre Haut war seltsam wächsern und ihre Gesichtszüge wie erfroren. Ihre Pupillen waren von einem wässrigen Grün. Wie das Wasser eines Aquariums, in das er versank,

tiefer

       und

              immer

                     tiefer ...

Hagiwara hatte nie vom Fischland gehört, bis zu dem Tage, als er es zum ersten und bisher einzigen Male sah. Er war auf der Flucht, aber er hätte sie nie als solche bezeichnet.

Noch immer rasten die Ereignisse der letzten Stunden durch seinen Kopf als wäre alles erst vor Sekunden passiert. Die Aufführung war aus dem Ruder geraten. Dieser merkwürdige Blitz hatte alles verändert. Er hatte sich selbst dabei ertappt, wie er zusammen mit den Zuschauern die Flucht ergriffen hatte …

Yoko Sono stand buchstäblich vor den Trümmern dessen, was sie sich mühsam aufgebaut hatte. Als einzige Frau in Tokios Polizeibehörde hatte sie es geschafft, innerhalb von wenigen Jahren in eine Spitzenposition zu gelangen.

Schritt für Schritt nähern wir uns dem Tor, das wir durchschreiten müssen, lautete ihr Lebensmotto. Bislang hatte es ihr sowohl in ihrer Karriere geholfen, als auch dabei, sich nach außen zu etablieren.

Schritt für Schritt war sie gegen das Verbrechen in Tokio vorgegangen, hatte es untergraben, wann immer sie eine Möglichkeit sah. Und sie würde erst ruhen, wenn es kein Verbrechen mehr gab.

Also nie.

Sie war alt geworden dabei. Viel älter als die fünfundvierzig Jahre, die sie in Wirklichkeit erst war. Ihr Körper war groß und massig und hatte mit der Zeit viel zu viel Fett angesetzt. Sie wusste, dass es weniger vom guten Essen als vom Trinken kam. Ihr Beruf forderte seinen Preis.

Schritt für Schritt …

Wenn man sie ließ, war sie erbarmungslos. Ihrem Ziel ordnete sie alles unter. Aber sie konnte, wenn es die Situation erforderte, auch Kompromisse schließen. Mit einigen Organisationen in der Stadt hatte sie eine Art Waffenstillstand geschlossen. Sie wusste, dass ihre Möglichkeiten nicht unbegrenzt waren.

Die Ereignisse der vergangenen Nacht hatten ihr dies wieder einmal gezeigt.

Auslöser der Geschehnisse war eine Panik in einer Art Club gewesen, in dem man abscheuliche Rituale vorgeführt hatte. Noch hatte sie keine Ahnung, was genau dahinter steckte. Polizeibeamte hatten den Club, der sich in einer stillgelegten Fabrik im Hafengebiet eingenistet hatte, genauestens unter die Lupe genommen. Die Untersuchungen waren noch nicht abgeschlossen, aber man hatte einige verdächtige Personen festnehmen können.

Die Zuschauer waren in Panik geflüchtet. Aber sie hatten weitere Ereignisse ausgelöst. Anscheinend wurden sie alle von Visionen heimgesucht. Die meisten von ihnen sahen sich plötzlich von Verstorbenen verfolgt. Andere hatten weit phantastischere Begegnungen.

Ein Banker aus Akasaka wurde mit etlichen Knochenbrüchen in ein Krankenhaus eingeliefert, nachdem er aus dem vierten Stockwerk gesprungen war. Er war überzeugt davon, dass ein Godzilla-ähnliches Ungeheuer das Gebäude angegriffen hätte.

In der Nähe des Flughafens waren zwei verdächtige Ausländer aufgegriffen worden. Ein Mann und eine Frau. Sie hatten geschworen, von ihren untoten Kollegen verfolgt zu werden. Auch sie waren in dem Club gewesen. Sie nannten es verklärend ›Theater‹.

Yoko Sono wusste es besser. In und um Tokio gab es Dutzende, wenn nicht Hunderte Clubs, die die abartigsten Bedürfnisse befriedigten. Sex mit Toten gehörte noch zu den harmloseren Vergnügungen.

Schritt für Schritt ...
Sie rief sich ihre Meditation ins Gedächtnis zurück, um weiter in Ruhe analytisch an die Sache herangehen zu können. Wie auch immer, die beiden hatten zwar nichts angestellt, aber man hatte es für das Beste gehalten, sie in Untersuchungshaft zu stecken. Im Augenblick wurden sie verhört, aber es sah nicht so aus, als würden dabei brauchbare Ergebnisse zustande kommen.

Zumindest in einem Punkt erwiesen sie sich als so etwas wie Katalysatoren: Sie waren nicht nur in dem Club anwesend gewesen, sondern auch in dem Hotel, in dem sie ihre Zimmer gebucht hatten, war es zu einer Massenpanik gekommen.

Allerdings musste Yoko einräumen, dass Gleiches auch an anderen Orten Tokios passiert war. Es war wie ein Virus, das sich rasend schnell ausbreitete.

Mit der Morgendämmerung war der Spuk verschwunden. Es war, als hätte allein die Nacht die Visionen heraufbeschworen. Seit dem Morgengrauen war nicht ein einziger neuer »Fall« gemeldet worden. Die Gemüter hatten sich beruhigt.

Yoko Sono traute der Ruhe nicht. Dazu wusste sie bisher viel zu wenig über die Hintergründe und Ursachen.

Es klopfte. Ihr engster Vertrauter, Kataoka, betrat das Büro. Im Gegensatz zu Yoko war er geradezu winzig. Sie hätten ein prima Komikerpaar abgegeben. Jedoch nur äußerlich. Ansonsten war mit ihnen nicht zu spaßen. Kataoka war so etwas wie Sonos verlängerter Arm. Statt *Schritt für Schritt* lautete sein Motto: *Faust um Faust.* Und manchmal war diese Faust tödlich. Besonders dann, wenn sie ein Eigenleben entwickelte. Es kam zwar nicht oft vor, dass Kataoka eigene Ideen hatte, aber wenn, dann war er umso unberechenbarer.

»Alles unter Kontrolle?«, fragte Yoko Sono. Sie wusste, dass sie zum Fürchten aussah. Sie war jetzt seit über zwanzig Stunden auf den Beinen. Dunkle Ringe hingen wie dicke Schnecken unter ihren geröteten Augen.

Kataoka nickte. »Es sieht so aus, als hätten wir einen interessanten Fang gemacht«, sagte er. »In der Bahnhofsgegend wurden zwei verdächtige Personen festgenommen. Ein Mann und eine Frau. Sie benahmen sich sehr merkwürdig.«

»Wer benimmt sich heute nicht merkwürdig?«, sagte Yoko Sono.

»Die beiden standen wie erstarrt und bewegten sich nicht. Es schien, als warteten sie auf den Bus. Jedenfalls behauptete das der Mann, als unser Beamter sie ansprach. Allerdings hat der Bus die Haltestelle schon seit Jahren nicht mehr angefahren.«

»Also ein weiterer Fall dieser Halluzinationen«, sagte Sono enttäuscht. Sie hatte sich nach Kataokas Ankündigung mehr erwartet. Trotzdem gebot sie ihrem engsten Mitarbeiter, Platz zu nehmen.

»In diesem Fall scheint mehr dahinterzustecken«, fuhr Kataoka fort. »Bei dem Mann handelt es sich um einen gewissen Inoshiro Hagiwara. Den Akten nach ist er kein unbeschriebenes Blatt. Er ist der Polizei schon zig-mal aufgefallen. Drogen, Waffenschmuggel. Und immer wieder Erpressung. Wir haben Grund zu der Annahme, dass er auch mit dem Club verbandelt ist, in dem heute Nacht alles angefangen haben muss.«

»Haben Sie ihn bereits verhört?«, fragte Sono.

»Wir haben seinen Koffer durchsucht. Daher kennen wir auch seine Identität. In dem Koffer befand sich eine Menge Bargeld. Außerdem diverse Traveller-Checks und zwei gefälschte Pässe. Es sah alles nach einer Flucht aus ...«

»Ich habe eine andere Frage gestellt«, beharrte Sono. Sie hatte es nicht gern, wenn Kataoka eigenständig die Verhöre führte. Es wäre nicht das erste Mal gewesen, dass der Verdächtige bleibende Schäden davongetragen hätte.

»Er ist nicht ansprechbar«, sagte Kataoka. Er griff nach einem Glas und schenkte sich Wasser ein. »Er scheint immer wieder den gleichen Albtraum zu erleben.«

»Welcher Art?«

»Er wartet auf den Bus, steigt ein und trifft im Innern auf irgendwelche Fischwesen und seine toten Eltern. Außerdem faselt er etwas von Lovecraft und dass er die Bücher damals nie hätte lesen dürfen …«

»Was ist mit der Frau?«

»Sie ist der eigentlich interessante Fang«, fuhr Kataoka fort. »Es handelt sich bei ihr um die Frau, mit der diese abscheulichen Praktiken angestellt wurden, von denen einige sprechen. Es scheint kein Trick gewesen zu sein. Ihr ganzer Körper ist von Narben und Wunden übersät.«

»Haben Sie sich mit eigenen Augen davon überzeugt?«, fragte Yoko Sono spitz. Es war eine weitere Schwäche Kataokas, dass er sich insbesondere bei weiblichen Gefangenen nicht unbedingt an die Vorschriften hielt und bei diesen eigenhändig die Aufnahmeuntersuchung vornahm.

»Ich war dabei, ja«, sagte Kataoka verärgert. »Im Beisein der Amtsärztin. Und hier habe ich ihren Untersuchungsbericht!«

Yoko Sono nahm ihn entgegen. Sie überflog die Zeilen. Wurde immer nachdenklicher dabei. Schließlich lehnte sie sich zurück, während sie das Gelesene verdaute.

»Langsam glaube ich, dass alle verrückt spielen«, sagte sie. »Wenn ich diesen Bericht ernst nehme, mich nur an die Fakten halte, dann haben wir eine Tote gefangen genommen.

Die Amtsärztin hat allein drei frische Herzwunden festgestellt, die normalerweise zum Tode geführt hätten. Nicht zu reden von all den anderen Verletzungen und Brüchen. Ihr Herzschlag selbst wie auch alle anderen Körperfunktionen sind auf ein Minimum heruntergefahren und kaum noch messbar. Habe ich das alles richtig wiedergegeben?«

»Völlig korrekt.«

Yoko Sono hielt es nicht mehr länger auf ihrem Platz. Sie erhob sich und ging im Büro auf und ab.

»Lassen Sie sie herbringen«, befahl sie schließlich. »Ich werde mich mit ihr befassen.«

»Das ist nicht möglich.«

»Wieso nicht?«

»Sie ist völlig apathisch. Reagiert auf keine Ansprache. Und dennoch kommuniziert sie mit uns. Aber auf eine völlig andere Weise, als wir uns dies vorgestellt haben.«

Yoko Sono sah ihn fragend an. Sie kannte ihn. Er liebte es, nur bruchstückhaft mit der Wahrheit herauszurücken und es spannend zu machen. Nicht immer hatte sie genügend Geduld, dieses Spielchen mitzumachen. Auch jetzt nicht. Sie musste sich beherrschen, um ihn nicht anzuschreien.

Er genoss sichtlich ihre Ungeduld. Endlich fuhr er fort. »Einige unserer Beamten sind besonders empfänglich für ihre … Gedanken. Sie hat ihnen irgendwelche Trugbilder vorgegaukelt, so dass sie schreiend fortliefen. Offensichtlich hat sie auch ihren Begleiter in den Wahnsinn getrieben. Wenn sie mich fragen, Boss, dann ist sie es, die hinter den ungeklärten Vorkommnissen dieser Nacht steckt.«

»Ist das nicht etwas voreilig?«

»Wir können nichts ausschließen. Jedenfalls haben wir sie fürs erste in Sicherheitsverwahrung genommen. Wir warten ab, was weiter passiert.«

»Bringen Sie mich zu ihr!«, befahl Yoko Sono. »Augenblicklich.«

»Wie Sie wünschen, Boss. Aber Sie werden genauso wenig aus ihr rausbekommen wie wir. Im Gegenteil könnte es passieren, dass sie Ihnen ihre Visionen auf den Hals hetzt.«

»In diesem Fall habe ich ja Sie, der auf mich aufpasst«, sagte Yoko Sono sarkastisch. »Also los, Kataoka!«

Das Untersuchungsgefängnis befand sich im gleichen Gebäude wie das Polizeipräsidium. Tief unten im Keller.

Kataoka ging voran. Seine Absätze klackten laut auf den kahlen Fluren. Yoko Sonos Kreppsohlen quietschten.

Sie erreichten eine erste Sicherheitsschleuse. Zwei Polizisten hielten davor Wache. Als sie Sono und Kataoka erkannten, entspannten sie sich sichtlich.

»Alles in Ordnung?«, fragte Kataoka.

»Wie man's nimmt«, sagte einer der beiden. Seine Nerven schienen nicht mehr die stärksten zu sein.

»Das heißt?«, schnappte Sono.

»Die Funkgeräte spielen verrückt«, beeilte sich der Angesprochene zu antworten. Sonos Ungeduld war berüchtigt. Ihre ungestüme Art hatte mehr als einmal einen Beamten die Karriere gekostet.

»Inwiefern verrückt?«, fragte sie.

»Wir haben keine Funkverbindung zum Keller.«

Kataoka riss ihr das Walkie-Talkie aus der Hand. Es war ausgeschaltet. »Ihr Trottel!«, schrie er. Er betätigte den *On*-Schalter.

»Nicht!«, rief der Polizist. Sein Kollege schrie auf und hielt sich die Ohren zu.

Aus dem Funkgerät drang nur ein Rauschen. Fassungslos

sah Kataoka die beiden Beamten an. Sie gebärdeten sich wie verrückt und wälzten sich auf dem Boden.

»Die Stimmen der Toten!«

»Stell es ab!«

»Offensichtlich stehen Sie unter Einfluss«, sagte Kataoka. »Ich dachte, sie wären immun …«

Yoko Sono nahm ihm das Funkgerät aus der Hand. Sie presste es an ihr Ohr. Auch sie hörte nur ein Rauschen. Wenigstens zuerst. Dann bahnte sich ein weiteres Geräusch den Weg in ihr Gehör.

Es war eine Stimme. Ein Weinen. Das Weinen eines Kindes. Eines Jungen. Er war höchstens zwei oder drei. Sie erkannte das Weinen.

Ihre Augen füllten sich mit Tränen.

Jemand entriss ihr das Gerät. Kataoka. Wütend wollte sie nach ihm schlagen. Was fiel ihm ein, ihr die Stimme ihres Jungen wegzunehmen!

Ihres Jungen. Ja, was sich niemand vorstellen konnte: Auch Yoko Sono war einst Mutter gewesen. Sie hatte das Kind von einem arbeitslosen Privatdetektiv empfangen. Gleich nach der Geburt hatte er sich aus dem Staub gemacht, und sie war froh gewesen, nie wieder etwas von ihm zu hören.

Sie hatte das Kind ausgetragen. Heimlich. Dann hatte sie es in ein Waisenheim gegeben. Zweieinhalb Jahre später hatte man ihr mitgeteilt, dass es an Leukämie erkrankt und gestorben sei.

Nachts lag sie oft wach, dachte an ihn, und wenn sie einschlief, hörte sie sein Weinen.

Es war das gleiche Wimmern, das nun aus dem Funkgerät klang!

»Kommen Sie zur Vernunft, Boss!« Kataoka schlug ihr links und rechts ins Gesicht. »Genau das ist es, wovor ich Sie gewarnt habe!« Kataoka stellte das Gerät wieder aus.

Sie kam zur Besinnung. Es dauerte ein paar weitere Sekunden, bis sie wieder völlig klar sah. Auch die beiden Beamten drehten nicht mehr durch.

»Warum funktioniert es bei Ihnen nicht?«, fragte Yoko Sono.

Kataoka zuckte mit den Achseln. »Keine Ahnung. Ehrlich gesagt, will ich das auch gar nicht wissen. Es genügt mir, dass ich immun dagegen bin. Und ich bin nicht der Einzige. Hoffe ich zumindest.« Er sah auf die beiden Polizisten. »Bei euch zweien habe ich mich vertan. Seid ihr in Ordnung?«

Die beiden nickten.

»Meldet euch trotzdem in der Sanitätsabteilung. Und schickt Ersatz herunter!« Es war zu gefährlich, diesen beiden weiter zu vertrauen. Lieber niemanden im Rücken haben als zwei Beamte, die von einem Moment zum anderen verrückt spielen konnten.

Die Polizisten zogen ab.

Kataoka schloss das Gitter auf.

»Ich nehme an, Sie möchten die Gefangene immer noch sehen, oder?«

Yoko Sono nickte.

8. Kapitel

Das Symbol aus der Vergangenheit

Tomimoto hasste diese neumodischen Fastfoodtempel: McDonalds, Burger King und wie sie alle hießen. Auch in Tokio waren sie wie giftige Pilze aus dem Boden geschossen. Jedem, der es hören wollte, empfahl er die einheimische Küche, insbesondere die seiner Yakitoriya. Seine Yakitoriya war ein winziges Etablissement mit einer roten Laterne davor. An der Theke und den vier Tischen bekam man saftiges Hühnerfleisch oder kleine Spieße mit Innereien. Dazu konnte man wählen zwischen gebratenen Fischchen, Gemüse und Salaten. Das Angebot war hinter Glas an der Theke aufgebaut. Und die war wirklich blitzblank, und nette Bedienungen hatten sie in seiner Yakitoriya. Als Junggeselle legte er darauf besonderen Wert.

Mit der Zeit gewöhnte er sich an, jeden Tag nach Feierabend dort sein Hühnerfleisch zu essen. Ganz besonders aber mochte er die gebratenen Hähnchen, die nach altem Rezept nicht zerschnitten, sondern im Ganzen gebraten wurden. Eines Tages waren die hübschen Bedienungen weg, und stattdessen stand hinter dem Tresen der Yakitoriya-Mann, wie er ihn fortan nannte. Er war recht einsilbig, lächelte nie und war auch sonst recht merkwürdig. Tomimoto erlebte einmal mit, wie er einen behinderten Jungen einfach ignorierte und nicht bediente. Der Behinderte wartete geduldig, bis er den Yakitoriya-Mann schließlich fragte: »Sie mögen wohl keine Behinderten, was?«

Der Yakitoriya-Mann erwiderte darauf gar nichts, aber er sah den behinderten Jungen so merkwürdig an, dass der auf dem schnellsten Wege abhaute und es auch Tomimoto kalt den Rücken runterlief. Kurz danach flog ein Stein durchs Fenster. Wie ein Blitz war der

Yakitoriya-Mann draußen und nahm wohl die Verfolgung auf. Tomimoto hatte zuvor einen erneuten Blick in seine eiskalten Augen geworfen und sah zu, dass er nach Hause kam. Draußen war weder etwas von dem behinderten Jungen noch von dem Yakitoriya-Mann zu sehen. Es interessierte ihn auch nicht mehr sonderlich. Tomimoto schwor sich nur, seine Hähnchen demnächst woanders zu essen. Oder auf Sukijaki oder rohen Fisch umzusteigen.

Schon nach zwei Wochen musste er seinen Vorsatz wieder brechen. Im Büro war es später geworden, weil sein Chef ihm kurz vor Feierabend noch einen Stapel zu bearbeitender Rechnungen auf den Schreibtisch geknallt hatte. Als er um elf endlich das Licht ausknipste, hatten alle anderen Läden schon geschlossen. Bis auf seine Yakitoriya. Irgendwie wunderte es ihn selbst ein wenig, dass ausgerechnet dieses Restaurant in der ansonsten ausgestorbenen Stadtrandgegend von Tokio noch geöffnet hatte. Sein Magen knurrte, und von draußen sah er das knusprige Hühnerfleisch appetitlich hinter der Glasvitrine stehen.

Tomimoto trat ein. Es war menschenleer. Auch der Yakitoriya-Mann war nirgendwo zu entdecken. Tomimoto wartete eine Minute und überlegte schon, ob er nicht doch lieber wieder verschwinden sollte, als sich eine Tür neben dem Tresen öffnete, und der Yakitoriya-Mann auftauchte. Seine weiße Schürze war blutverschmiert. Er bemerkte wohl Tomimotos Blick, und zum ersten Mal überhaupt sah dieser ihn lächeln. Er hatte weiße, ungewöhnlich lange Zähne. Tomimoto erhaschte nur einen kurzen Blick darauf, aber irgendwie – wie sollte er es beschreiben – waren es zu viele. Als hätte der Yakitoriya-Mann zwei Gebisse im Mund. Ehe sich Tomimoto darüber klar werden konnte, was er gesehen hatte, hatte der Yakitoriya-Mann den Mund schon wieder geschlossen. Er wies auf seine Schürze.

»Machen Sie sich keine Gedanken, der Herr, das kommt vom Schlachten.«

»*Sie schlachten selbst?*«

»*Die Hähnchen. Frisch schmecken Sie nämlich am besten.*«

Es gehört zu den Absurditäten des Lebens, dass Tomimoto der Appetit nicht etwa verging. Er hatte sich nur nie Gedanken gemacht, woher wohl die Hähnchen in der Vitrine stammten. Wenn man ihn gefragt hätte, so hätte er vermutet, dass sie genauso tiefgekühlt wie die meisten Lebensmittel von irgendeinem Zentrallager in die Filialen ausgeliefert wurden. Nun sagte ihm der Yakitoriya-Mann, dass er die Hähnchen frisch schlachtete, und seine Schürze untermalte seine Behauptung aufs Plakativste.

Lange Rede, kurzer Sinn: Tomimoto bestellte sich eins von den Hähnchen und verzog sich in eine neonbeleuchtete Ecke. Er aß mit den Fingern und schob sich das köstliche Fleisch in den Mund, wurde aber das unangenehme Gefühl nicht los, dass ihn der Mann die ganze Zeit dabei beobachtete. Als er den Blick hob, sah er, dass er ihn tatsächlich fixierte. Jetzt erst recht, dachte Tomimoto und ließ es sich schmecken. Tatsächlich schmeckte es ausnehmend gut. Er verschmähte die krosse Haut und schaufelte sich stattdessen das weiße Brustfleisch genüsslich in den Mund.

Der Yakitoriya-Mann starrte ihn weiter an.

Ganz schön dreist, der Bursche, dachte Tomimoto. So vergrault er sich noch die letzte Kundschaft. Mit seinem Haigebiss und seinen Fischaugen war er so ungefähr der Letzte, den man sich als Tischgenosse wünschte. Wobei Tomimoto sowieso lieber ohne Zuschauer aß.

Dennoch, es schmeckte wirklich gut. Schließlich hatte er fast nur noch die Knochen des Hähnchens übrig. Und da fiel es ihm plötzlich auf. Es waren – wie zuvor die Zähne des Yakitoriya-Manns – irgendwie viel zu viele Knochen.

»*Und jetzt noch das Innere*«, sagte plötzlich der Yakitoriya-Mann, der bisher geschwiegen hatte.

»*Das Innere?*«

»*Lunge, Nieren und Herz.*«

»Ja, danke«, sagte Tomimoto. *Wahrscheinlich hatte er nach alter Väter Sitte die Organe im Inneren eingenäht und mitgebraten. Der Yakitoriya-Mann schien seinen ganzen Stolz in die Hähnchenbraterei gepackt zu haben. Tomimoto nahm die Brustknochen auseinander. Mittlerweile hatte er so viele Knochen aufgestapelt, dass es eigentlich für zwei Hähnchen gereicht hätte.*

Dann lagen die Organe vor ihm. Er hatte keine Ahnung, was der Yakitoriya-Mann da alles hineingetan hatte, jedenfalls schienen ihm diese grauen und braunen Klumpen ebenfalls viel zu viele zu sein, um von einem einzigen Hähnchen zu stammen. Appetitlich sah das nicht aus. Plötzlich musste Tomimoto an den behinderten Jungen denken. Was war eigentlich aus dem geworden? Einen kurzen Moment lang assoziierte er die viel zu zahlreichen Knochen mit seinem Verschwinden. Und die netten Verkäuferinnen, die von einem Tag auf den anderen verschwunden waren, bevor der Yakitoriya-Mann aufgetaucht war? Ob das jemand kontrolliert hatte?

Allerdings brachte Tomimoto nicht den Mut auf, dem Yakitoriya-Mann seinen Ekel zu gestehen. Vielleicht waren ja gerade diese Innereien das Besondere, und er hatte keine Ahnung. Skeptisch schnitt er sich von einem der am wenigsten widerwärtig ausschauenden Klumpen ein Eckchen ab und schob es sich mit der Gabel in den Mund. Es schmeckte sogar ausgesprochen gut.

Tomimoto aß auch noch den Rest. Als er sich schließlich erhob, war der Yakitoriya-Mann wieder verschwunden. Wahrscheinlich wieder Hühner schlachten, dachte Tomimoto.

Nach einer Weile kam er wieder.

»Hier habe ich noch etwas besonders Feines für Sie«, sagte er. Er hielt ihm einen Haufen Knochen hin, die in einer Art Abfalleimer lagen.

»Was ist das?« fragte Tomimoto angewidert.

»Karkasse«, antwortete der Yakitoriya-Mann.

»Karkasse?«

»Gerippe. Daraus können Sie eine prima Suppe machen.«
Es waren eindeutig Menschenknochen.
Tomimoto verließ würgend das Restaurant und ging nach Hause.
Seit jenem Abend bezeichnet er sich als Vegetarier. Sicherlich verstehen Sie, warum.

(Okakura: Tokio Legends: Der Yakitoriya-Mann)

Ajumi lag gefesselt auf einer Liege. Sie war nackt, und überall an ihrem Körper waren Sonden befestigt. Aber auch ohne die Sonden bot sie einen erschreckenden Anblick. Ihr narben- und wundenübersäter Körper war kein schöner Anblick.

Yoko Sono ballte die Fäuste vor ohnmächtigem Zorn. Sie hatte in ihrer Laufbahn schon übel zugerichtete Leichen gesehen. Aber der Leib dieser Frau sah schlimmer aus. Und sie *lebte*. Zumindest wenn man Kataokas Worten trauen konnte. Denn auf den ersten Blick schien kein Lebensfunke mehr in der Frau. Es war nicht zu erkennen, ob sie noch atmete.

Die Maschinen, an die sie angeschlossen war, lieferten den einzigen Beweis, dass sie es nicht mit einer Toten zu tun hatten. Sie zeigten eine ungewöhnlich schwache Herz- und Pulsfrequenz an.

»Musste das wirklich sein?«, fragte Yoko. Sie war entsetzt und sah keinen Grund, dies zu verbergen. »Warum hat man sie nicht in die Krankenstation gebracht? Deckt sie wenigstens zu!«

Ajumi wurde von zwei Polizisten bewacht. Offensichtlich waren diese beiden resistenter gegen Gedankenmanipulationen als die Kollegen, die vor der ersten Schleuse Wache gehalten hatten. Und auch der Anblick des verstümmelten Leibes schien sie nicht sonderlich zu schockieren.

Ein Team von drei Ärzten hielt die Instrumente im Auge.

»Die Amtsärztin sagte, wir sollen sie nicht anrühren«, verteidigte sich Kataoka. »Daran haben wir uns gehalten.«

»Deckt sie zu!«, schrie Yoko Sono.

»Haben Sie Probleme damit?«, fragte eine junge Frau. Yoko wusste, dass es sich um Hiroko Nishikawa handelte. Kurze Haare, Nickelbrille. Kaum weibliche Attribute. Und höchstens dreißig. Sie hatte eine erstaunliche Karriere hinter sich. Unter den Ärzten bekleidete sie die gleiche Position wie Yoko Sono bei der Polizei.

»Ich denke nur, man sollte jeden Menschen auch menschenwürdig behandeln, solange er noch lebt. Oder auch nicht ...«

Nishikawa gab den beiden anderen Ärzten einen kurzen Wink. Sie bedeckten den nackten Körper mit einer hauchdünnen Plane.

»Zufrieden?«, fragte Hiroko Nishikawa spöttisch lächelnd. Es war allgemein bekannt, dass sie und Sono nicht die besten Freundinnen waren.

»Was soll das Gewäsch, dass diese Frau mit ihren Gedanken alle in den Wahnsinn treiben kann?«, polterte Yoko Sono.

»Wollen Sie streiten oder meine These hören?«

Yoko Sono nickte. »Also gut, Frieden.«

»Sie kann unsere Gedanken beliebig manipulieren. Dabei bedient sie sich vorhandener Muster. Zum Beispiel die unserer Ängste und Albträume.«

»Das ist Ihre Vermutung.«

»Nach allem, was wir in den letzten Stunden erlebt haben, ist es mehr als das. Die meisten sind anfällig. Wir scheinen hier zu den wenigen zu gehören, bei denen der Manipulationsversuch scheitert...«

Ihr vielleicht – bei mir wirkt er, zumindest ein bisschen, dachte Yoko Sono klamm, sagte aber nichts.

»Und wie funktioniert das?«, fragte sie.

»Das wissen wir noch nicht.«

»Mir kommt da ein Gedanke, Doktor. Sie wissen, was letzte Nacht passiert ist?«

Nishikawa nickte. Schließlich war auch sie mitten in der Nacht alarmiert worden, weil überall die Hölle ausgebrochen schien.

»Seit der Morgendämmerung sind die Zwischenfälle schlagartig zurückgegangen. Könnte es sein, dass sie nur neue Kräfte sammelt? Und es mit Einbruch der Dunkelheit weiter geht?«

»Wir müssen damit rechnen, ja. Wenn es nur halbwegs stimmt, was wir aus den Verhören und Augenzeugenberichten herausgefiltert haben und diese Frau wirklich diejenige ist, die in dem Club unter dem Namen Ajumi auftrat, dann ist die Gefahr groß, dass sie ihre *Legende* weiter mit Leben erfüllt.«

»Ihre Legende?«, schaltete sich Kataoka ein. »Sie meinen, es könnte wahr sein: Ayumi, die Frau mit den tausend Narben. Ausgespien aus der Stadt ohne Namen, die auf Erden wandelt, um den ewigen Schlaf und Frieden zu suchen ...?«

»Wer weiß«, erwiderte die Ärztin. »Sie scheint jedenfalls vorzugsweise nachts aktiv zu werden, dann wenn ihr bewusst wird, dass sie keinen Schlaf findet. Ich glaube, dass sie selbst von Visionen geplagt wird, und diese dann wie ein Virus weiterträgt ...«

»Was schlagen Sie vor? Wir können Sie nicht ewig hier unten gefesselt halten«, sagte Yoko Sono.

Kataoka sagte: »Zumindest sollten wir diese Nacht noch abwarten.«

Yoko Sono gab sich geschlagen.

Drei Stockwerke höher fühlte sich Phil wie ein Schwerverbrecher behandelt. Ein bewaffneter Beamte saß ihm gegenüber auf der Schreibtischplatte und bellte ihm immer und immer wieder die gleichen Fragen ins Gesicht.

Der Dolmetscher übersetzte geduldig Frage um Frage. Sein Tonfall klang um einiges höflicher.

Und wieder und wieder gab Phil die gleichen Antworten. Er hatte keinen Grund zu lügen. Sollten sie ihn doch für verrückt halten. Er hatte nichts anderes verbrochen, als davongelaufen zu sein. Und nach wie vor war er überzeugt davon, dass er sich nichts davon eingebildet hatte.

Er war jetzt seit einigen Stunden hier im Präsidium, und obwohl er kein Japanisch konnte, hatte er mitbekommen, dass er nicht der Einzige war, der in dieser Nacht etwas Seltsames erlebt hatte.

Das ganze Präsidium schwirrte wie ein Bienenschwarm. Die Polizisten waren nervös und brüllten herum. Immer wieder schrillten Alarmsirenen los. Im Vorübergehen hatte Phil irgendwo einen Blick auf das laufende Fernsehprogramm erhaschen können. Es hatte ihn alles andere als beruhigt.

Ebenso wenig beruhigend war, dass man ihm weder einen Anwalt an die Seite stellte noch auf seine Forderung einging, die Botschaft zu benachrichtigen. Angeblich gab es »übergeordnete Gründe«, die dieses Vorgehen nicht zwingend erforderlich machten.

Schließlich hatte er sich geschlagen gegeben. Wenn er mit

ihnen kooperierte, würden sie ihn vielleicht umso schneller wieder laufen lassen.

»Warum haben Sie nicht den Aufzug benutzt, wenn Sie annahmen, dass dieser von Campen, von dem Sie immer wieder sprechen, Ihnen über das Treppenhaus auf den Fersen war?«

»Sagen Sie ihm, ich habe ihm seine Frage, warum ich das Fenster im Hotel eingeschlagen und verbotenerweise über die Feuerleiter nach unten geklettert bin, bereits dreimal beantwortet. Und genauso oft kann er mich nun kreuzweise am Arsch lecken.«

Der Übersetzer kam seiner Pflicht nach. Phil hatte den Punkt überschritten, an dem es ihm darauf ankam, einen möglichst guten Eindruck zu hinterlassen, um schnellstmöglich wieder auf freien Fuß gesetzt zu werden. Er wollte nur noch schlafen. Immerhin hatte er die ganze Nacht kein Auge zugemacht.

Der Polizeibeamte erwiderte etwas.

»Er sagt, sie können gehen«, vermittelte der Dolmetscher.

Phil war verblüfft. Damit hatte er nun wirklich nicht mehr gerechnet. »Sie meinen, ich kann jetzt einfach aufstehen und Sie lassen mich gehen? Ich kann tun und lassen, was ich will?«

Es dauerte eine Weile, ehe der Übersetzer auch diese Frage mitsamt der Antwort übermittelt hatte.

»Nicht ganz«, sagte er höflich lächelnd. »Wir behalten ihren Reisepass. Außerdem werden die Flughafenbehörden unterrichtet, sie nicht abreisen zu lassen. Sie können Ihr Hotel aufsuchen. Am besten laufen Sie nicht allzu viel in der Gegend herum. Falls wir Fragen haben, sollten Sie sofort verfügbar sein. Außerdem wird Ihnen zur Auflage gemacht, sich einmal täglich hier zu melden. Ansonsten werden Sie zur Fahndung ausgeschrieben. Haben Sie das alles verstanden?«

Phil nickte resigniert. Er hatte verstanden. Es hieß, dass er nach wie vor hier gefangen war. Es würde keine Möglichkeit geben, aus Tokio zu verschwinden. Der unmittelbare Albtraum schien zwar mit dem Anbruch des Tages verschwunden zu sein, aber er hatte das mulmige Gefühl, dass er jeden Augenblick wieder losgehen konnte.

»Was ist mit meiner Kollegin?«, fragte er. »Wo finde ich sie?«

»Tut mir leid. Ihre Kollegin befindet sich noch in Haft. Wir haben noch keine Zeit gefunden, sie zu verhören!«

»Das könnt ihr nicht machen!«, schrie Phil. »Ihr könnt sie nicht einfach hier festhalten. Ich werde euch die Botschaft auf den Hals hetzen!«

Der Polizeibeamte blieb merkwürdig ruhig, während er seine Antwort an den Dolmetscher diktierte. »Es steht Ihnen frei, das zu tun, was Sie für richtig halten. Wir bitten Sie nun, sich am Ausgang Ihre persönlichen Dinge abzuholen und dieses Gebäude zu verlassen. Wir danken Ihnen für Ihr Verständnis.«

Phil schäumte. Aber er wusste, dass er keine Chance hatte. Wenn er sich weiter sträubte, würden sie ihn wahrscheinlich mit Gewalt hinauswerfen. Oder ihn noch länger festhalten. So oder so würde er Virginia damit keine Hilfe sein.

»Bitte melden Sie sich morgen früh um neun Uhr hier, damit Sie das Protokoll unterschreiben können!« rief ihm der Dolmetscher hinterher.

»Leckt mich am Arsch!«, wiederholte Phil. Er schlug die Tür hinter sich zu. Er war frei. Er stand auf dem Korridor. Es herrschte hektischer Schichtbetrieb. Wenn es hier immer so heiß herging, musste Tokio die Hauptstadt des Verbrechens sein.

Niemand kümmerte sich um ihn. Phil versuchte sich zu orientieren. Es schien sich niemand den Kopf darüber zerbrochen zu haben, wie er hier ohne Hilfe wieder herausfinden sollte. Die Schriftzeichen auf den Hinweistafeln waren für ihn Hieroglyphen. Er schwor sich, vor seinem nächsten Japanbesuch einen Sprachkursus zu absolvieren. Wenn es je ein nächstes Mal geben würde. Freiwillig würde er Tokio so schnell gewiss nicht wieder betreten. Aber freiwillig ließ man ihn auch nicht hier weg …

Er hatte keine Ahnung, in welchem Stockwerk er sich befand, aber der Ausgang musste irgendwo weiter unten sein.

Es gab zwar auch einen Aufzug, aber davon hatte er erst einmal die Nase voll. Er sah eine Treppe und folgte den Stufen hinab. Es ging immer tiefer hinunter. Schließlich kam es ihm selbst spanisch vor. Anscheinend hatte er den Keller erreicht.

Der Gang vor ihm war fensterlos. Am Ende sah er ein bläuliches Flimmern, das aus einem der Räume kam. Vielleicht ging es dort hinaus.

Er ging auf das Flimmern zu und sah, dass er sich getäuscht hatte. In dem Raum befanden sich gut ein Dutzend Bildschirme. Wahrscheinlich wurde von hier aus das ganze Gebäude überwacht.

Kein Mensch war zu sehen. Phil trat näher. Automatisch betrachtete er das Geschehen auf den Schirmen. Die meisten überwachten die verschiedenen Eingänge und Parkplätze. Einige andere zeigten belebte oder menschenleere Flure.

Drei Bildschirme weckten sein besonderes Interesse. Aus drei verschiedenen Perspektiven zeigten sie eine Frau. Sie lag gefesselt auf einer Liege.

Ajumi!

Er erkannte sie an ihrem zerschundenen Körper. Sie musste es sein! Sie war mit etlichen Drähten an diverse Apparaturen angeschlossen.

Mehrere uniformierte Polizisten und weißbekittelte Ärzte oder Sanitäter standen um sie herum oder taten geschäftig.

Phil spürte, wie das Grauen mit aller Macht wie ein Faustschlag in den Magen zurückkehrte.

Wo Ajumi war, waren von Campen und die anderen nicht weit.

Virginia war in höchster Gefahr!

Jemand rief ihm auf Japanisch etwas zu. Ein Uniformierter stürmte ihm mit drohenden Schritten entgegen.

Phil hob abwehrend die Hände. »Schon gut, schon gut! Ich suche nur den Ausgang!«

Nachdem er das Missverständnis halbwegs hatte aufklären können, wies ihm der Polizeibeamte den Weg.

Phils Gedanken überschlugen sich. Er war so nervös, dass er am Ausgang fast vergessen hätte, seine Brieftasche und seine Geldbörse wieder in Empfang zu nehmen. Beides hatte man ihm zuvor weggenommen. Mehr mechanisch als bewusst kontrollierte er, ob noch alles vorhanden war. Natürlich fehlte der Reisepass.

Er quittierte den Empfang der Sachen. Dann trat er hinaus ins Tageslicht.

Verdammt, es musste doch eine Möglichkeit geben, Virginia da heraus zu holen!

Für Duncan war es eine Reise in eine andere Welt. Mit vor Staunen geweiteten Augen betrachte er Tokio bei Tag. Lilith hatte sich bei ihm eingehakt, musste ihn jedoch wie ein kleines Kind führen.

Er wusste weder, welche Bedeutung die Ampeln hatten, noch schien er über die Gefährlichkeit des Straßenverkehrs Bescheid zu wissen.

Aber er lernte schnell. Als erstes führte ihn Lilith in eines der zahlreichen *Fashion Buildings*. Er brauchte unbedingt etwas zum Anziehen.

»Was gefällt dir?«, fragte Lilith.

»Ich habe keine Ahnung«, sagte er beeindruckt von einer Rolltreppe, auf der sie hinauffuhren. »Ich habe doch etwas zum Anziehen.«

»Und wenn es regnet? Außerdem gibt es da so etwas, das nennt sich Mode.«

»Was bedeutet das?«

Lilith erklärte es ihm geduldig: »Die Leute schauen dich ganz anders an, wenn du ansprechend gekleidet bist. Mit deinen Jeans kommst du in die feineren Lokale und Bars gar nicht erst hinein. Na, und außerdem kannst du nicht jeden Tag das gleiche Zeug anziehen. Selbst dir müsste einleuchten, warum nicht.«

»Ich schätze, es fängt an zu stinken«, lächelte Duncan.

»Und ich bin nicht gerade die perfekte Hausfrau«, ergänzte Lilith. »Also müssen wir dir soviel an Kleidung besorgen, dass du ausreichend oft wechseln kannst, wenn wir etwas in die Reinigung geben.«

Sie waren in der Etage für Herrenbekleidung angelangt. Hier gab es unzählige kleine Läden, die sich nur auf *Men's Fashion* spezialisiert hatten.

Lilith musterte ihn, um seine ungefähre Kleidergröße einzuschätzen. »Okay, wenn du keine Vorstellung hast, werde ich dich beraten.« Aus den Augenwinkeln sah sie einen Verkäufer näher kommen. Seinen eilfertigen Schritten nach zu schließen, musste es sich um einen von der aufdringlicheren

Sorte handeln. Sie hatte keine Lust auf eine Beratung. Wenn jemand wusste, was Duncan stand, dann sie.

Mit einem schwachen magischen Befehl ließ sie den Verkäufer sich umdrehen und sein eigentliches Ziel vergessen. Sie sah, dass er sich verwirrt an den Kopf fasste. Offensichtlich überlegte er, was er gerade gewollt hatte. Als er einen weiteren Kunden erspähte, schien er darüber hinwegzukommen. Zielstrebig ging er auf diesen zu. Lilith beachtete ihn nicht weiter.

Zunächst suchte sie für Duncan ein Sakko aus. Sie entschied sich für ein eher klassisches aus edler Schurwolle in Dunkelblau und einen sportiven Blazer. Selbst über seiner Jeans sah er in beiden blendend aus.

Er betrachtete sich im Spiegel. »Glaubst du wirklich, dass es mir steht?«, fragte er zweifelnd. Auch in dieser Hinsicht hatte er keine Erinnerung. Er wusste zwar, was Kleidung war und besaß ein natürliches Schamgefühl, aber die Stoffe und Schnitte sagten ihm nichts.

Umso mehr bereitete es Lilith Vergnügen, Duncan einzukleiden. Er besaß eine Idealfigur.

Als nächstes ließ sie ihn noch einige Hosen, Hemden und Shirts ausprobieren, so dass er verschiedene Outfits zum Wechseln hatte. Geduldig zog er alles über. Nach und nach bekam er selbst Spaß daran. Vor allen Dingen, als er merkte, dass Lilith sichtlich aufblühte. Er mochte es, wenn sie gute Laune hatte. Und noch mehr, wenn *er* ganz offensichtlich der Auslöser ihrer gehobenen Stimmung war.

»Wie können wir das alles tragen?«, fragte er.

»Wir lassen es uns natürlich ins Penthouse schicken«, antwortete sie.

Duncans Gesicht verdüsterte sich. »Ich stelle wohl laufend dumme Fragen. Entschuldige.«

»Ganz und gar nicht«, widersprach Lilith. »Deine Frage war durchaus logisch, wenn du das hören willst. Es zeigt doch, dass du, verzeih mir den Ausdruck, bei klarem Verstand bist. Du kannst nicht wissen, dass es so etwas wie Kurierdienste gibt.«

Duncan war mit ihrer Einschätzung zufrieden. »Du meinst also wirklich, ich mache Fortschritte?«

»Ich bin kein Psychiater, aber ich bin überzeugt, dass du ziemlich schnell lernen wirst. Du hast ein schnelles Auffassungsvermögen. Schneller als die meisten Männer, die ich kenne.«

»Kennst du viele Männer?«

Lilith zögerte mit ihrer Antwort. Seine Frage klang zu sehr nach einem Verhör. Ihr ständiges Misstrauen war ein Hemmschuh. Ihr klarer Verstand sagte ihr jedoch, dass dazu kein Anlass war. Sie hatte in seinem Geist geforscht und nichts Verdächtiges gefunden.

Sie war sicher, dass sie sich nicht geirrt hatte. Ihr Instinkt sagte ihr, dass Duncan sich nicht verstellte.

Vor allem aber ihr *Gefühl*.

Allein das Rätsel, wie er in ihr Penthouse gelangt und warum sein Gedächtnis ausgelöscht worden war, stand als bohrender Zweifel zwischen ihnen.

»Habe ich dich mit meiner Frage irgendwie verletzt?«, fragte er schuldbewusst. Er hatte ihr Schweigen falsch gedeutet.

»Oh, nein, absolut nicht«, sagte sie, um Zeit zu gewinnen.

»Und?«

Sie spürte, dass ihm seine Frage wichtig war. Auch wenn er vielleicht selbst nicht wusste, warum er sie gestellt hatte. Konnte es sein, dass auch Duncan besondere Gefühle zu ihr hegte? Immerhin war sie im Moment seine einzige Bezugsperson. Wer konnte sagen, wie lange er schon ohne Gedächtnis herumlief und wann sich zuletzt jemand um ihn gekümmert hatte.

War Duncan in sie verliebt? Und war er deshalb bereits eifersüchtig?

Lilith dachte daran zurück, was sie in der Badewanne mit ihm angestellt hatte. Vielleicht war es nicht richtig gewesen. Nicht, dass sie irgendwelche moralischen Bedenken hatte. Trotzdem hätte sie Duncan vielleicht etwas mehr Zeit gönnen sollen ...

Es ließ sich nicht mehr ändern. Es war einfach über sie gekommen. Und sie würde jederzeit wieder seine intime Nähe suchen ...

»Wenn du möchtest, sprechen wir einfach nicht darüber«, sagte Duncan. »Ich merke, es ist dir unangenehm.«

Er hatte ein ungemein feines Gespür, was diese Dinge anbelangte. Auch das war ein Grund, dass sie ihn immer sympathischer fand.

»Natürlich kenne ich andere Männer«, sagte sie schließlich. »Aber ich habe keine feste Bindung, wenn es das ist, was dir auf der Seele liegt.«

Sie hoffte, dass er sich mit dieser Antwort zufrieden gab. Immerhin hatte sie nicht die Absicht, ihn zu schockieren. Sie war weder nur auf Männer noch ausschließlich auf Frauen fixiert. Es war einzig eine Frage des jeweiligen Verlangens. Und das Blut, das sie brauchte, mundete nun einmal am besten, wenn es vorher mit Adrenalin gepuscht wurde. Im allgemeinen diente dazu der Liebesakt mit ihren Opfern.

Wenn Duncan auch sein Gedächtnis verloren hatte, so schien er in gewissen grundsätzlichen Verhaltensmustern doch ziemlich konservativ, um nicht zu sagen altmodisch zu sein.

Er sah sie forschend an, als spürte er, dass sie seiner Frage auswich. Doch dann gab er sich damit zufrieden.

»Wenn du jetzt keine Fragen mehr hast, können wir den Einkauf beenden«, schlug Lilith vor.

Duncan nickte.

An der Kasse gab Lilith ihre Penthouse-Adresse an und bat darum, die Sachen dorthin zu bringen. Einschließlich der Kleidung, die sie erst am Morgen für Duncan provisorisch gekauft hatte. Das zuletzt Anprobierte hatte er gleich angelassen. Sie warf ihm einen prüfenden Seitenblick zu. Er gefiel ihr. Sie war zufrieden mit ihrer Auswahl. Und Duncan wirkte darin fast unverschämt attraktiv.

Es war, als hätte er nie etwas anderes getragen.

»Du siehst blendend aus!«, sagte sie.

»Dein Werk!«

Sie hakte sich bei ihm unter. Genoss es, an seiner Seite zu sein.

Der Verkäufer, der sie schon am Anfang genervt hatte, erblickte das Paar und kam auf sie zugeschossen.

»Kann ich Ihnen helfen?«, fragte er eifrig.

Lilith stöhnte und zog Duncan mit sich fort.

In Tokio gab es annähernd fünfzigtausend Restaurants. Auswärts zu essen bedeutete für den Japaner eine Selbstverständlichkeit. In der breiten Fußgängerzone vor dem *Fashion Building* gab es nur einen Bruchteil davon. Aber es reichte aus, dass Duncan, den der Hunger plagte, fasziniert war. Er ähnelte in dieser Hinsicht einem Kind. Zuvor hatte er die Restaurants kaum beachtet. Aber nun waren sie auf seiner Wichtigkeitsskala plötzlich die Nummer 1.

Es machte die Sache nicht leichter, dass vor den meisten Restaurants Vitrinen mit Plastikabbildungen des Angebots gruppiert waren. Im Gegenteil machte es Duncan die Wahl noch schwerer.

Lilith entschied schließlich, mit ihm ein Izakaya zu betreten. Es herrschte lautstarke Bierzelt-Atmosphäre. Man konnte sich selbst bedienen und sich aus einem reichhaltigen Angebot an Gemüse, Fisch und etwas Fleisch auswählen.

»Und? Wie schmeckt es dir?«, fragte sie wenig später.

»Köstlich! Wenn ich auch nicht weiß, was shabu-shabu, Okono-miyaki und Tempuru bedeuten … Hast du gar keinen Hunger?«

»Nicht wirklich«, antwortete Lilith. Als sie seinen zweifelnden Blick sah, fuhr sie rasch fort: »Und frag mich nicht wieder, ob du irgendetwas falsch gemacht hast. Es ist ganz normal, zu Mittag zu essen, wie ich schon sagte.«

»Warum isst du dann nichts?«

»Nenn es eine Diät …«

Als sie das Restaurant verließen, lenkte Lilith Duncan sanft, aber bestimmt in eine weniger belebte Seitenstraße. Hier hatten sich vorwiegend Antiquitätenläden niedergelassen.

»Wo gehen wir jetzt hin?«, fragte Duncan.

»Zu einem Bekannten«, antworte sie.

»Einem Mann?«

»Er hat ein Antiquitätengeschäft. Allerdings ein ganz Spezielles. Lass dich überraschen!«

Es dauerte jedoch noch eine weitere Viertelstunde, bis sie endlich vor einem winzigen Ladeneingang anhielt. Er befand sich in einer noch abgelegeneren Seitengasse, in der kaum ein Mensch zu sehen war. Überall häuften sich Abfall und Unrat. Einige Schaufensterfronten waren zersplittert, die meisten anderen mit Brettern vernagelt.

Eine Abbruchgegend. Wahrscheinlich würde es nicht mehr lange dauern, bis man die letzten Mieter vergrault hatte, damit die Bagger anrollen konnten. Dann würde hier ein weiteres klinisch sauberes S*hopping Center* entstehen.

»Wir sind da!«, sagte Lilith.

Über dem Eingang waren einige von Hand gemalte japanische Schriftzeichen zu lesen.

»Was bedeuten Sie?«, fragte Duncan.

»Tritt ein, Fremder, und lass das Unglück draußen«, übersetzte Lilith. »Es ist ein ganz besonderes Antiquitätengeschäft. Okakura hat sich vor allen Dingen auf obskure alte Zauberamulette, Glücksbringer, magische Gefäße und Ritualzubehör spezialisiert.«

Er sah sie fragend an, weil er einige der Begriffe nicht verstand. Lilith zog ihn einfach mit sich.

Am Eingang befand sich ein Vorhang aus Hunderten von kleinen Glöckchen. Sie bimmelten leise, als Lilith und Duncan sich den Weg hindurchbahnten.

Im Innern war es stockdunkel. Zumindest kam es Duncan zunächst so vor. Der Kontrast zum Tageslicht war zu hart. Fenster schien es hier drinnen nicht zu geben. Allein ein paar Räucherlämpchen und -kerzen spendeten jedoch zumindest einen Hauch von Licht.

Überall hingen die verschiedensten Utensilien und Accessoires. Nicht nur Dinge, die Lilith schon aufgezählt hatte, sondern noch vieles andere: Dolche und Schwerter, Fächer, kleine Schirmchen, grauenvoll anzusehende Masken, Folianten, die an alte Zauberbücher erinnerten. Von der Decke herab blickte sogar ein gut zwei Meter langer Drache, der wie ausgestopft wirkte …

Die Luft war beißend vor Rauch, der in Schwaden herumtrieb.

»Hallo?«, rief Lilith. Sie nannte ihren Namen.

Aus den Tiefen des Sammelsuriums war ein Geräusch zu hören. Ein Schatten bahnte sich seinen Weg zu ihnen hin. Schlohweißes Haar und ein ebenso schlohweißer langer Kinnbart leuchtete im Halbdämmer auf. Dann wurde der alte Mann sichtbar. Er musste uralt sein, mit einem zerknitterten, unbewegten Gesicht und einer von Gicht gebeugten Gestalt. Seine Augen jedoch blitzten und waren voller Leben. Vor allem, als er Lilith erkannte.

»Willkommen in meinem bescheidenen Lädchen«, begrüßte er sie. »Du warst lange nicht mehr hier …«

»Dafür habe ich heute jemanden mitgebracht, Okakura.« Sie stellte Duncan und den alten Japaner einander vor.

»Interessant …«, murmelte Okakura, gab jedoch keine Erklärung ab, was er meinte. Er murmelte etwas in seinen Bart hinein.

Lilith wusste, dass er weit weniger senil war, als er auf den ersten Blick weismachen wollte. Sie kannte ihn nun seit einiger Zeit. Damals war sie durch puren Zufall in diese winzige Gasse gelangt. Okakuras Laden schreckte von außen ja eher ab. Dennoch hatte sie ihn aus purer Neugier betreten.

Was sie bei ihrem ersten Besuch im Laden vorgefunden hatte, hatte sie verblüfft. Unter lauter Schund, unechten Amuletten und vielen verschiedenen angeblichen Zauber-Ingredienzien und Wundermitteln waren auch einige höchst bemerkenswerte Stücke und Artefakte – zweifelsohne echt. So stieß sie beispielsweise auf eine uralte französische Ausgabe des *Des Cultes Noires* aus der Feder des sagenumwobenen Marquis de Feuile. Der Marquis war ein französischer Adliger gewesen, zu Beginn des siebzehnten Jahrhunderts geboren. Bereits mit fünfzehn Jahren hatte er das legendäre *Des Cultes Noires* verfasst, in dem sämtliche dunklen und schrecklichen Geheimnisse des Universums niedergeschrieben sein sollten. Der Legende nach verschwand der junge Marquis spurlos. Ein Jahr, nachdem er die Schrift fertig gestellt hatte. Der Raum, in dem er sich zuletzt aufgehalten hatte, war angeblich rußgeschwärzt und das Mobiliar völlig zerstört gewesen.

Sie hatte immer geglaubt, dass diese Darstellung der Fantasie eines Schriftsteller entsprungen sei. Aber die schwarzmagische Ausstrahlung, die von dem Folianten ausging, war für sie deutlich spürbar …

Beim Stöbern hatte sie weitere interessante Bücher entdeckt, so eine japanische Biografie über Comte d'Erlette, einen legendären Zauberer, dessen Gesicht ganz von schwarzen Spinnweben bedeckt gewesen sein sollte. Fast versteckt, hinter einem ganzen Stapel uninteressanter Schriften, war sie auf Ludvig Prinns *De Vermis Mysteriis* und die *Unaussprechlichen Kulte* des deutschen Mystikers von Junzt gestoßen. Am interessantesten jedoch hatte sie einen alten Zauberkasten gefunden, der einst Cagliostro gehört haben sollte.

»Vergessen Sie das alles«, hatte Okakura sie plötzlich von hinten angesprochen. »Hier habe ich etwas wirklich Besonderes für Sie …«

Er hielt einen zugespitzten Pfahl in den Händen.

Im ersten Augenblick war Lilith zurückgezuckt, hatte tatsächlich geglaubt, er wolle sie angreifen, weil er erkannt hatte, dass Vampirblut in ihren Adern floss.

»Entschuldigen Sie, junge Lady, ich wollte Sie nicht erschrecken«, hatte er beschwichtigt. »Ich dachte nur, Sie interessieren sich dafür …«

Alles, was er sagte, ergab in seiner Wortwahl einen doppelten Sinn. Er hatte sie zwar nicht erschrecken wollen, wohl aber hatte er gespürt, dass etwas an ihr *anders* war. Er konnte keine Gedanken lesen, sprach dafür von »Ahnungen«.

Lilith hatte sich wieder entspannt, als klar wurde, dass von ihm keine Gefahr ausging. »Wahrscheinlich wollen Sie mir jetzt erzählen, dass es sich um den Pfahl handelt, mit dem van Helsing Dracula zur Strecke gebracht hat?«

»Sie sind nah dran«, hatte er erwidert. »Ein Vampir wurde hiermit tatsächlich gepfählt. Aber nicht Dracula, sondern der letzte Vampir von Kradov. – Letztlich hat ihn sein Schicksal doch ereilt …«

Lilith musste gestehen, davon noch nie gehört zu haben. Es war der Anfang eines interessanten Nachmittags und eine beginnende Freundschaft gewesen. Okakura hatte ihr erzählt, was es mit dem letzten Vampir von Kradov für eine Bewandtnis hatte. Dazu hatte er aus einem weiteren alten Buch, dem *Liber Vampirorum* des Christian von Aster, zitiert. Lilith war fasziniert gewesen.

Zumal sich Okakura, wie sie erfuhr, als Verfasser einiger kleinerer Titel über »Moderne Legenden« einen Namen gemacht hatte.

»Das Dunkle, das Jenseitige, das Schattenreich … es existiert nicht nur in der Vergangenheit. Wir sind tagtäglich umgeben davon …«, lautete sein Credo.

Lilith war noch mehrmals wiedergekommen.

Nun also zusammen mit Duncan.

»Können wir uns unterhalten, Okakura?« fragte sie den gelehrten Mann.

»Es sind keine Kunden da, wenn du das meinst«, sagte er und winkte sie in den hinteren Teil seines langgestreckten

Ladens, der an eine Höhle erinnerte. Selbst Lilith wusste nicht, wie weit die Räumlichkeiten sich in die Tiefe erstreckten.

Okakura schenkte sich und seinen beiden Besuchern Tee ein. Seine Hand zitterte leicht, aber kein Tropfen ging daneben.

»Ich ahne, worüber du sprechen willst«, sagte er schließlich. Sein Blick wanderte zu Duncan. »Ich spüre in seinem Kopf eine große Leere.«

»Duncan hat sein Gedächtnis verloren«, sagte Lilith. Sie hatte nicht vor, Okakura zuviel zu verraten. Ihre wahre Existenz hatte sie ihm bislang ebenfalls vorenthalten. Vieles erspürte er ohnehin. Aber er stellte nie Fragen.

»Hauptsächlich bin ich gekommen, damit du mir die Bedeutung des Pentagramms auf Duncans Stirn erklärst. Jemand muss ihm dieses Brandzeichen aufgedrückt haben. Wenn wir wissen, was dahinter steckt, finden wir vielleicht einen Anhaltspunkt, woher er stammt. Gibt es vielleicht einen Kult, der seine Opfer oder Angehörigen auf diese Art kennzeichnet?«

»Du sprichst von einem Pentagramm …?«, sagte der Alte, schob sich ganz nah an Duncan heran und betrachte eingehend, dabei immer nachdenklicher werdend, das Mal. »Es ist kein Pentagramm«, sagte er schließlich.

»Kein Pentagramm?«

»Es handelt sich ohne Zweifel um einen sogenannten *Judenstern*. Mit Magie, mit Schwarzen Künsten hat das nichts zu tun.«

Lilith war entsetzt.

»Du glaubst, irgendwelche Neonazis könnten Duncan dieses schreckliche Mal auf die Stirn gedrückt haben?«, fragte sie wie benommen. Sie kannte sich aus mit allen magischen und vampirischen Praktiken. Was weltlichen Irrsinn anbelangte, war sie weniger informiert. Dies war eine unerwartete Wendung, auf die sie sich erst einstellen musste.

Sie übersetzte für Duncan, was Okakura gesagt hatte.

»Was ist ein Judenstern?«, fragte er.

»Er ist das Symbol aller Juden und schmückt noch heute als nationales Symbol die Flagge des Staates Israel. Aber es gab eine dunkle Zeit in der Menschheitsgeschichte, in der gerade dieses Symbol ihnen als Stigma aufgedrückt wurde …«, erläuterte Okakura, wiederum von Lilith übersetzt.

»Vor über sechzig Jahren in einem Land namens Deutschland …« fügte der alte Mann hinzu, während es Lilith heiß und kalt wurde.

War es Zufall, dass auch Duncan Deutsch sprach?

»Judenpogrome gab es schon weit länger. Der Begriff Antisemitismus wurde dagegen erst Ende des neunzehnten Jahrhunderts geprägt. Aber gesetzliche Diskriminierungen, mangelnde Gleichberechtigung oder Ausweisungen waren noch vergleichsweise harmlos angesichts ihrer physischen Vernichtung in Nazi-Deutschland. Hitler stützte sich auf die absurde sozialdarwinistische Rassenlehre, dass Angehörige einer bestimmten Rasse ähnliche geistige und charakterliche Merkmale besäßen. Und die Juden galten nach seiner irrsinnigen Logik als geistig, kulturell und charakterlich minderwertig. In Flugblättern wurden sie als Untermenschen bezeichnet, als eine Art Tiere mit den Eigenschaften von Teufeln …«

Okakura sprach langsam, mit langen Pausen dazwischen, so dass Lilith es Duncan in einfachen Worten übersetzen konnte.

»Als äußeres Zeichen ihres Judentums ordnete Hitler an, dass alle Juden einen Stern zu tragen hatten, damit sie jeder gleich erkannte: Den Judenstern. Kein Jude konnte jetzt mehr den Schikanierungen entgehen. Ihre Geschäfte wurden boykottiert und zerstört, sie selbst wurden geschlagen und gefangen genommen. Schließlich ging Hitler einen letzten Schritt: Es genügte nicht, sie als Sündenböcke hinzustellen. Er begann mit ihrer Vernichtung ...«

Okakura sprach nun rascher. Es war offensichtlich, dass ihn das Thema zornig machte. Lilith hatte Mühe, es für Duncan schnell genug zu übersetzen.

»In den Konzentrationslagern, die er errichten ließ, wurden die Juden durch schlechte Behandlung, mangelhafte Ernährung, Zwangsarbeit und sogenannte medizinische Experimente systematisch dezimiert. Höhepunkt waren schließlich spezielle Lager, in denen sie vergast wurden. Während des Zweiten Weltkriegs befanden sich über sieben Millionen Menschen in den Lagern, nur fünfhunderttausend überlebten die letzten Kriegsmonate ...«

Okakura schwieg betroffen. Lilith fragte sich, ob er damals vielleicht gute Freunde verloren hatte. Vom Alter her konnte es hinkommen.

Aber auch so war es schrecklich genug. Natürlich hatte sie das alles gewusst. Mehr oder weniger. Aber in der konzentrierten Rede des alten Japaners war diese schreckliche Epoche regelrecht lebendig geworden ...

Duncan war verwirrt. Mit der Hand betastete er das Brandzeichen auf seiner Stirn, fuhr mit den Fingern die Linien entlang.

»Was haben die damaligen Ereignisse mit mir zu tun?«, fragte er. Es war eher eine rhetorisch in den Raum gestellte Frage. Er erwartete keine Antwort darauf.

»Vielleicht bist du ja Jude«, sagte Lilith schließlich. »Es gibt auch in der heutigen Zeit genügend Verblendete, die den alten Irrglauben aufrecht erhalten. Nicht nur in Deutschland.«

»Nein, leider auch in Japan«, ergänzte Okakura. »Japan und Deutschland waren während des Zweiten Weltkriegs sogar Verbündete, und es gibt bis heute unselige Verbindungen, was die damalige Zeit betrifft. Es existieren unzählige Geheimbünde in Tokio, und einige davon sind durchaus rechtsradikal ausgerichtet.«

»Aber warum gerade ich?«, fragte Duncan. »Es muss doch einen Grund geben, wenn man gerade mich auf diese Weise gebrandmarkt hat!«

Lilith ergänzte seine Frage: »Vielleicht ist Duncan ja nicht der Einzige, der mit diesem Brandzeichen herumläuft.«

»Ich bin noch niemandem begegnet, der ein solches Zeichen auf der Stirn trägt. Es wäre mir gleich aufgefallen. Auch in den Zeitungen stand nichts darüber. Jawohl, ich lese nicht nur alte Zauberbücher!«

»Du hast Recht«, sagte Lilith. »Wenn dieser Wahnsinn methodisch praktiziert würde, hätte man längst etwas darüber gelesen. Allerdings ist es ein heikles Thema: Neonazis brandmarken ahnungslose Touristen mit dem Judenstern. – Abscheulich! Vielleicht werden entsprechende Meldungen auch nur unterdrückt.«

»Nicht von den Boulevardzeitungen«, widersprach Okakura. »Es wäre ein Thema für die Titelseiten …«

Sie unterhielten sich noch eine weitere volle Stunde über das Thema. Nur ab und zu kam ein Kunde herein und wurde von Okakura bedient. Auch Duncan beteiligte sich an den Überlegungen. Aber niemand hatte eine endgültige, plausible Erklärung.

»Tut mir leid, dass ich nicht helfen kann«, sagte Okakura zum Abschluss. »Gegen Magie habe ich alle möglichen

Amulette, aber gegen menschlichen Wahn ist kein Kraut gewachsen.«

»Du hast uns weitergeholfen«, sagte Lilith. »Immerhin haben wir jetzt einen Anhaltspunkt, wonach wir Ausschau halten können.«

Okakura versprach ebenfalls, Augen und Ohren offen zu halten. Er begleitete Lilith und Duncan zur Tür.

»Bis bald!«

Er stand noch lange da und blickte ihnen nachdenklich hinterher, während Lilith und Duncan die Gasse hinabschritten.

Auch Duncan war sehr nachdenklich.

»Das Schlimmste ist die Vorstellung, was diese Leute vielleicht sonst noch mit mir angestellt haben ...«, sagte er.

Lilith sah auf das Brandzeichen. Es allein musste schon einen unmenschlichen Schmerz verursacht haben.

»Ich grüble darüber nach, aber da ist nichts als Leere«, fuhr Duncan fort.

»Es wird eine Erklärung geben – und ich werde alles daran setzen, dir zu helfen, sie zu finden«, versprach sie.

Vor allen Dingen hatten sie noch nicht über einen ganz wichtigen Aspekt geredet – und auch Okakura war darüber hinweg gegangen: Wie war Duncan in ihre Wohnung gelangt? Und wieso war er völlig nackt gewesen, als sie ihn auffand? Was hatte Rassenwahn mit Magie zu tun?

Denn dass trotz allem Magie mit im Spiel gewesen war, bewies der Angriff der Vampirsippe auf das Penthouse. Sie hatten von einer magischen Entladung gesprochen.

Die Zusammenkunft mit Okakura hatte Lilith und Duncan in eine düstere, regelrecht depressive Stimmung versetzt. Die Fröhlichkeit ihres Einkaufs war verflogen. Es war ohnehin mehr ein Verdrängen gewesen, erkannte Lilith.

Der Fluch, der auf ihren Beziehungen lastete, schien sich auch mit Duncan II nahtlos fortzusetzen ...

Und während sie den Weg zurück zum Penthouse einschlugen, merkte sie zunächst nicht, dass sie beobachtet wurden ...

9. Kapitel

In der Falle

---

1. Kazuki Akira
2. Nein, Akira ist der Nachname
3. 35.
4. In Tokio, Minami Azabu, Minato-ku.
5. Nein.
6. Ich kannte ihn seit unserer gemeinsamen Schulzeit. Wir sind zusammen auf die Oberschule gegangen. Allerdings verloren wir uns nach der Abschlussklasse aus den Augen. Er studierte Philosophie in Europa. Ich blieb in Tokio.
7. Ja.
8. Als er nach einigen Semestern wieder in Tokio auftauchte, hatte er sich verändert.
9. Er hatte mir eine Glückwunschkarte zu Neujahr geschickt, und ich habe mich eigentlich gefreut, wieder von ihm zu hören. Er stand für mich immer als Prototyp eines Intellektuellen. Es war irgendwie faszinierend, seinem Bekanntenkreis anzugehören. Obwohl er wenig Freunde hatte, glaube ich.
10. Er hatte Probleme. Psychische. Ich habe mich da nicht eingemischt, obwohl er offensichtlich Hilfe suchte. Aber ich war ja damals auch erst Mitte zwanzig, wohnte noch bei meinem ehrwürdigen Vater, studierte selbst und hatte genug eigene Probleme. Wir haben uns dann einmal noch in seinem möblierten Zimmer in Kawasaki getroffen. Er benahm sich merkwürdig, verdunkelte tagsüber sein Zimmer mit schwarzen Pappen, die er vors Fenster klebte und mit seltsamen Symbolen bemalte. Ich gebe zu, ich bin ihm damals aus dem Weg gegangen. Dann hörte ich, dass er in eine psychiatrische Anstalt eingeliefert worden sei.

11. Vor vier Jahren.

12. Nein, ich stieß in der Buchhandlung auf seinen Namen. Es war wohl, wie ich jetzt weiß, sein erster Horrorroman überhaupt. Die Gedankenwürmer. Er hatte ihn in der Anstalt verfasst.

13. Nein.

14. Als er mit einem Schlag berühmt wurde. Sein zweiter Roman Die Leidenschaft der Toten wurde ja praktisch über Nacht zum Bestseller. Irgendwo habe ich dann gelesen, dass er wieder in Kawasaki wohnt, also nicht mehr in der Anstalt.

15. Ja, warum hätte ich ihn nicht besuchen sollen? Ich hatte mittlerweile mein Studium abgeschlossen und den Kopf wieder frei. Außerdem schämte ich mich dafür, ihn damals, bevor er in die Anstalt eingewiesen wurde, im Stich gelassen zu haben. Deshalb fand ich den Gedanken, die Bekanntschaft mit ihm wieder aufzufrischen, nicht schlecht.

16. Ich rief ihn an, aber er wollte mich nicht sehen. Dann kam sein drittes Buch heraus, Die Augenfresser. Es war sein erster internationaler Bestseller.

17. Nein, eigentlich habe ich seine Bücher immer für ganz normale Horrorromane gehalten. Fiktionen. Allerdings machte ich mir meine ersten Gedanken, als vier Monate nach seinem dritten Roman bereits der vierte erschien, Die Schnecken der Tiefe. Es waren siebenhundert eng bedruckte Buchseiten. Auf der letzten Seite stand 15. April – 8. Oktober, das heißt, er hatte den Roman in knapp einem halben Jahr geschrieben. Schließlich, sie wissen es selbst, erschien jeden Monat ein dicker Horrorwälzer. Das Publikum war geradezu süchtig nach seinen Romanen. Natürlich glaubte bald keiner mehr, dass er sie wirklich selbst schrieb, sondern dass hinter seinem Namen ein Autorenkollektiv stand. Vor allen Dingen, als seine Romane wegen des andauernden, überwältigenden Erfolges im Zweiwochenrhythmus und schließlich sogar wöchentlich erschienen.

17. Er rief mich an.

18. Nein, eigentlich ganz normal.

19. Doch. Immerhin verkaufte er Bücher wie am Fließband. Er musste in den letzten Jahren Unsummen verdient haben. Da habe ich mich dann schon gewundert, dass er in dieser Kellerwohnung hauste. Eigentlich bestand die Wohnung nur aus einer winzigen Küche und seinem Arbeitszimmer, in dem er wohl auch schlief. Es herrschte eine ekelhafte Unordnung. Alles starrte vor Schmutz. Ich glaube, er räumte nie auf oder machte sauber. Es stank fürchterlich, und wahrscheinlich steckte alles voller Ungeziefer. Er selbst sah entsetzlich aus, völlig abgemagert und heruntergekommen. Überall stapelten sich seine Manuskripte. Während er sich mit mir unterhielt, schrieb er weiter. Er brauchte gar nicht auf die Tasten zu schauen, seine Finger und wohl auch irgendein Teil seines Geistes schienen losgelöst von seinen sonstigen Aktivitäten. »Ich kann nicht mehr aufhören«, sagte er. »Ich muss es einfach tun. Ich muss schreiben. Es quillt aus mir heraus.« Dann erzählte er mir, was mit ihm los war. An seinem ersten Roman hatte er fast zwei Jahre geschrieben. Das war noch in der Anstalt gewesen.

20. Ja, ich kann versuchen, es mit seinen Worten wiederzugeben. Er sagte: »Ich hatte höchstens zwanzig oder dreißig Seiten meines ersten Romans geschrieben, als in mir etwas ausgelöst wurde, was ich die andere Wirklichkeit nannte. Es war wie eine Trance oder ein Wachtraum. Ich sah diese fremden Welten und Weiten vor mir. Ich bewegte mich mitten unter ihnen. Es war, als diktiere mir gleichzeitig ein fremder Geist all die Geschehnisse, die ich wie rasend niederschrieb.«

21. In Intervallen. Wenn er ein Buch fertig geschrieben hatte, war er wieder ganz normal. Dann rief es ihn wieder zurück an die Schreibmaschine. In immer kürzer werdenden Abständen. Und er schrieb seine Bücher in immer kürzeren Zeiträumen. Dass er diese Zeiträume in seinen Büchern mit veröffentlichte, bezeichnete er als Hilferufe. Seine Verleger ließen diese Angaben jedoch in der Folgezeit

weg, da sie zu unglaublich wurden. Er behauptete, seinen letzten Roman, Die All-Wissenden, in nur drei Tagen geschrieben zu haben. Das war eigentlich eine physische Unmöglichkeit. Niemand kann in drei Tagen einen Tausend-Seiten-Roman heruntertippen. Er selbst konnte sich nicht erinnern, wie seine letzten Romane überhaupt zustande gekommen waren. Er schrieb sie tatsächlich in Trance. Selbst in den wenigen Momenten, in denen er bei Bewusstsein war, tippten seine Finger automatisch weiter. Er war besessen.

22. Ich war froh, als ich wieder an der frischen Luft war.

23. Nein, höchstens ein Arzt. Wie hätte ich ihm helfen sollen?

24. Das war zwei Wochen später. Er hatte mich wieder angerufen. Seine Wohnungstür war angelehnt. In der Luft lag ein eigentümlicher Geruch, und auch die Atmosphäre war irgendwie – knisternd, elektrisch, wenn Sie verstehen, was ich meine. Er lag ohnmächtig in seinem Stuhl vor seinem Schreibtisch. Seine Finger bewegten sich wie rasend über die Tastatur. An seiner Kleidung klebte diese schleimige Substanz. Als ich ihn genauer untersuchte, entdeckte ich seltsame kleine Käfer, die sich in seiner Kleidung eingenistet hatten. Ich war überzeugt, dass nicht mehr nur sein Geist in dieser anderen Wirklichkeit gewesen, sondern auch sein Körper mit hinübergezogen worden war.

25. Eigentlich waren es gar keine richtigen Käfer, sie sahen viel zu merkwürdig aus. Wie Amöben, die man unter dem Mikroskop erkennen kann und die durch die Fließbewegungen des Plasmas ständig die Gestalt verändern. Nur waren sie viel größer.

26. Den Arzt? Warum hätte ich einen Arzt rufen sollen? Er war doch tot. Nur seine Finger bewegten sich. Aber er atmete schon längst nicht mehr!

27. ICH SCHWÖRE ES: ER WAR DEFINITIV TOT, ALS ER SEINEN LETZTEN ROMAN VOLLENDETE!

28. Ansteckend? Wie meinen Sie das? Ich habe die Käfer sofort zertreten, als ich einige davon in meinen Haaren fand.

29. Ja, ich habe vor sechs Wochen mit dem Schreiben begonnen.

30. Nein, ich habe vorher noch nie geschrieben. Zumindest keinen Roman.
31. Er erscheint in einem Monat.
32. Meine Finger? Warum soll ich meine Finger ruhig halten?

(Okakura: Tokio Legends: Das Protokoll, 32 Antworten)

Phil hatte mehrere Stunden vor dem Polizeipräsidium gewartet. Rastlos war er auf und ab gegangen. Virginia tauchte nicht auf. Als er schließlich versuchte, noch einmal in das Gebäude zu gelangen, wurde er aufgehalten und höflich, aber bestimmt abgewiesen.

Aber auch auf der Straße wurde er nicht mehr geduldet. Zwei ziemlich brutal wirkende Männer kamen aus dem Gebäude auf ihn zu.

»Verschwinde hier!«, knurrte der Erste.

»Und wenn nicht?«, entgegnete Phil angriffslustig. Er hatte nicht mehr viel zu verlieren. Sollten sie ihn doch wieder festnehmen. Umso näher war er Virginia.

Der zweite Gorilla trat ihm ansatzlos in die Magengegend. Phil ging in die Knie und erbrach sich.

»War das deutlich genug?«

Phil konnte nur nicken, aber es schien seinem Peiniger nicht zu genügen. Er fasste ihn an den Haaren und schlug ihm den Kopf aufs Pflaster.

Phil schrie auf. Sie ließen von ihm ab.

»Wenn wir dich noch einmal hier herumlungern sehen, bekommst du deine zweite Lektion, verstanden?«

»Verstanden«, keuchte Phil. Diese Scheißkerle! Er wagte sich nicht auszumalen, was sie erst Virginia antun würden, wenn sie sie in die Mangel nahmen.

Aber er hatte keine Wahl. Die beiden würden ihn hoffnungslos zusammenprügeln, wenn er nicht parierte. Mühsam rappelte er sich auf und trottete davon.

Vielleicht würden sie sich ja damit zufrieden geben. Er würde eine Runde um den Block traben und dann wieder zurückkehren. Aber diesmal würde er es unauffälliger anstellen ...

Er erreichte eine belebte Einkaufsstraße. In einer verspiegelten Schaufensterscheibe betrachtete er sein Gesicht. Es war ziemlich angeschwollen und wirkte nicht gerade vorteilhaft. Aber zum Glück blutete er nicht.

So oder so wäre er in dem Menschengewimmel kaum aufgefallen. Hier tummelten sich Japaner und Europäer jeglicher Couleur. Alt und Jung. Reich und Arm. Millionäre und Bettler. Niemand störte sich am anderen.

Phil überlegte gerade, ob er wieder zurückgehen und weiter auf Virginia warten sollte, als er die Frau erblickte. Es war eine Europäerin, vielleicht fünfundzwanzig Jahre alt. Ihr leicht slawisch aussehendes Gesicht mit den hohen Wangenknochen war unglaublich attraktiv. Ihre atemberaubende Figur steckte in einem kurzen Rock und einer knappen Bluse, die sich herausfordernd um ihre Brüste spannte.

Es war wie ein Blitz, der sein Inneres erhellte. Gleichzeitig spielten seine Gedanken verrückt. Er hatte die Vision, sie würde in seinen Armen liegen und mit ihm schlafen.

Auf eine wilde, animalische Art und Weise.

Die Bilder waren so realistisch, dass er hinterher meinte, es wäre tatsächlich passiert. Phil war verwirrt. Zugleich fühlte er sich von der Frau auf fast magische Weise angezogen.

Noch hatte sie ihn nicht erblickt. Kein Wunder in dem Getümmel. Außerdem war er nicht der einzige, der ihr begehrliche Blicke zuwarf.

Sie war nicht allein. Offenbar gehörte der Mann an ihrer Seite zu ihr. Sie hatte sich bei ihm eingehakt. Der Mann machte einen irgendwie geistesabwesenden Eindruck.

Ohne länger zu zögern, beschloss Phil, der Frau zu folgen. Er hatte selbst keine Erklärung, warum er es tat. Virginia und die Sorge um sie waren wie weggeblasen. Er reihte sich hinter den beiden in die Menge ein.

Da drehte sich die Frau unvermittelt um. Es war zu spät, sich selbst abzuwenden und eine andere Richtung einzuschlagen. Sie sah ihm direkt in die Augen!

Phil! Sie hatte noch immer ein magisches Band zu ihm geknüpft! Allerdings hatte sie ihn völlig vergessen gehabt. Angesichts der jüngsten Ereignisse hatte sie an alles Mögliche gedacht, aber nicht mehr an ihn.

Natürlich würde er sich nicht mehr an sie erinnern, dafür hatte sie gesorgt. Trotzdem alarmierte sie sein plötzliches Auftauchen.

Sie drang in seine Gedankenwelt ein. Nein, da war nichts, was darauf hindeutete, dass er zu ihren Gegnern gehörte. Allein eine große Verwirrung, verschwommene Bilder von ihrer körperlichen Vereinigung sowie die Sorge um eine andere Frau waren zu spüren.

Dass er die Bilder ihres Zusammenseins überhaupt noch im Kopf hatte, war besorgniserregend genug. Ihr hypnotischer Befehl hatte nicht hundertprozentig gewirkt. Vielleicht lag es auch nur daran, dass das magische Band dem Befehl entgegenwirkte. Er erinnerte sich ja nicht wirklich. Wahrscheinlich war es Zufall, dass er auf sie gestoßen war …

Innerhalb von wenigen Augenblicken überlegte sie, wie sie reagieren sollte. Sie konnte ihn einfach ignorieren. Wenn sie mit Duncan ins nächste Taxi stieg, würden sie ihn schon irgendwie abschütteln können. Die zweite Möglichkeit war, das magische Band zu lösen und ihn mit einem weiteren hypnotischen Befehl alles endgültig vergessen lassen.

Sie entschied sich für eine dritte Möglichkeit. Seine Gedanken waren so verwirrt und widersprüchlich, dass ihre Neugier geweckt wurde. Außerdem war er in diesem Club gewesen, von dem in den Nachrichten die Rede war. Vielleicht wusste er ja mehr als sie über die Dinge, die dort passiert waren. Während sie auf dem schnellsten Weg heimgegangen war, hatte es ihn vielleicht noch einmal zurückgetrieben.

Das alles hatte zwar nichts unmittelbar mit Duncan zu tun, aber ein lösenswertes Rätsel war es trotzdem. Außerdem war ihr Phil noch immer sympathisch. Wenn Duncan nicht so plötzlich in ihr Leben getreten wäre, hätte sie ihn sicher noch einmal aufgesucht.

Als er merkte, dass sie ihn entdeckt hatte, gab er jedes Versteckspiel auf. Er kam auf sie zu und lächelte verlegen.

»Entschuldigen Sie, dass ich Sie so angestarrt habe, aber Sie kamen mir irgendwie bekannt vor. Ein blöder Spruch, ich weiß.« Er lächelte krampfhaft, was aber auch an seinem geschwollenen Gesicht liegen konnte.

»Ich kenne Sie auch«, sagte Lilith. »Aber wollen wir das hier auf der Straße bereden? Kommen Sie doch mit uns, damit wir uns in Ruhe unterhalten können.«

Seinem Gesichtsausdruck war zu entnehmen, dass er damit am wenigsten gerechnet hatte.

»Ich ... kann nicht«, sagte er schließlich. Etwas schien ihn zu quälen. »Ich warte auf eine Freundin.«

»Dann bringen Sie sie doch mit!«, schlug Lilith vor. »Vielleicht war sie ja auch in dem Club ...«

»Welchem Club?«

»In dem ich Sie gestern Abend gesehen habe«, sagte Lilith. »Sie trugen ja nicht die ganze Zeit diese Maske …«

»Tut mir leid, ich kann trotzdem nicht sofort, so gerne ich es täte …«

Lilith ließ es dabei bewenden. »Falls Sie es sich doch überlegen, kommen Sie einfach vorbei.« Sie nannte ihm ihre Adresse. »Wir sollten über einiges reden, Phil!«

Sie ließ ihn verwirrt zurück und zog mit Duncan weiter, der wissen wollte: »Wer war das nun schon wieder?«

»Ich habe ihn gestern kennengelernt. Und ich glaube, er steckt in Schwierigkeiten«, sagte Lilith.

»Hat es mit mir zu tun?«

»Nein, es hat eher etwas mit den Ereignissen zu tun, worüber die Nachrichten berichtet haben.«

Duncan gab sich damit zufrieden, wenigstens fürs Erste.

Lilith zog es nach Hause. Sie winkte ein Taxi herbei. Ein rotes Leuchtschild hinter der Windschutzscheibe zeigte an, dass es frei war. Sie stiegen ein.

Als sie das Penthouse betraten, hatte der Glaser bereits eine neue Scheibe eingesetzt. »Ich weiß zwar nicht, wie die alte Scheibe zu Bruch gehen konnte«, sagte er zur Begrüßung, »aber dieses Fenster hier hält jetzt selbst einen Überschallknall aus nächster Nähe aus. Es ist bruchsicher!«

»Und die anderen Fenster?« fragte Lilith.

»Die habe ich vermessen. Wegen der Größe dauert es aber ein paar Tage, bis ich das Glas besorgt und zugeschnitten habe. Ich melde mich dann bei Ihnen.«

Er räumte seine Werkzeuge zusammen und verabschiedete sich.

Die Dame vom Reinigungspersonal hatte auch bereits die meiste Arbeit getan. Die Wohnung sah wieder tadellos aus.

»Sehr schön«, verabschiedete Lilith sie. Sie hatte das Bedürfnis, allein mit Duncan zu sein. »Ich danke Ihnen, den Rest erledige ich dann selbst.«

»Aber ich habe das Badezimmer noch nicht gereinigt«, sagte die Frau.

»Macht nichts.« Lilith hatte Mühe, die eifrige Dame aus der Wohnung zu bugsieren. Aufatmend schlug sie die Tür hinter ihr zu.

Endlich allein! dachte sie.

Sie und Duncan würden sich einen geruhsamen Nachmittag gönnen!

Lilith und Duncan schauten sich gerade eine Nachrichtensendung an, als es klingelte. Lilith sah durch den Türspion und erkannte Phil. Rasch öffnete sie die Tür.

»Ich freue mich, dass du doch noch gekommen bist«, sagte sie.

»Ich konnte nicht anders«, gab er zu. »Ich musste den ganzen Tag an Sie denken. Ich hoffe, Sie verstehen das nicht falsch.«

»Ich kenne sogar den Grund«, lächelte Lilith. »Aber ich werde ihn dir nicht verraten«.

Phil sah sie fragend an.

»Komm erst mal herein. Oder willst du draußen Wurzeln schlagen?«

Duncan kannte Phil bereits. Er begrüßte ihn kurz und wandte sich dann wieder der Nachrichtensendung zu.

Lilith bot Phil einen Platz an. Er sah aus, als könnte er einen Drink vertragen.

»Ich bin gleich wieder da«, sagte sie und mixte ihm in der Küche einen Whisky-Soda.

Phil trank mit gierigen Schlucken. »Sie müssen mich für einen Alkoholiker halten«, sagte er. »Aber es tut verdammt gut.«

»Ich heiße übrigens Lilith. Lassen wir das förmliche Sie, okay?«

Phil nickte.

»Es ist gut, dass du gekommen bist«, sagte Lilith. »Wir beide waren gestern in diesem Club. Und seitdem ist einiges passiert. Zumindest, wenn man den Nachrichten Glauben schenken darf.«

»Weißgott noch etwas mehr«, sagte Phil. »Und ich war leider in vorderster Front mit dabei ...«

Erst stockend, dann in immer präziserer Wortwahl erzählte er, was er seit der vergangenen Nacht erlebt hatte. Lilith war eine aufmerksame Zuhörerin.

In ihrem Gehirn arbeitete es. Konnte es sein, dass es *zwei* magische Entladungen zur gleichen Zeit gegeben hatte? Der leuchtende Blitz und das undefinierbare Licht, von denen Phil sprach, deutete auf ein solches Ereignis hin.

Jedenfalls hatte es den Anschein, dass diese magische Entladung Ajumis Visionen nicht nur mit Leben erfüllt hatten, sondern auch dafür sorgte, dass sie sich wie ein Bazillus über Tokio verbreiteten.

Aber warum hatte der Vampir, den sie in die Mangel genommen hatte, nur von einer magischen Entladung erzählt? Vielleicht waren sie ja so zeitgleich erfolgt, dass man nur die in ihrem Penthouse geortet hatte ...

Aber noch eines machte sie stutzig: Auch wenn sie persönlich keine der magischen Entladungen mitbekommen hatte, so war sie indirekt doch in beide verwickelt. Vielleicht würde sie auf des Rätsels Lösung stoßen, wenn sie den Fall von einer ganz anderen Seite her betrachtete.

Nach Phils Aussage befand sich seine geliebte Virginia noch immer in der Obhut der Polizei. Er war gleich, nachdem er Lilith getroffen hatte, wieder zum Polizeipräsidium gelaufen und hatte den ganzen Tag davor ausgeharrt. Schließlich hatte er sich entschlossen, Lilith aufzusuchen.

Aber es war nicht in erster Linie Virginia, die Lilith interessierte. Wenn Phils Aussagen richtig waren, dann hatte er auch Ajumi gesehen. Zwar nur auf einem der Überwachungsbildschirme, aber immerhin.

Lilith musste herausbekommen, was es mit dieser Frau auf sich hatte ...

Nachdem sie die beiden Männer »versorgt« hatte, das heißt sichergehen konnte, dass sie es sich vor dem Fernseher bequem gemacht hatten und genügend Getränke in ihrer Reichweite standen, verabschiedete sie sich. Es genügte bei beiden ein leichter hypnotischer Befehl, dass sie keine unnötigen Fragen stellten, sondern sich mit der Situation zufrieden gaben.

»Ich bin bald wieder da!«, versprach sie. Ihre einzige Angst galt einem weiteren vampirischen Angriff. Aber sie verließ sich abermals darauf, dass Duncans Aura die Schwarzblütigen verscheuchen würde, was immer auch geschah.

Sie öffnete ein Fenster und schwebte in ihrer Fledermausgestalt hinaus in den Abend.

Obwohl es bereits dunkel war, herrschte noch reger Verkehr. Tokios Straßen waren ein einziges Lichtermeer aus sich bewegenden Scheinwerfern und pulsierenden Leuchtreklamen.

Einen Moment lang vergaß Lilith fast ihren Auftrag, berauschte sich an dem Anblick, den kein Mensch je in dieser Faszination erleben würde. Sie war nur wenig davon entfernt, sich ganz von ihren Instinkten und Begierden hinreißen zu lassen.

Licht verhieß Leben.

Nacht verhieß Beute.

Sie vereinigte sich mit dem Himmel. Ihre schwarze Gestalt verschmolz mit den dahinjagenden Wolken. Mit ledrigen Schwingen liebkoste sie die Dunkelheit.

In dieser Manifestation fühlte sie sich unangreifbarer denn je. Wenn sie wollte, brauchte sie nur davonzufliegen. Weit weg von allen Ängsten, Bindungen, Problemen ...

Das unvergleichliche Gefühl schwerelosen Dahingleitens glich dem vollkommenen Einssein mit dem Universum.

Sie verließ sich auf ihren Instinkt. Wie von selbst war sie in die richtige Richtung geflogen. Mit ihren scharfen Augen suchte sie den Boden ab. Dort unten war das moderne Hochhaus des Polizeipräsidiums.

Sie entschloss sich, auf dem Dach zu landen. Hier würde man am wenigsten einen unbefugten Eindringling vermuten.

Kaum hatten ihre Füße es berührt, verwandelte sie sich in ihre humanoide Gestalt zurück. Der Symbiont floss über ihren Körper und gaukelte eine Uniform vor.

Jetzt kam der heikelste Teil. Sie durchschlug eines der Oberlichter und lauschte angestrengt in die Dunkelheit. Nichts war zu hören.

Sie kam federnd auf dem Boden auf, war in einem Korridor gelandet. Er war schwach beleuchtet. Links und rechts zweigten Türen ab. Zum Glück waren die Büros hier oben zu dieser späten Stunde bereits verlassen.

Sie spähte den Treppenaufgang hinab. Auf den unteren Etagen schien noch etwas mehr los zu sein. Egal, sie musste es wagen. In ihrer Uniform würde sie so schnell nicht auffallen.

Sie zwang sich zu einem möglichst unauffälligen, natürlichen Gang. Mehrere Beamte kamen ihr entgegen und grüßten. Lilith grüßte freundlich zurück.

Wahrscheinlich gab es hier so viele Leute, dass nicht jeder den anderen kannte. Notfalls konnte sie sich immer noch herausreden, gerade neu eingestellt worden zu sein.

Stufe um Stufe stieg sie tiefer hinab. Ihr Instinkt trieb sie voran. Schließlich hatte sie das Erdgeschoss erreicht. Hier herrschte trotz der späten Stunde ein ständiges Kommen und Gehen. Polizeibeamte kamen herein und meldeten sich ab. In einem gläsernen Raum sah Lilith eine ganze Reihe obskurer Personen, die offenbar gerade festgenommen worden waren.

Niemand achtete auf sie. Sie ging noch ein Stockwerk tiefer. Vor sich gewahrte sie den Raum mit den Überwachungskameras, von denen Phil gesprochen hatte. Sie schlich sich näher heran. Zwei Leute saßen davor. Nur einer von ihnen hielt die Bildschirme im Auge. Der zweite löste ein Kreuzworträtsel.

Lilith überlegte, ob sie sie mit ihrer Gedankenkraft beeinflussen sollte, aber sie entschied sich dagegen. Es würde sie mehr Energie kosten, als wenn sie auf andere Weise an den beiden vorbeikam.

Sie ahnte, dass sie ihre geistigen Kräfte noch brauchen würde …

Die beiden Beamten schauten auf, als Lilith in ihr Blickfeld rückte.

»Hallo, wen haben wir denn da?«

»Ich fürchte, ich habe mich verlaufen«, sagte sie. »Ich bin erst seit ein paar Tagen hier …«

Die beiden Polizisten glotzten sie an. Liliths Uniform war so knapp geschnitten, dass ihre Brüste fast die Jacke zu sprengen schienen.

»Und wie es aussieht, hatten sie bei der Einkleidung noch nicht einmal deine Größe parat«, witzelte der Polizist, der sich bislang mit dem Kreuzworträtsel befasst hatte. Wahrscheinlich war er froh über die Ablenkung.

Lilith ließ sie sich weiter die Augen aus dem Kopf starren, während sie arglos fragte: »Ist das nicht langweilig, den ganzen Tag nur auf Bildschirme zu starren?«

Der zweite Polizist fühlte sich in seiner Ehre angegriffen. »Was glaubst du, was hier passieren kann, wenn wir nicht aufpassen? Kannst du natürlich nicht wissen, wenn du neu bist, aber wir haben hier schon einige Sachen erlebt …«

Lilith schaute neugierig auf die Bildschirme.

»Ihr haltet die Eingänge im Auge«, sagte sie. »Und was ist das?«

Drei der Bildschirme zeigten exakt die Szene, die Phil beschrieben hatte. Eine nackte, zerschundene Frau, Ajumi, lag festgeschnallt auf einer Liege. Um sie herum herrschte hektisches Treiben. Offensichtlich lief dort etwas nicht so, wie man es sich wünschte. Zwei der Personen – es waren zwei Frauen – keiften sich an. Leider wurde kein Ton übertragen.

»Das dürftest du eigentlich gar nicht sehen«, antwortete der Polizeibeamte wichtigtuerisch.

Lilith tat entsetzt: »Die arme Frau! Was machen sie mit ihr?«

»Keine Ahnung. Sie steht unter Beobachtung. Die Ärzte bemühen sich, sie wieder fit zu machen, schätze ich. Wird jedenfalls ein verdammter Wirbel drum gemacht.«

Lilith hatte genug gesehen. Auch ließ sie die Hoffnung fahren, dass die beiden Beamten sie freiwillig zu Ajumi führen würden.

Zeigt mir, wo ich sie finde! Sie zwang den beiden ihren Willen auf. Ihre begehrlichen Blicke verwandelten sich in einen starren, gläsernen Ausdruck.

Sie erhoben sich und gingen voraus.

Lilith folgte ihnen. Niemand schien den Vorfall bemerkt zu haben.

Es ging tiefer hinab. In den Keller.

Schließlich erreichten sie eine Schleusentür. Niemand war davor zu sehen. Unter Liliths sanfter Leitung schlossen die Polizisten an der Kandare die Gitter auf.

Ein neongrell erleuchteter Korridor lag vor ihnen.

Plötzlich hörte Lilith Schreie. Sie stürmte vorwärts. Die beiden Polizisten verharrten reglos. Die Schreie drangen durch eine verschlossene Tür.

Abermals tastete Lilith mit ihren Sinnen, doch sie stieß nur auf ein Gedankenchaos. Sie warf die Tür auf und stürzte hinein.

Kampfbereit.

Aber es gab niemanden, der sich ihr hätte entgegenstellen können.

Die Polizisten, Zivilpersonen und Ärzte wälzten sich schreiend auf dem Boden, als hätten sie unter fürchterlichen Schmerzen zu leiden.

Die Frau, Ajumi, ruhte noch immer gefesselt auf ihrer Liege. Sie hatte die Augen geöffnet, und ein stilles Lächeln lag auf ihren Lippen.

»Hast du mich also gefunden«, sagte sie, als Lilith näher gekommen war.

»Du hast gewusst, dass ich nach dir suche?«, fragte Lilith verblüfft.

»Ich habe alles darangesetzt, damit du auf mich aufmerksam wirst«, sagte Ajumi. »Du wirst mir meinen sehnlichsten Wunsch erfüllen. Ich spüre es.«

»Also steckst du wirklich hinter allem«, sagte Lilith. »Du bist für die Vorgänge im Club verantwortlich. Dafür, dass halb Tokio unter diesen Wahnvorstellungen leidet …«

»Ich habe die Gabe, die Albträume der Menschen real werden zu lassen. Nicht immer erwachen Sie wieder daraus.«

»Sie drehen schlichtweg durch«, brachte Lilith es auf den Punkt. »Warum wendest du es nicht bei mir an?«

»Ich habe es versucht. Als du im Club warst, habe ich sofort gespürt, dass du etwas Besonderes bist. Aber ich drang nicht bis zu deinem Geist vor. Meine Gabe funktioniert nicht bei allen …«

Lilith wies auf die am Boden Liegenden. »Kannst du ihr Schreien nicht abstellen? Es ist nervtötend.« Besonders für ihr empfindliches Gehör war es noch weit schlimmer als für gewöhnliche Menschen.

»Ihr Schreien ist der letzte Anker, der sie vor dem Wahnsinn bewahrt. Möchtest du es wirklich?«

Lilith schüttelte den Kopf. »Sag mir: Was hat das alles mit Duncan zu tun, mit dem Mann, der das Brandzeichen auf der Stirn trägt?«

Ajumi sah sie verwirrt an. »Ich weiß davon nichts«, sagte sie.

»Und du hast mir auch nicht die Vampirmeute auf den Hals gehetzt?«

Ajumis Gesichtsausdruck wurde noch verwirrter. Sie verneinte. Offensichtlich wusste sie tatsächlich nichts von diesen Dingen. Lilith tastete nach ihren Gedanken, prallte aber sofort zurück.

»Tu dies nicht!«, warnte auch Ajumi. »Es könnte dich töten. Und dann wärst du nutzlos für mich …«

Lilith hatte für einen Sekundenbruchteil gespürt, was hinter Ajumis Stirn lauerte: Die Saat der Schlaflosigkeit, der Fluch der ewigen Verdammnis, die Unendlichkeit der Albträume …

»Und was ist mit Phil?«, fragte sie.

»Ich habe ihn benutzt, um dich wiederzufinden. Ich spürte, dass ihr mit einem schwachen magischen Band miteinander verknüpft seid.«

»Dann war es kein Zufall, dass wir uns mitten in Tokio wiederbegegnet sind …«

»Ich habe ihn auf dich angesetzt, ohne dass er es wusste. Verzeih ihm.«

»Es gibt nichts zu verzeihen. Ich bin ihm nicht böse …« Ihr fiel ein, was Ajumi bei ihrem Eintreten gesagt hatte. »Du sagtest, ich wäre die Einzige, die dir deinen sehnlichsten Wunsch erfüllen kann?«

»Den Wunsch zu sterben. Den ewigen Schlaf zu finden, der die Schlaflosigkeit vergessen macht …«

»Wie soll ich das anstellen?«

»Du weißt, wie!«

Lilith zögerte. »Ich kann es nicht«, sagte sie. »Ich kann dich nicht einfach töten.«

»Ich bitte dich darum. Ich flehe dich an!«

Lilith band sie los.

»Warum tust du das? Ich flehe um eine andere Art der Befreiung …« Ajumi wies auf die am Boden Liegenden. »Nur wenn du mich tötest, kannst du sie retten. Sie und alle anderen, die ich mit Albträumen und dem Keim der Schlaflosigkeit infiziert habe. Ich kann es noch nicht einmal beeinflussen …«

»Sie bedeuten mir nichts«, sagte Lilith. »Ich habe keine Ahnung, was du über mich weißt, aber ich betrachte mich nicht mehr als Retterin der Menschheit.« Sie bedachte Ajumi mit einem langen, nachdenklichen Blick. »Trotzdem werde ich dir deinen Wunsch erfüllen. Frag mich nicht, warum.«

Sie trat zu der Frau, und beide nahmen sich in die Arme. Trotz der Nacktheit der Frau sprang kein erotischer Funke auf Lilith über.

»Ich glaube, ich mache es deswegen, weil wir Seelenverwandte sind«, sagte Lilith. »Wir sind Getriebene unseres Fluches. Ich wünschte, auch mir würde dereinst Erlösung zuteil ...«

Der geschundene Körper Ajumis zitterte leicht. Das Beben geschah aus innerer Erregung. Sie spürte, dass sie ihrem Herzenswunsch nun sehr nah war.

Fast zärtlich fuhren Liliths Lippen über die Wangen der Frau, während gleichzeitig ihre Eckzähne wuchsen.

Ajumi stöhnte vor Erwartung.

»Ich danke dir«, sagte sie. »Und ich wünsche dir alles Glück dieser Welt, dass dein Wunsch dereinst erfüllt werden wird.«

Sie schrie auf vor Wonne, als sich Liliths Zähne in ihren Hals bohrten.

Lilith hielt den Körper Ajumis an sich gedrückt. Sie saugte ihr Blut. Es war erstaunlich wenig in dem zerbrechlichen Körper. Ajumis Haut wurde faltig, ihre Knochen begannen zu schrumpfen. Im gleichen Maße, in dem Lilith ihr das Leben aussaugte, zollte Ajumis Leib der Zeit seinen Tribut.

Innerhalb von Minuten hatte sich Ajumi in eine alte Frau verwandelt. Auf ihrem Gesicht lag ein glückliches Lächeln.

Lilith zögerte kurz. Noch war genug Leben in diesem Körper, dass sie sich wieder erholen konnte. Vielleicht würde

Ajumi noch einige Jahre als alte Frau leben und dann eines ganz natürlichen Todes sterben.

Aber es gab keine Gewissheit, ob sie nicht weiterhin unsterblich sein würde.

Lilith trank weiter. Sie spürte den Punkt, als der Lebensfunke in Ajumis Leib erlosch. Die Flamme in ihr wurde kleiner und kleiner, und mit einem letzten leisen Zittern verlosch sie ganz.

Lilith ließ den Leichnam langsam zu Boden sinken. Der Körper der alten Frau verwandelte sich weiter, schrumpfte zusammen, das Fleisch trocknete ein, wurde zu Staub, bis nur noch das Skelett übrig blieb. Aber auch das verwandelte sich, wurde brüchig und grau, bis es vollständig zerfiel.

In dieser Hinsicht ähnelte der Vorgang dem Ende von Vampiren. Auch hier war es ein Zeichen dafür, dass der Leib viel zu lange schon dem Tod getrotzt hatte und widernatürlich auf Erden gewandelt war.

Liliths Eckzähne schrumpften zurück. Ajumi hatte erreicht, was sie wollte.

Die Schreie der Menschen waren verstummt. Sie lagen nun regungslos auf dem Boden, gezeichnet von ihren Albträumen. Aber sie lebten. Irgendwann würden sie ihre Heimsuchungen überwunden haben.

Lilith verließ den Raum.

Jetzt hatte sie nur noch eine Aufgabe zu erledigen. Die Polizisten warteten vor der Tür. Lilith gab ihnen den Befehl, Virginia auf freien Fuß zu setzen.

Der Albtraum, der Tokio eine Nacht lang in Klauen gehalten hatte, war vorbei.

Nicht aber ihr ganz persönlicher.

Duncans Auftauchen in ihrem Leben war mysteriöser denn je. Und ihre Gegner trachteten ihr noch immer nach dem Leben. Sie musste auf der Hut sein.

Sie ging den gleichen Weg zurück, den sie gekommen war. Durch das Oberlicht schwebte sie wieder hinaus in die Nacht. Auf ledrigen Schwingen beeilte sie sich, zurück zum Schinrei zu gelangen.

Duncan und Phil saßen vor dem Fernseher, als Lilith heimkehrte. Phil hatte dem Whisky zugesprochen. Er war sichtlich gelöster.

Duncan hatte keinen Schluck getrunken. Anscheinend hatte er einen Höllenrespekt vor Alkohol.

TC zeigte noch einmal Bilder der vergangenen Nacht. Es würde ein ungelöstes Rätsel bleiben, was geschehen war. Und allein Lilith wusste mit Gewissheit, dass es sich nicht mehr wiederholen würde …

Duncan und Phil schienen noch nicht einmal erstaunt, als sie unvermutet ins Zimmer trat. Phil war zu betrunken, um Fragen zu stellen. Dennoch erfasste auch sein umnebelter Verstand, dass etwas geschehen sein musste. Der Grund seiner Besorgnis fiel ihm wieder ein.

»Es ist alles in Ordnung«, versicherte ihm Lilith. »Sie haben sie freigelassen. Sie wird vor dem Polizeipräsidium auf dich warten.«

Lilith bestellte ein Taxi für Phil und begleitete ihn zur Tür. Sie nahm ihn in den Arm und drückte ihn leicht.

Phil erwiderte ihre Umarmung.

»Ich danke dir«, sagte er mit schwerer Zunge. »Wie immer du das auch geschafft hast …«

»Ich danke *dir*«, sagte Lilith und dachte dabei noch einmal an vergangene Nacht zurück.

Sie küssten sich noch einmal, und sie sah ihm nach, wie er zum Aufzug ging. Kurz bevor er ihn betrat, sah er sich noch einmal zu ihr um und winkte.

Sie gab ihm den hypnotischen Befehl, sie zu vergessen. Und diesmal für immer.

Die Aufzugtüren schlossen sich, und er verschwand aus ihrem Leben.

Am nächsten Morgen schien die Sonne. Es versprach, ein freundlicher Tag zu werden. Lilith erwachte neben Duncan. Er lag zusammengerollt wie ein Baby.

Sie hatten die Nacht zusammen verbracht, aber sie hatten nicht miteinander geschlafen. Noch immer hielt Lilith eine ungewohnte Scheu davon ab, obwohl sie durchaus das Verlangen danach in sich spürte.

Sie bemühte sich, leise zu sein. Duncan sollte noch weiterschlafen.

Auch bei der Mission, die sie heute zu erledigen hatte, hätte er nur gestört. Sie hatte in der Nacht lange darüber gegrübelt. Es war falsch, weiterhin wie ein Kaninchen in der Falle zu warten. Irgendwann würde der nächste Angriff erfolgen.

Bevor sie die Wohnung verließ, vergewisserte sie sich, dass Duncan tatsächlich noch schlief. Dann nahm sie den Aufzug nach unten. In der Eingangshalle ließ sie ihre Blicke unauffällig umherschweifen, aber es war nichts Verdächtiges zu erkennen.

Sie konnte beruhigt sein.

Rasch trat sie auf die Straße und ging zu der nahe gelegenen S-Bahn-Station. Die Fahrt dauerte nur zehn Minuten, dann war sie an ihrem Ziel.

Es war ein Park. Er ähnelte dem Park, den sie besucht hatte, bevor sie in die Ereignisse um Ajumi verstrickt worden war. Es gab sogar eine Insel inmitten eines künstlich angelegten Sees. Sie war mit ihren verspielten Bauten und Bepflanzungen das Ausflugsziel vieler Büroarbeiter zur

Mittagspause. Aber auch jetzt, am Morgen, herrschte bereits reger Betrieb. Einige Schulklassen, Touristen, Hausfrauen mit ihren Kindern und etliche Müßiggänger nutzten den sonnigen Tag.

Auch Lilith gedachte, ihn zu nutzen.

Die Menschenscharen um sie herum strahlten eine gelassene, freundliche Atmosphäre aus. Die Kinder lärmten fröhlich. Niemand ahnte, dass unmittelbar hinter der hauchdünnen Fassade aus Frieden und Normalität das »Nest« der hiesigen Vampirsippe lag.

Der Vampir hatte ihr verraten, dass es unterirdisch angelegt und nur vom See aus zu erreichen war.

Sie nahm auf einer schwarzrot lackierten Bank Platz und schaute vordergründig den in einem Miniteich umher schwimmenden Koi-Karpfen zu. Ein zufälliger Beobachter hätte Lilith für eine ganz normale, attraktive Touristin gehalten, die in die Schönheit der Natur versunken war.

In Wahrheit zerbrach sie sich den Kopf, wie sie weiter vorgehen sollte. Der Zufall kam ihr zu Hilfe. Sie sah, wie unweit des Ufers ein Mann einen Schuppen öffnete und damit begann, Boote herauszutragen. Einige Kinder kamen bereits herbeigelaufen.

Lilith musste sich beeilen, wenn sie noch eines mieten wollte. Sie fragte nach dem Preis. Eine halbe Stunde kostete 1000 Yen. Sie mietete das kleine Ruderboot für eine Stunde und bezahlte.

Der Bootsverleiher half ihr, hineinzusteigen und gab dem Boot einen kleinen Schubs. Auch die anderen Boote waren blitzschnell vermietet. Sie würde nicht weiter auffallen.

Lilith ruderte zu der keinen Insel. Zwei lange, geschwungene Brücken verbanden sie mit dem Ufer.

Lilith ruderte einmal um die Insel herum. Sie durfte jetzt

nicht ungeduldig werden. Falls sie zu zielstrebig vorging, würden ihre Gegner Verdacht schöpfen.

Der Vampir hatte nicht gelogen: Lilith erblickte direkt über dem Wasserspiegel eine fenstergroße Öffnung. Sie war vergittert. Von der Insel aus konnte man nicht zu ihr gelangen. Es ging zu steil hinab.

Ein Warnschild wies auf mögliche Strudel hin, so dass allzu Neugierige, die sich auf dem Wasserwege näherten, abgeschreckt wurden. Lilith ruderte näher. Niemand schaute zu ihr hin.

Sie spürte die magische Ausstrahlung des Eingangs. Ihre Gedanken tasteten weiter, fanden das magische Siegel, das den Übergang ermöglichte. Sie brach es, und augenblicklich schoben sich die Gitter zur Seite.

Rasch ruderte sie hindurch. Hinter ihr schloss sich das Gitter wieder.

Sie hatte es geschafft. Sie befand sich im Innern des Unterschlupfs der Tokio-Sippe.

Es war leichter gewesen, als sie es sich vorgestellt hatte.

Zu leicht?

Sie verwarf den Gedanken und konzentrierte sich auf ihre Umgebung. Sie befand sich in einem unterirdischen Kanal, der jedoch ein paar Meter hinter den Gittern endete. Das Boot stieß gegen eine Wand. Zumindest auf dem Wasserweg kam sie nicht weiter.

Lilith stieg aus dem schwankenden Boot und erklomm einen steinernen Steg. Mehrere Gänge führten in die Tiefe der künstlichen Insel hinein. Teilweise waren sie mit knöchelhohem Wasser gefüllt. Lilith entschied sich für einen der trockeneren Gänge.

Es war totenstill. Vielleicht hatte sie Glück und sie würde die Sippe im Schlaf überraschen. Ihre Erregung wuchs, während sie es sich ausmalte.

Rechts und links zweigten weitere Gänge ab. Sie hatte die Qual der Wahl. Wahrscheinlich würde die Suche doch langwieriger, als sie es erhofft hatte.

Der Gang endete unvermittelt. Vor ihr befand sich eine stabile Eisentür. Sie war verschlossen. Lilith tastete sie auf magische Weise ab, dann fand sie abermals ein Siegel. Sie brach auch dieses, und die Tür öffnete sich.

Dahinter lag ein quadratischer Raum, der fast kahl war. Nur einige Decken und alte Matratzen befanden sich darin. Aus Mauerritzen drang genügend Tageslicht.

Die Tokio-Sippe schien nicht gerade prunkvoll zu leben. Aber wahrscheinlich lag es daran, dass sie erst seit kurzer Zeit existierte. Der Vampir, der Lilith das Versteck verraten hatte, hatte auch erzählt, dass die Sippe einen Rockschuppen, das TOKIO CAVE betrieb, sozusagen als Deckmantel.

Lilith hatte sogar überlegt, zunächst das TOKIO CAVE aufzusuchen. Aber das eigentliche Ziel war dieses unterirdische Refugium unter der Insel. Hier lag das Herzstück der Sippe. Hierher zogen sich die Angehörigen immer wieder zurück ...

Lilith ging weiter.

»Nett, dich kennenzulernen!«, sagte plötzlich eine Stimme in ihrem Rücken.

Mit einem Aufschrei fuhr Lilith herum.

Vor ihr stand ein Vampir mit kurz geschorenem und blond gefärbtem Haar. Sein punkiges Outfit ließ Lilith sofort an die Beschreibung Takkanakas denken.

Tokra!

Sie stand dem Oberhaupt der Sippe gegenüber. Besseres konnte ihr gar nicht passieren. So würde sie sich nicht erst mühsam zu ihm vorkämpfen müssen ...

»Die Freude ist ganz auf meiner Seite«, sagte sie, nachdem sie ihre Überraschung überwunden hatte.

»Du bist genau wie Landru dich beschrieben hat«, lächelte Tokra. »Es wird mir ein Vergnügen sein, dich zu richten.«

»Darf man fragen, welche Bestrafung du für mich vorgesehen hast?«, spöttelte Lilith.

»Lass dich einfach überraschen. Aber am Ende steht dein Tod, wenn dich das beruhigt.«

Lilith schob allen Spott beiseite. Sie fühlte die alte, kalte Wut in sich aufsteigen. Sie würde ihm die Arroganz schon austreiben!

Sie nahm ihre Kampfhaltung ein. Auch der Symbiont war bereit.

Tokra trug noch immer seine theatralische Lässigkeit zur Schau.

»Wenn du mich angreifst, ist dein lieber Freund in der nächsten Sekunde tot!«, sagte er. »Nicht, dass ich Angst davor hätte, mit dir zu kämpfen ...«

Er schnippte mit den Fingern, und mitten in der Luft erschien plötzlich ein magisches Bild vom Innern ihres Penthouses. Duncan war zu sehen. Zum Greifen nah – und doch hoffnungslos fern. Sie hatte keine Chance ihm zu helfen. Er stand auf der Terrasse. Zwei Vampire hielten ihn zwischen ihren Klauen.

»Duncan!«, flüsterte sie entsetzt. Sie hatte sich geirrt. Es war ein verhängnisvoller Fehler gewesen, Duncan allein zurückzulassen. Offensichtlich war die Aura, die die Vampire bei ihrem ersten Angriff noch davon abgehalten hatte, sich auf ihn zu stürzen, schwächer geworden. Oder sie hatte sich inzwischen ganz verflüchtigt.

»Du Schwein!«, zischte sie Tokra zu. »Kämpfe wenigstens wie ein Mann!«

»Ich kämpfe nicht gegen Frauen«, erklärte Tokra sarkastisch.

»Was habt ihr mit ihm vor? Er hat nichts mit uns zu tun!«

»Er lernt fliegen, wenn du es genau wissen willst. Und du kannst ihm gern dabei zuschauen. Es sei denn, du ergibst dich augenblicklich!«

Lilith war ohnmächtig vor Wut. Sie musste sich regelrecht zwingen, sich nicht auf das Oberhaupt zu werfen. Sie sah Tokra wie durch einen blutroten Schleier. Auch der Symbiont war kaum mehr zurückzuhalten.

Aber dann wäre Duncan verloren gewesen …

»Du hast gewonnen«, sagte sie schließlich. »Ich gebe mein Leben in deine Hände. Aber ich verlange, dass du Duncan augenblicklich freigibst!«

»Ich stelle hier die Bedingungen!«, erwiderte Tokra kalt. »Als erstes legst du das tückische Ding ab, das dich umgibt!«

»Ich soll mich vor dir entblößen?«, spottete Lilith. »Ist das nicht etwas dreist von dir?«

»Schweig!«, gebot ihr Tokra. »Du kannst mich nicht für dumm verkaufen.«

Er wusste über den Symbionten Bescheid. Landru hatte ihn davor gewarnt. Was für eine fürchterliche Waffe der Symbiont war, hatten Tokras Leute dennoch erfahren müssen. Trykjfs Schilderungen waren in dieser Hinsicht sehr anschaulich gewesen.

»Leg es ab!«, wiederholte er. »Es geht um deinen Freund! Uns ist es egal! Wenn du ihn unbedingt opfern willst, okay. Dich haben wir dann immer noch in unserer Gewalt!«

Er sandte seinen Leuten einen Befehl zu. Die magische Verbindung zum Penthouse bestand noch immer. Lilith sah, wie Duncan sich wehrte. Mit diabolischem Grinsen hievten die beiden Vampire Duncan über das Geländer. Sie hatten Bärenkräfte. Er war machtlos dagegen. Nur seine Panik gab ihm noch die Kraft, Widerstand zu leisten. Die beiden Vampire ließen sich davon allerdings nicht beirren.

Lilith sah, wie Duncans weit aufgerissener Mund einen scheinbar endlosen Schrei ausstieß. Seine Beine baumelten wild in der Luft umher. Die Vampire hielten ihn nur noch an den Armen.

Wenn sie losließen, würde er in die Tiefe stürzen.

»Nein! Tut es nicht!«, flehte Lilith. »Ich tue alles, was ihr wollt. Lasst ihn leben!«

»Keine Tricks!«, warnte Tokra. »Und verlass dich nicht zu sehr darauf, dass die beiden ihn ewig so halten können …«

Als hätten sie ihn gehört, ließ einer der Vampire Duncans Hand los. Lilith stockte der Atem. Sie schrie. Duncan stürzte in die Tiefe.

Der zweite Vampir wurde fast über das Geländer gezogen. In letzter Sekunde fand er Halt mit der anderen Hand. Mit der Ersten hielt er Duncan noch immer.

Dessen Leben hing mehr denn je am seidenen Faden.

»Du siehst, es liegt nicht nur in meiner Hand!«, grinste Tokra. Lilith sah, dass auch die beiden Vampire sich zufeixten.

Gemeinsam zogen sie Duncan wieder ein Stück empor.

Lilith traute ihnen nicht mehr. In dem Moment, da sie ihrer sicher sein konnten, würden sie Duncan in die Tiefe stoßen.

Trotzdem hatte sie keine Wahl.

»Ausziehen, mein Täubchen! Zum letzten Mal!«, befahl Tokra.

Gleichzeitig betraten zwei weitere Vampire den Raum. Mit vereinten Kräften schleppten sie eine tresorartige Truhe heran.

»Und dort wirst du es hinein legen!« befahl Tokra. Liliths Gedanken an irgendeine Gegenwehr erlahmten. Offensichtlich war er weit besser auf ihren Besuch vorbereitet, als sie geahnt hatte. Landru musste ihn gut unterrichtet haben, was ihre Stärken und Schwächen anging.

Wahrscheinlich hatte Tokra ihr Penthouse die ganze Zeit über bewachen lassen. Wie naiv sie gewesen war!

Resigniert sandte sie einen Befehl an den Symbionten. Mit einer gleitenden Bewegung floss er an ihrem Körper hinab. Völlig nackt stand sie vor Tokra.

Der Vampir leckte sich genüsslich die Lippen. Lilith konnte seinen gierigen Blick geradezu körperlich spüren.

»Ich glaube, wir werden noch eine Menge Spaß miteinander haben«, sagte er. »Du wirst sehen …«

Auch die beiden anderen Vampire musterten sie lüstern.

Der Symbiont glitt mit einer amöbenhaften Bewegung auf die Truhe zu. In seiner ölig wirkenden, anthrazitfarbenen Gestalt wirkte er wie ein schnell dahinhuschender, reflektierender Schatten. Die Blicke der Vampire huschten immer wieder von ihm zu Liliths verführerischem Körper.

»Und wenn ich irgendwann deiner überdrüssig sein sollte, gibt es noch ein paar andere Sippenmitglieder, die sich nach dir verzehren!«, stichelte Tokra weiter. »Sie werden Dinge mit dir anstellen, dass du mich irgendwann anflehen wirst, dich zu erlösen …«

Es behagte ihm nicht, dass Lilith weder offensichtliche Angst noch Respekt zeigte.

»Ja, Tokra, überlass sie unserer Obhut. Die Schmerzen, die wir ihr bereiten, werden der Auftakt deiner Wonnen sein!«

»Vorsicht! Es flieht!«, rief Tokra plötzlich.

Der Symbiont glitt davon. Schneller, als die Augen ihm folgen konnten. Mit einer blitzartigen Bewegung huschte er an den beiden Vampiren vorbei.

Sie ließen die Truhe fallen. Es war zu spät. Er war bereits aus dem Raum geflüchtet. Die beiden Vampire stürzten ihm hinterher.

»Fangt es ein, ihr Idioten!«, schrie Tokra.

»Dafür wird dein Freund sterben!«, drohte er, an Lilith gewandt. »Ich habe dich vor Tricks gewarnt!«

»Es war kein Trick!« schrie Lilith. »Er ist von sich aus geflüchtet! Und ich bin die Einzige, die ihn wieder unter Kontrolle bekommen kann!«

Tokra stieß entsetzliche Flüche aus. Es war offensichtlich, dass ihm die Kontrolle über die Situation entglitt. Allein die magische Verbindung zu Liliths Penthouse bestand noch immer. Nach wie vor hatte er Duncan in der Gewalt. Er war sein einziger Trumpf.

»Sie werden ihn schon wieder einfangen«, beruhigte ihn Lilith. Sie spürte, dass Tokra nahe dran war, die Nerven zu verlieren. »Ich habe gedankliche Verbindung zu ihm aufgenommen und versuche, ihn zu beruhigen.«

Sie überlegte fieberhaft, wie sie ihn hinhalten konnte.

Tokra bezähmte seine Wut langsam wieder. Es schien ihm klar geworden zu sein, dass es nichts brachte, Duncan jetzt zu opfern. Und seine Chancen gegen Lilith wusste er nicht einzuschätzen. Bisher hatten sich sämtliche Warnungen Landrus noch als untertrieben herausgestellt.

Zumindest würde er abwarten, bis seine beiden Männer wiederkamen.

Mit einem Blick vergewisserte sich Lilith, dass Duncan nicht mehr in unmittelbarer Gefahr schwebte. Die beiden

Vampire hatten ihn wieder hochgezogen, so dass er nicht länger über der Balkonbrüstung hing. Jeden Augenblick konnten sie ihn jedoch wieder foltern.

Tokra wünschte sich seine Leute herbei. Dann würde er Schluss machen mit diesem Theater. Er war es Leid.

In diesem Augenblick veränderte sich das Bild in der hologrammartigen Szene, die das Geschehen auf dem Gipfel des Schinrei zeigte.

Beide Vampire fassten sich an den Hals. Das Bild war so verschwommen, dass man auf den ersten Blick nicht genau erkennen konnten, was geschah. Duncan taumelte. Lilith schrie auf. Aber in letzter Sekunde konnte er sich am Geländer festhalten. Panisch sah er hinab in die Tiefe.

Die beiden Vampire lieferten sich einen Kampf mit einem unsichtbaren Gegner. Doch dann sah Lilith, womit sie beschäftigt waren: Hauchdünne schwarze Fäden hatten sich um ihre Hälse gelegt und schnürten ihnen erbarmungslos die Luft ab.

Der Symbiont!

Er hatte die Situation richtig erfasst. Pfeilschnell war er zu ihrem Penthouse geglitten …

»Verdammt!«, brüllte Tokra. Er sah seine Felle davonschwimmen. Duncan nicht mehr in seiner Gewalt, und er hier ganz allein mit *ihr*.

Er sandte einen Warnruf an Tosolo. Sein Stellvertreter befand sich im Innern der Residenz. Mehr Leute hatte Tokra nicht mehr zur Verfügung, da die beiden anderen auf der Jagd nach dem Symbionten waren. Und zu viele hatte er bereits beim ersten Angriff auf Liliths Penthouse verloren.

Entsetzt schaute er auf die Szene. Weitere schwarze Fäden bohrten sich in die Körper der Vampire. Sie schrieen, und obwohl er ihre Schreie nicht hören konnte, glaubte Tokra, sie in seinen Ohren widerhallen zu hören.

Lilith sah erleichtert, dass Duncan unterdessen über die Brüstung zurück auf den Balkon kletterte. Er zog sich ins Wohnungsinnere zurück.

Tokra erkannte, dass er verloren hatte. Eine Schlacht, aber nicht den Krieg ... Noch während Lilith abgelenkt war von der Szene, stürmte er aus dem Raum. Gleichzeitig verblasste das magisch erzeugte Bild.

Lilith wollte ihm nacheilen.

Doch zwei Vampire stellten sich ihr in den Weg. Sie hatten die Suche nach dem Symbionten aufgegeben und waren zurückgekommen.

»Haltet sie auf!«, schrie ihnen Tokra zu, während er flüchtete.

Die beiden Vampire fixierten Lilith mit glühenden Augen. Frustriert von der vergeblichen Suche kam ihnen dieser Kampf gerade recht.

»Wir haben dir doch gesagt, dass du uns nicht durch die Lappen gehst.«

Ihre Blicke wanderten begierig über ihren nackten Körper. Aber diesmal war es eine andere Gier. Mordlust ...

»Wir werden dich Tokra in kleinen *Shabu-shabu*-Streifen servieren. Roh, versteht sich.«

Lilith ging in Abwehrstellung. Auch sie wollte den Kampf. Nicht länger musste sie auf Duncan Rücksicht nehmen.

Die Vampire kamen näher. Ihre gekrümmten, rasiermesserscharfen Krallen waren ihr entgegengestreckt. Mit einem einzigen schnellen Streich vermochten sie ihr die Kehle zu zerfetzen.

Sie legte nicht den geringsten Wert darauf. Noch während sie ein paar Schritte nach hinten zurückwich, spürte sie, wie sich auch ihr Körper zu verwandeln begann. Ihre Muskeln zitterten, wuchsen, und ihre Eckzähne wurden länger, schoben sich über ihre Lippen. Die schlanken Finger mutierten zu grauenvollen Waffen. Ihre nun gekrümmten Klauen warteten nur darauf, ihren Gegnern tödliche Wunden zuzufügen.

Trotzdem war es ein Kampf zwei gegen einen.

Die beiden Vampire kreisten sie ein. Liliths Blicke huschten hin und her, um beide im Auge zu behalten. Dann sprangen sie sie an. Gleichzeitig. Pfeilschnell wie Raubtiere.

Lilith machte einen Sidestep. Einer ihrer Gegner flog an ihr vorbei. Dem anderen versetzte sie einen fürchterlichen Hieb in den Nacken. Er schrie auf, Blut spritzte aus der Wunde.

Der zweite krachte gegen die Wand.

Beide rappelten sich jedoch wieder auf.

»Dafür wirst du die Wand meines Gemachs zieren – von außen nach innen gekehrt!«

Lilith lächelte kalt. Sie hatte damit gerechnet, dass die beiden noch keine große Kampferfahrung besaßen. Sie waren ungestüm und wild, aber keine wirklichen Gegner für sie. Das hatte sie nun bestätigt gefunden.

Diesmal versuchten sie, sie von vorne und hinten zugleich anzugreifen. Einer von ihnen wollte an ihr vorbeistürmen. Sie stellte ihm ein Bein. Mit einem Aufschrei fiel er zu Boden. Gleichzeitig stürzte sich Lilith dem zweiten Vampir entgegen.

Ihre mutierten Körper prallten gegeneinander. Lilith schrie auf, als sich eine Klauenhand tief in ihre Seite bohrte. Sie schlug zurück. Ihr Hieb erinnerte an den Prankenschlag eines Panthers. Eine einzige, fließende Bewegung.

Blutfontänen spritzten aus den Höhlen, in denen sich gerade noch die Augen des Vampirs befunden hatten. Er torkelte zurück. Blind und fast besinnungslos vor Schmerz.

Lilith wirbelte herum. Der zweite Vampir hatte sich wieder aufgerafft. Er starrte an Lilith vorbei auf seinen Mitstreiter. Was er sah, schien seine Kampfeslust zu dämpfen.

Jetzt wich er zurück, während Lilith Schritt für Schritt näher kam. Die Schreie des verletzten Vampirs erfüllten den Raum.

»Was wolltet ihr noch mal gleich mit mir machen?«, fragte Lilith. Ihre Stimme klang gefährlich ruhig.

Der Vampir stieß mit dem Rücken an eine Wand. Weiter zurück konnte er nicht mehr. Er ahnte, dass er das Spiel verloren hatte.

Und dass es kein Erbarmen für ihn geben würde.

Mit einem Aufschrei stürzte er sich Lilith entgegen. Lief direkt in ihre Krallen, die sie im gleichen Moment ausstreckte, als er sie erreichte.

Sie rissen seinen Rumpf vom Herz bis zum Bauchnabel auf. Mit einem ungläubigen Blick rutschte er zu Boden. Aber es war noch nicht vorbei. Sie nahm seinen Kopf in beide Hände. Er flehte sie an, es nicht zu tun. Erbarmungslos drehte sie den Kopf nach hinten. Ein Knacken zeigte an, dass sein Genick gebrochen war. Sein Körper verwandelte sich zu Staub.

Der zweite Vampir torkelte noch immer blind umher. Mit ein paar schnellen Sprüngen war Lilith bei ihm.

Sie durfte hier nicht länger ihre Zeit verschwenden. Auch ihm brach sie das Genick. Seine Schreie verstummten. Befriedigt verfolgte Lilith noch, wie auch er sich in Asche verwandelte, dann stürmte sie weiter.

Sie musste Tokra finden! Als Anführer der Sippe war er der Gefährlichste. Ihn hatte Landru mit seinem Blut getauft, während die nachfolgenden Kelchkinder mit dem Blut des Oberhaupts geschaffen worden waren.

So wollte es das uralte Ritual …

Wie eine Furie stürmte Lilith durch die Gänge.

»Tokra!«, rief sie. »Zeige dich und kämpfe! Oder glaubst du, der *Hüter* würde deine jämmerliche Feigheit gutheißen?«

Ein schwarzer Schatten sprang sie an. Ein Prankenhieb verursachte eine tiefe Furche in ihrer Brust. Sie kam auf dem Boden auf, rollte sich instinktiv ab, bevor der zweite Angriff erfolgte.

»Du bist nicht Tokra!«, sagte sie schweratmend.

»Was du nicht sagst«, erwiderte Tosolo. Tokras Ruf hatte ihn erreicht. Ganz so, wie er es zwar nicht erhofft, aber als Möglichkeit in Kauf genommen hatte. Er hatte sich bewusst aus der bisherigen Auseinandersetzung herausgehalten, hatte geschäftliche Aktivitäten vorgetäuscht. Auch Tokra gegenüber.

Tokra hatte sich schon einmal verschätzt, was Lilith anging. Und er, Tosolo, hatte nicht die geringste Absicht, wie die anderen Vampire zu enden. Landru würde nicht gut auf Tokra zu sprechen sein. Jetzt erst recht nicht mehr. Es war eine willkommene Gelegenheit für Tosolo, sich zu profilieren. Er hielt sich ohnehin für den geeigneteren Sippenführer. Und heute würde er den Beweis erbringen, dass er besser war als Tokra!

Lilith und Tosolo sprangen aufeinander los. Sie merkte in den ersten Sekunden des Kampfes, dass ihr neuer Gegner aus anderem Holz geschnitzt war. Er war weit gefährlicher als die beiden Vampire, die sie erledigt hatte.

Wieder und wieder prallten ihre Körper mit voller Wucht aufeinander. Knochen brachen. Blut spritzte.

Schließlich wurde der Kampf nur noch auf dem Boden fortgesetzt. Sie rollten ineinander verkrallt über die feuchten Steinfliesen. Endlich gelang Lilith der entscheidende Griff. Mit einem verzweifelten Aufbäumen hebelte sie Tosolo aus. Zum ersten Mal kam er unter ihr zum Liegen.

Er spie ihr ins Gesicht.

Lilith mobilisierte ihre letzten Kräfte, um ihn am Boden zu halten, während sie zugleich seine Klauen niedergedrückt hielt. Sein Körper bäumte sich unter ihr auf. Er war kaum zu bändigen. Lange würde sie ihn nicht in Schach halten können.

Tosolo schnappte mit seinem Raubtiergebiss nach ihr. Seine scharfen Zähne fuhren nur haarscharf an ihrem Hals vorbei. Gleichzeitig gelang es ihm, eine Hand freizubekommen.

Liliths Kopf zuckte hinab. Ihre Stirn traf brutal das Gesicht ihres Gegners. Ein Krachen verriet, dass seine Nase und andere Knochen dabei zu Bruch gingen. Sein Gesicht war ein einziger schwarzer Blutbrei.

Tosolo schrie vor Schmerz auf. Und mit dem Schmerz kam die Erkenntnis, dass er diesen Kampf verlieren würde.

Brutal wurde er auf den Bauch gedreht. Lilith nahm auf seinem Rücken Platz.

»Und jetzt verrätst du mir, wo ich Tokra finde!«, verlangte sie.

»Ich weiß es nicht!«, zischte Tosolo.

Lilith nahm seinen Kopf in beide Hände. Der Vampir erkannte, was sie vorhatte. Er begann zu betteln: »Verschone mich! Ich gebe mich geschlagen! Du kannst gehen, wohin immer du willst! Ich werde Landru nichts erzählen …!«

Lilith lachte spöttisch. »Du Narr. Was weißt du schon von Landru? Glaubst du wirklich, du könntest ihm die Wahrheit vorenthalten? Wahrscheinlich hat er bereits jetzt Kunde davon erhalten, wie ihr versagt habt!«

Tosolo begann zu winseln. Lilith drehte es den Magen um.

»Wo befindet sich Tokra?«, fragte sie. »Zum letzten Mal stelle ich diese Frage!« Sie begann, seinen Kopf nach hinten zu drehen.

»Er befindet sich noch irgendwo hier unten!«, schrie Tosolo. »Das feige Aas hat mich im Stich gelassen! Wahrscheinlich versteckt er sich vor dir.«

»Ruf ihn herbei!«

Seine Halswirbel gaben bereits ein verdächtiges Knirschen von sich. Ein weiterer Ruck würde genügen, ihm das Genick zu brechen.

»Ich ... ich kann es nicht, wenn du mich in dieser Lage festhältst!«, stöhnte er. Aber Lilith fiel nicht darauf herein.

»Ruf ihn! Es ist deine letzte Chance!«

Tosolo gab jeden Widerstand auf. Er sandte einen magischen Hilferuf an Tokra. Wenn auch nur noch ein Fünkchen Ehre in Tokra steckte, würde er herbeieilen.

Lilith war bereit.

Sie hielt Tosolo so gepackt, dass sie ihm jederzeit das Genick brechen konnte. Gleichzeitig lauschte sie mit ihren vampirischen Sinnen in die Dunkelheit.

Sie spürte eine Annäherung.

Tokra hatte sich dem Ruf seines dunklen Bruders nicht entziehen können. Er schlich heran!

Lilith war hoch konzentriert. Sie durfte sich jetzt nicht verraten. Vor allen Dingen durfte sie Tosolo nicht vorher töten. Sein Todesimpuls hätte alles verdorben.

Dann war Tokra heran. In der gleichen Sekunde, in der er Lilith erblickte, drehte sie Tosolos Kopf vollends nach hinten und brach ihm das Genick.

Sie schnellte vom Boden hoch, bereit, Tokras Angriff abzuwehren, merkte aber selbst, wie langsam sie war. Das Blut strömte aus zahlreichen Wunden. Fleischfetzen hingen herab. Ihr Gesicht war gezeichnet von der Anstrengung des Kampfes. Ihr linkes Bein knickte ein, als sie es belastete. Ihr Kopf war ein einziger dumpfer Schmerz, der von der Stirn ausging, mit der sie Tosolos Gesicht zerschmettert hatte.

Tokra erkannte mit einem Blick ihren Zustand. Mit siegessicherem Grinsen näherte er sich ihr langsam.

»Jetzt wirst du für alles bezahlen!«, zischte er.

»Ich habe noch nie gegen ein solch unwürdiges Oberhaupt wie dich gekämpft«, sagte Lilith. »Du lässt deine Leute kämpfen, während du dich selbst aus dem Staub machst. Landru wird dich dafür zur Rechenschaft ziehen!«

»Nicht, wenn ich ihm deinen Kopf auf dem Tablett serviere!«

»Versuch es!«

Sie war sogar noch erschöpfter, als er glaubte. Sie durfte es ihm nicht zeigen. Trotzdem wusste sie, dass sie keine Chance gegen ihn haben würde.

Langsam, Schritt für Schritt, wich sie zurück. Er jagte heran, mit geöffneten Fängen, ein geschmeidiges Raubtier. Lilith drehte sich um und begann zu laufen.

Es war eher ein Hinken. Sie war zu langsam, viel zu langsam. Sie spürte bereits seinen heißen Atem in ihrem Nacken, warf sich herum, glitt zu Boden, während er über sie hinwegstrauchelte. Lilith sprang auf, und noch im Sprung verwandelte sie sich in ihre Fledermausgestalt.

Tokra schrie wütend auf.

»Glaub nicht, dass dir das etwas nützt!«

Auch er verwandelte sich in eine geflügelte Kreatur.

In blinder Flucht flatterte Lilith vorwärts, geleitet allein von ihren Instinkten. Doch nirgendwo fand sie einen Ausweg. Es gab in dieser unterirdischen Residenz keine Fenster. Und die wenigen Luftöffnungen waren nicht groß genug, dass sie hätte hindurchschlüpfen können.

Allein Tokra und sein Sippe wussten, wie man hinausgelangte. Der einzige ihr bekannte Weg war der, auf dem sie hereingelangt war. Doch der wurde ihr von Tokra versperrt.

Er jagte sie genau in die andere Richtung. Tiefer und tiefer ins Innere der unterirdischen Residenz hinein.

In irrsinnigem Flug ging es durch immer schmalere Gänge und Kamine. Lilith spürte, dass allein ihr unbedingter Lebenswille sie noch weiter flüchten ließ. Sie wusste nicht, woher diese letzten Kraftreserven sonst stammen sollten.

Dann war es vorbei. Ihr pelziger Körper prallte gegen ein Hindernis. Sie war direkt gegen eine Wand geflogen. Kreischend trudelte sie zu Boden. Ihr Fledermauskörper verwandelte sich wieder in ihren geschundenen Frauenleib zurück.

Auch Tokra nahm wieder seine Vampirgestalt an. Mit einem triumphierenden Brüllen warf er sich auf sie. Lilith schloss die Augen in Erwartung des tödlichen Stoßes.

Er kam nicht.

Tokra brüllte noch immer. Aber es war ein anderes Brüllen. Vor Schmerz und ungläubiger Wut.

Schwarze, dolchspitze Fäden hatten sich überall in seinen Körper gegraben und hielten ihn fest.

Der Symbiont war zurückgekehrt!

Gegen seine Medusenfäden hatte auch Tokra nicht den Hauch einer Chance. Mit der Präzision eines Chirurgen erledigte Liliths Helfer seine Arbeit. Er saugte Tokra förmlich aus.

Noch lange hallten dessen Schreie in den unterirdischen Gängen nach.

Lilith war zu schwach. Sie überließ es dem Symbionten, Tokra auch noch den letzten schwarzen Blutstropfen auszusaugen. Der Vampir zerfiel zu Asche.

Schweratmend setzte sich Lilith auf. Sie horchte hinein in die Dunkelheit. Es schien vollbracht. Tokra war der letzte seiner Sippe gewesen. Sie hatten sie alle ausgeschaltet.

Der Symbiont glitt mit einer fließenden Bewegung auf sie zurück und umhüllte sanft ihren Körper. Es war ein gutes Gefühl. Ihr geschundener Körper lechzte danach wie ein Verdurstender. Zusätzlich spürte sie, wie ihre regenerativen Kräfte bereits die schlimmsten Verletzungen vergessen machten.

Trotzdem fiel es ihr schwer, sich zu erheben. Das linke Bein schien gebrochen zu sein. Sie humpelte stark, hatte aber noch etwas zu erledigen. Sie musste sich vergewissern, dass sie auch wirklich restlos alle erwischt hatte.

Trotz ihrer Schmerzen zwang sie sich, jeden Winkel zu durchsuchen. Die Residenz war in einem erbärmlichen Zustand. Es wirkte alles provisorisch. Wahrscheinlich hatten sie seit ihrer Kelchtaufe kaum Zeit gehabt, sich hier unten einzurichten.

Die Suche dauerte zwei Stunden. Erst dann war Lilith überzeugt, dass sich kein Vampir mehr in der Residenz versteckte. Erschöpft sank sie zu Boden.

Trotz ihrer Müdigkeit ging es ihr bereits besser. Die Blutungen waren gestillt, erste leichtere Wunden bildeten bereits Narben. Sie sehnte sich nach der Ruhe ihres Penthouses.

Und nach Duncan.

Es würde gut tun, sich von ihm die Wunden lecken zu lassen.

Dennoch wartete sie noch bis zum Einbruch der Dunkelheit, ehe sie die Residenz verließ. Dann kehrte sie zu ihrem Boot zurück und ruderte hinaus. Der künstliche See lag dunkel und verlassen da.

Allein von der mit bunten Lampions beleuchteten Insel drang noch Jazzmusik und Gelächter aus einem der Vergnügungslokale zu ihr herüber. Das Surreale dieses Augenblicks wurde ihr bewusst.

Die Menschen dort ahnten nicht, was mitten unter ihnen gelauert hatte. Sie lebten ihr normales Leben weiter, unbekümmert und sorglos.

Niemand kümmerte sich um Lilith. Sie sah es als Parabel zu ihrem sonstigen Leben: Die Sorglosigkeit der Menschen würde den Vampiren immer wieder neue Opfer bescheren, während sie, Lilith, ihren Kampf auch in Zukunft gegen die Kreaturen würde führen müssen.

Aller Ignoranz zum Trotz.

Sie erreichte unbemerkt das Ufer. Der Bootsverleiher hatte seinen Schuppen längst dichtgemacht. Wahrscheinlich hatte er sich gewundert, wo sein Boot geblieben war. Er würde sich nicht minder wundern, wenn er es am nächsten Morgen unversehrt wieder vorfand.

Lilith verwandelte sich in ihre Fledermausgestalt und erhob sich flatternd in die Luft.

Sie wollte nur noch eines: nach Hause.

10. Kapitel

Veränderungen

Duncan erwartete sie bereits sehnlichst. Er hatte sich die größten Sorgen gemacht.

»Sie werden dich nicht wieder angreifen«, sagte Lilith. »Ich habe sie vernichtet. Alle.«

Duncan verstand. Er hatte selbst mitbekommen, wozu der Symbiont fähig war. Außerdem erinnerte er sich noch in aller Deutlichkeit an den ersten Angriff. Er hatte gesehen, wie Lilith sich verwandelt hatte. Aber er akzeptierte es.

Lilith blickte an sich herab. Sie sah schlimm aus, aber es ging ihr schon besser.

Duncan nahm sie schüchtern in den Arm – so wie er es von ihr gelernt hatte. Lilith spürte augenblicklich, wie die Glut in ihren Lenden erwachte. Der Schmerz war wie weggeblasen.

»Ich wünschte, ich könnte dir helfen«, sagte Duncan.

»Das kannst du«, sagte Lilith.

Er sah sie überrascht an. Sie zog ihn sanft, aber bestimmt, in Richtung Schlafzimmer.

Das breite Futonbett wirkte verlockend. Aber nicht zum Ausruhen – auch wenn sie sich bis kurz vorher nichts sehnlicher gewünscht hatte.

Eng umschlungen sanken sie auf die Matratze. Auch Duncan war erregt. Er schälte ihr das Kleid vom Leib, in das der Symbiont sich verwandelt hatte – nun schrumpfte er zu einer Nichtigkeit zusammen. Lilith ließ Duncan gewähren, während sie sich gleichzeitig an seiner Hose zu schaffen machte. Sie spürte, dass sein Blut in Wallung geraten war.

Sie legte sich auf den Rücken und verschränkte die Arme hinter dem Kopf, so dass ihre perfekt geformten Brüste ihn fast um den Verstand brachten. Er berührte sie zärtlich und vorsichtig, als wäre sie aus kostbarem Porzellan.

»Ich habe dich vom ersten Moment an begehrt!«, flüsterte sie, während er den Kopf zwischen ihren Brüsten versenkte und seine Zunge über ihre hart gewordenen Brustwarzen fuhr. »Und ich spüre, dass du mich genauso begehrst. Wir sind füreinander geschaffen. Es soll so sein.«

Sie stöhnte auf vor Lust, als er anfing, zu saugen. Ihre Zunge strich lüstern über ihre leicht geöffneten, vollen Lippen. Es tat gut, sich einmal richtig verwöhnen zu lassen.

Sie packte seinen Kopf und dirigierte ihn tiefer, während seine Zunge mit ihrem Spiel fortfuhr. Duncan war ein Naturtalent. Er spürte, wo ihre empfindlichsten Stellen lagen.

Endlich hatte er ihren Schoß erreicht. Lilith schmolz dahin vor Lust. Sie spreizte ihre Beine, damit er mit seiner Zunge in ihr Innerstes vordringen konnte. Tiefer und tiefer.

Schnell, viel schneller als sonst, erreichte sie den ersten Gipfel der Lust. Sie hatte ihn herbeigesehnt. Und es sollte in dieser Nacht nicht der letzte bleiben.

Duncan bedeckte ihr Gesicht mit gierigen Küssen, während seine geschickten Hände sie weiter bearbeiteten. Lilith stöhnte und riss ihm die letzten Kleider vom Leib. Ihre nackten Körper rieben sich in Ekstase aneinander. Lilith warf sich auf den Rücken, und ließ Duncan zwischen ihre Schenkel gleiten.

»Stoß zu!«, stöhnte sie. Lilith griff nach seinem harten, hoch aufragenden Geschlecht und zeigte ihm den Weg in ihre Pforte, dirigierte ihn hinein, während sie gleichzeitig an seinen Brustwarzen saugte. Auch sein Verlangen war nun aufs Äußerste entfacht.

Er musste sich zurückhalten, um sich nicht sofort in sie zu verströmen. Seine Schläfen pochten, sein Körper schien von innerer Glut erhitzt.

Lilith ließ ihm keine Wahl. Sie trieb ihn an, erwiderte jeden seiner harten Stöße mit ihrem zuckenden Unterleib. Er konnte es nicht länger zurückhalten. Mit einem Aufschrei kam auch er – im gleichen Moment, in dem auch Liliths Körper abermals unter unkontrollierten Zuckungen erbebte und sich ihre Hände in seinen Rücken krallten.

Sie gönnten sich nur eine kurze Pause.

Dann begannen sie erneut, den Berg bis zum Gipfel zu erklimmen.

Immer und immer wieder …

Zwei Tage später holte die Realität sie wieder ein. Das Liebesnest, das Lilith sich und Duncan bereitet hatte, entpuppte sich als allzu trügerische Idylle. Lilith spürte es von Stunde zu Stunde mehr. Sie begehrte Duncan, und er begehrte sie. Aber sie konnten nicht ewig so tun, als gäbe es kein *draußen*.

Irgendwann würde es einen neuen Tokra geben. Wenn Landru erfuhr, was sie den von ihm getauften Kelchvampiren angetan hatte, würde er keine Ruhe geben, bis er eine neue Sippe in Tokio etabliert hatte. Vielleicht würde er sich sogar selbst darum kümmern, seine alte Feindin auszuschalten. Wer konnte wissen, ob er nicht längst auf dem Weg hierher war? Es war eine falsche Sicherheit, in der sie sich wiegte, und sie wusste es.

Duncan und sie saßen vor dem Fernseher. Ihn entspannte es, während sie auf diese Weise ungestört ihren Gedanken nachgehen konnte.

Eine Nachrichtenmeldung erregte ihre Aufmerksamkeit. Duncan war im Begriff, weiterzuschalten.

»Halt! Stopp!«, rief sie und verfolgte gespannt, worüber berichtet wurde. Die Meldung gehörte eher in die Rubrik »Abstruses«, und dementsprechend ironisch präsentierte der Kommentator sie.

»Vampire – gibt es sie doch? – In einem abgelegenen Dorf in Griechenland sind die Einwohner überzeugt, von einem waschechten Blutsauger heimgesucht zu werden ...«

Die Bilder zeigten das Dorf sowie einige misstrauisch in die Kamera blickende Bewohner. Als nächstes wurde ein offizieller Bediensteter aus einem Nachbardorf befragt. Es ging aus dem Interview nicht hervor, welche genaue Funktion er innehatte. Er sagte: »Der Vampir hat bereits mehrere Opfer gefunden. Er kann jede Nacht wieder zuschlagen. Wir sind auf der Hut.«

»Was macht Sie so sicher, dass es sich um einen Vampir handelt?«, wurde er gefragt.

»Es ist jemand, der seine Opfer durch einen Biss in die Halsschlagader tötet und ihnen das Blut stiehlt.«

»Könnte es sich nicht auch einfach um einen abnorm veranlagten Täter handeln, der von sich selbst nur *glaubt*, ein Vampir zu sein?«

»Worin läge der Unterschied?«

Der Kommentator gab noch einen weiteren ironischen Kommentar über Europäer und ihre merkwürdigen Sitten zum Besten, dann leitete er zur nächsten Meldung über.

Lilith fühlte sich, als hätte sie eine kalte Dusche erhalten. Zugleich spürte sie ein erwartungsvolles Kribbeln in der Bauchgegend.

Viel zu lange hatte sie sich nicht mehr um Landru und dessen unseliges Treiben gekümmert. Sie durfte nicht länger nur tatenlos zusehen, wie er überall auf der Welt neue Sippen etablierte.

Noch war es nicht zu spät, dagegen einzuschreiten. Sie musste nur endlich – beginnen gegenzuhalten!

Duncan spürte intuitiv, dass etwas Entscheidendes hinter ihrer Stirn vorging.

»Du willst fort?«

Manchmal konnte er Gedanken lesen.

»Ich *muss* fort«, korrigierte sie ihn und nahm ihn in den Arm. »Ich darf nicht länger nur zusehen, wie diese Monster wieder die Welt verseuchen!«

Duncan sah ihr in die Augen. »Ich werde dich begleiten«, sagte er. »Wo immer du auch hingehst.«

Lilith schüttelte den Kopf. »Das werde ich nicht zulassen«, sagte sie. »Du wirst hier die Stellung halten. Ich werde dich mit allem versorgen, was du zum Leben brauchst. Du wirst sehen, du kommst auch eine Weile ohne mich zurecht – bis ich zurück bin. Und ich *komme* zurück. Das verspreche ich dir!«

Lilith wusste, dass es dafür keine wirkliche Garantie gab.

Niemals.

Aber sie *wünschte*, dass es die Wahrheit war.

Sie wollte noch nicht sterben ...

Epilog

Als Landru erwachte, war es kein natürliches Erwachen. Der Mann mit den aristokratischen Gesichtszügen und den silbergrauen Schläfen wurde von einem eigentümlichen Gefühl geweckt. Er rieb sich die kreuzförmige Narbe, die sich unter dem linken Auge befand.

Sie juckte.

Er hatte erst am Vorabend eine umfangreiche Taufe durchgeführt. Berlin war ja nun wieder eine Hauptstadt. Und eine richtige Hauptstadt brauchte eine starke Sippe.

Nona, seine ständige Begleiterin und Geliebte, lag neben ihm. Ihr verführerischer Körper rekelte sich im Schlaf. Aber nicht einmal dafür hatte er jetzt Sinn.

Irgend etwas war anders geworden. Er konnte es sich nicht erklären. Aber der Ort, an dem er erwachte, hatte sich in unwesentlichen Details verändert. Es war noch immer das gleiche schlichte Zimmer im ehemaligen Palast der Republik, in dem er sich zur Ruhe begeben hatte. Das asbestverseuchte Gebäude im Zentrum der Stadt war ideal, um sich mit einer Sippe zu verstecken. Vorher hatten hier auch Vampire gehaust, deren Lieblingsfarbe rot gewesen war – Politvampire.

Landru sah sich suchend um: Das Bett war das gleiche, die ganze Einrichtung ...

Und dennoch war etwas *falsch*.

Sein Blick fiel auf das Bild an der Wand gegenüber. Es war ein ganz anderes, als er in Erinnerung hatte. »Kraft durch Freude«, stand da. Das hätten die DDR-Machthaber sicher nicht belassen. Als nächstes fiel ihm auf, dass dort, wo vor seinem Einschlafen eine Vase gestanden hatte, sich keine mehr befand.

Es war wie ein Suchbild, in dem winzig kleine Fehler versteckt waren. Nach und nach entdeckte er weitere Details.

Der Raum hatte sich verändert ... Er hatte keine Ahnung, was es zu bedeuten hatte. Das Zimmer im Palast, das er und Nona ausgewählt hatten, war ohne Zweifel nicht mehr identisch mit dem vom Abend zuvor!

Er stand auf, trat ans Fenster und öffnete die Läden.

Und dann blickte er betroffen auf die veränderte Stadt.

Die *völlig* veränderte Stadt ...

Zur gleichen Zeit döste Duncan vor dem Fernseher. Er hatte das Gerät mehr aus Gewohnheit eingeschaltet. Es half, den Verlust etwas erträglicher zu machen. Er trauerte um Lilith. Sie hatte ihre Ankündigung wahr gemacht, fortzugehen. Er hatte noch nicht einmal mitbekommen, wie sie das Penthouse verließ. Es war in der Nacht geschehen.

Der laufende Film wurde durch eine Nachrichtensendung von höchster Dringlichkeit unterbrochen.

Es interessierte ihn nicht. Er schwebte wie in Trance vor der Flimmerkiste – zwischen Schlafen und Wachen – und verstand ohnehin nicht, worum es ging. Er war ein Fremder in einer fremden Welt.

»... ist es im wiedervereinigten Deutschland zu einem sonderbaren Phänomen gekommen. Zunächst wurde der Funkkontakt zu mehreren Maschinen unterbrochen, die sich im Landeanflug auf den Flughafen Berlin-Tegel befanden. Kurz darauf fing einer der großen Channels eine äußerst seltsame Sendung auf ...«

Während der aufgeregte Nachrichtensprecher weiter las, flimmerten im Hintergrund flackernde, grobkörnige Bilder, und der fette Mann, den sie zeigten, sagte mit verzerrter Stimme, die Duncan schließlich doch noch elektrisierte: *»Hier spricht der Reichskanzler. Meine heutige Rede zur Lage der Nation möchte ich beginnen mit ...«*

Corina Bomann

DER TRAUM DES SATYRS
DAS VOLK DER NACHT 10

Roman, geb., 240 S.

Lilith reist nach Griechenland, in das abgelegene Dörfchen Kyparissi. Dort soll ein Vampir sein Unwesen treiben. Aber Liliths Befürchtung, dass Landru eine neue Sippe etabliert haben könnte, bestätigt sich nicht. Das von den Bewohnern des Ortes beschriebene Ungetüm entspricht so gar nicht dem Bild eines Kelchvampirs. Ein bockfüßiges Fabelwesen, halb Mensch, halb Tier, versetzt Kyparissi in Angst und Schrecken. Lilith folgt der Spur des unheimlichen Geschöpfes – und trifft auf einen Satyr, der von sich glaubt, der Hüter des Kelchs zu sein ...

Mehr Informationen, aktuelle Erscheinungstermine
und Leserreaktionen zur Serie unter:
www.DasVolkderNacht.de